Para Griffin

Las chicas de la buena suerte

KELLY HARMS

Las chicas de la buena suerte

Traducción:
ESTHER ROIG

MAEVA

Título original:
THE GOOD LUCK GIRLS OF SHIPWRECK LANE
Diseño de cubierta:
SANDRA DIOS sobre imagen de GETTYIMAGES
Fotografía de la autora:
LEA WOLF

© Kelly Harms Wimmer, 2013
© de la traducción: ESTHER ROIG, 2016
© MAEVA EDICIONES, 2016
Benito Castro, 6
28028 MADRID
emaeva@maeva.es
www.maeva.es

ISBN: 978-84-16363-20-9
Depósito legal: M-7287-2016

Preimpresión: MT Color & Diseño S.L.
Impresión y encuadernación: CPI
BLACK PRINT
Impreso en España / Printed in Spain

ASÍ ES COMO SE PREPARA LA EMPANADA
RUSA DE SALMÓN

«Primero compras todos los ingredientes. Cuando el único pescadero de verdad de Cedar Falls, Iowa, te pregunta para qué quieres un salmón entero, tú, que estás sola y delgaducha, no contestas, porque te angustia la mera idea de hablar con desconocidos, a pesar de que hace cinco años que compras cantidades absurdas de marisco al mismo hombre y, por lo tanto, no se le puede considerar un desconocido. Aun así, tartamudeas y te agitas y acabas dándole el dinero y sales huyendo, y te olvidas de pedirle que corte la cabeza y la cola. Cargas con un salmón de medio metro envuelto en papel y casi te da un síncope cuando lo desenvuelves en casa y ves su mirada acusadora. A lo hecho, pecho. Guardas el pescado en hielo dentro del frigorífico demasiado pequeño de tu piso.

A continuación tienes que reservarte un período largo de tiempo para poder ponerte manos a la obra. Podría ser una tarde entre semana en la que tu jefa, Tami, te ha dejado salir temprano para que reflexiones sobre los problemas que tienes a la hora de atender a los clientes (por ejemplo, hablar con desconocidos).

Entonces preparas la masa de hojaldre, porque, las cosas como son, no tienes que ir a ninguna parte. Cuando está hecha, la moldeas en forma de pez enorme; dos pegotes a los lados, un

7

cuerpo grande y una cola pequeña. Haces un borde alrededor de unos cinco centímetros para que el relleno no sobresalga llegado el momento. Colocas esa obra maestra en una bandeja y la metes en el horno. Con suerte tu horno es grande, porque al mismo tiempo tienes que hornear un acompañamiento que encaje sobre el pescado. Si no lo es, ¿has pensado en cocer la pasta de hojaldre en un horno de sobremesa? Puede servir, más o menos.

Mientras se hace la masa y se llena la cocina de aroma a mantequilla derretida, preparas unos champiñones con verduras de temporada y lo mezclas todo hasta convertirlo en una salsa blanca cremosa; tienes manteca de cerdo en el frigorífico, ¿no? Necesitarás mucha. Ah, y ahora es un buen momento para limpiar bien el salmón, porque tiene que caber en una cazuela para cocinar al vapor junto con el contenido de una botella de vino blanco decente y ocho limones. Déjalo bastante crudo; a continuación, métalo en el horno.

Cuando la masa esté casi hecha, retira con una cuchara la parte interior que ha subido y sustitúyela por la salsa de las verduras y el salmón sin las espinas y troceado. Puede que no te quepa todo; en ese caso, te deseo más suerte la próxima vez. Sella la tapa a la base con un huevo batido y después haz unas bonitas ranuras a la altura de las branquias del salmón. ¿Ya está? Bien. Hornéalo a la temperatura más baja que sea posible, de modo que se cueza como un todo y se cree algo precioso, algo que admirarás durante mucho tiempo. A continuación sírvete una ración para cenar y tira el resto.

Sírvelo con salsa holandesa, casera, por supuesto».

PRIMERA PARTE

Mezcla

JANEY

«Caminar una milla con los zapatos de otro no es nada en comparación con preparar una comida en la cocina de otro.»

—CHARLIE PALMER
Charlie Palmer's Practical Guide to the New American Kitchen

Es media tarde y el teléfono lleva sonando diez minutos sin parar. No quiero responder, me distraería de lo único que importa en mi vida en este momento: la salsa holandesa.

Estoy convencida de que puedo preparar una salsa holandesa que no se corte como la salsa para ensalada que venden en el supermercado, sino que se mantenga cremosa, sin grumos y pura, que fluya como un río amarillo de mantequilla y huevo. Estoy convencida de ello, pero de momento no me ha salido. Siento que hoy podría ser mi día de suerte. O tal vez ya lo sea: llevo horas cocinando y aún voy por la mitad de la preparación del plato de esta noche.

El teléfono empieza a sonar de nuevo. Sé quien es. Mi tía abuela Midge es la única persona que me llama y no deja mensaje, sino que sigue intentándolo hasta que descuelgo. La tía Midge sabe que la probabilidad de que escuche los mensajes es muy baja. Y la de que devuelva las llamadas es cero. La tía Midge me conoce perfectamente.

Descuelgo y sujeto el auricular entre la barbilla y la oreja mientras saco huevos y leche del frigorífico para tenerlos a temperatura ambiente.

—Por fin. —Es la tía Midge, por supuesto, con su vocecita de anciana engañosamente dulce—. Te he llamado a la tienda de novias y me han dicho que te habías ido a casa. —Se refiere a Wedding Belles Too, la tienda de novias por excelencia de Iowa, donde coso dobladillos y meto las sisas—. ¿Te han despedido por fin?

Suspiro. Mi trabajo en Wedding Belles Too está bien. Soy buena modista y me gusta el olor dulzón del aceite que utilizo en la máquina de coser y el polvo azul que suelta el jaboncillo cuando marco dobladillos. Me gusta el frufrú del satén cuando resbala bajo la presión del prensatelas y el trabajo metódico de mover botones, ajustar una hilera de lentejuelas y coser perlas. Pero no sé cómo hablar con las novias sobre los arreglos cuando las cosas no salen bien, y pronto, muy pronto, me va a costar el empleo.

Saco seis huevos, luego dos más, y finalmente decido utilizar toda la docena. La salsa holandesa nunca sobra.

—No, tía Midge. No me han despedido. Solo me han dado fiesta para que pueda ejercitar mis habilidades sociales.

—Algo que, evidentemente, no estoy haciendo.

—Puaf. Me gustaría saber para qué necesitas habilidades sociales con lo bien que coses.

—A mí también —digo, aunque sé exactamente por qué peligra mi trabajo. En las pocas ocasiones en que me encuentro cara a cara con las novias, las asusto con esa ansiedad social incapacitante que me hace tartamudear, jadear y no decir nada o decir algo totalmente fuera de lugar. Y haría lo que fuera para cambiarlo. Pero sé que no soy capaz.

La voz de la tía Midge interrumpe mis pensamientos.

—¿A qué hora vendrás?

Suspiro tan fuerte como puedo para que me oiga.

—No voy a ir. Estoy haciendo un pescado. Si quieres, puedes venir tú. —Pero mientras lo digo guardo el libro de cocina con la receta de salmón. Adiós a la empanada de salmón ruso. Por hoy no llegaremos más lejos.

—Sabes que me han retirado el permiso de conducir.

Vuelvo a guardar en el frigorífico los huevos destinados a la salsa holandesa.

—Sí, sí que lo sabía. Así es más fácil invitarte a venir.

Este comentario no desconcierta a la tía Midge. A ella no le desconcierta nada ni nadie, ni siquiera la ermitaña de su sobrina nieta.

—Tú espera y verás. Un día de estos me subo a un taxi y me presento en tu puerta sin avisar y no vuelvo a marcharme. ¿Qué te parece?

Sonrío para mí misma y deseo por enésima vez que la tía Midge cumpla su amenaza. La tía Midge es mi amiga más antigua, de hecho la única amiga que tengo. Me preocupa mucho que viva en la otra punta de la ciudad, en su casita, y se haga mayor y coma carnes raras congeladas.

—Creo...—Callo e intento decidir qué hacer con un salmón entero al vapor, en vista de que no me va a dar tiempo de hacer la empanada de salmón ruso y además ir de visita—. Creo que será más fácil que vaya yo a tu casa.

—Yo también. Trae comida. Yo pondré la bebida. Y tienes que estar aquí a las ocho, que es cuando empieza el programa.

—¿Qué programa? —Conozco un programa que empieza todos los días a las ocho en el Canal de Cocina, pero no es ese al que se refiere la tía Midge. Por lo que yo sé, mi tía no ha visto en su vida el Canal de Cocina. ¿Para qué, con la cantidad de episodios de *Ley y orden* que hay para elegir?

—El sorteo de *Como en casa en ningún sitio* del canal Hogar Dulce Hogar. Sí, mujer, aquella cadena donde ponen *Buscadores de casas* y *Buscadores de casas en el mundo*. Están regalando una casa grande y fabulosa en la costa de Maine, y pienso ganarla.

Se me levantan las cejas.

—¡No me digas! ¿Vas a ganar esa casa de Maine?

—Sí, señora. Lo tengo muy claro. Estoy muy ilusionada porque la casa tiene una piscina interminable.

—¿Qué es una piscina interminable?

—Es el mejor invento de todos los tiempos para personas mayores. Es una piscina pequeña, de la longitud de una persona, que en este caso soy yo, y tiene una corriente de agua que te permite nadar sin moverte del sitio tanto tiempo como quieras. ¿Te lo imaginas? Nadar... ¡Sin moverte del sitio! —La tía Midge quiere que me quede claro—. Y el agua está caliente y agradable, para mantener los músculos flexibles...

—Mmm...—No me convence la idea, pero no pasa nada porque sé que la tía Midge no ha terminado de venderme la moto.

—Es bueno para la salud, ¿sabes? Es un ejercicio de bajo impacto. Para señoras mayores como yo, con los huesos frágiles y las articulaciones doloridas. Y...—Hace una pausa dramática y me preparo para el argumento definitivo—. Y los chorros de agua también te hacen masajes.

Ahora se me disparan las cejas hacia arriba.

—¿Como un *jacuzzi?* —Gimo. Por la última descripción de la tía Midge ahora sé exactamente por qué lo quiere. Mi tía abuela es una viejecita impúdica que una vez fue expulsada de la piscina de un hotel por «uso indecente del *jacuzzi*». No es el tipo de cosa que me apetece recordar.

—Exactamente. Una cinta de correr en un *jacuzzi*. La casa que regalan hoy tiene una, y la quiero.

Por Dios.

—Pues qué bien que te vaya a tocar, ¿verdad?

Cuando lo estoy diciendo caigo en la cuenta de que nada sabe mejor con el salmón al vapor, frío, que una ensalada de patatas. Me sobra tiempo para prepararla y encima tengo el frigorífico lleno de eneldo fresco. Es una excusa para hacer mayonesa. Genial.

—Pero que muy bien. ¿Te espero a las siete y media, entonces?

—De acuerdo. A las siete y media. Un beso, tía Midge.

—Un beso, Janey. A cocinar.

La tía Midge cuelga. Me quedo con el teléfono en la mano, miro el horno y me pregunto si será posible preparar mostaza en un par de horas.

No lo es. El teléfono empieza a pitar y lo cuelgo, me pongo mi delantal favorito, que tiene un estampado de alces y osos, salgo de la pequeña cocina alargada de mi piso y voy al pasillo, donde tengo una tele portátil en blanco y negro que se apoya en precario equilibrio sobre una bandeja vieja con patas

14

plegables. La enciendo y subo el volumen para poder oír con el grifo abierto o el aceite chisporroteando, y sonrío cuando veo quien sale en el Canal de Cocina. Después vuelvo a la cocina y pico eneldo y hiervo patatas y sueño despierta con que estoy en una cena con Ina Garten, la cocinera estrella de la cadena.

NEAN

Hace rato que estoy en casa. Intentando echar una siesta después de un día entero manejando la freidora en Hardee's. Sin hacer daño a nadie. Tengo la alarma del reloj puesta a las siete y media, porque, aunque parezca imposible, sé que esta noche estoy destinada a ganar el sorteo de una casa gratis de *Como en casa en ningún sitio* del canal Hogar Dulce Hogar, y no quiero perderme el momento en que anuncien al ganador.

Intento dormir porque me duele la cabeza. Me duele la cabeza por culpa de los gritos que pega a todas horas mi novio Geoff. Geoff toca en un grupo y estoy bastante segura de que todo ese ruido al que se somete lo está dejando sordo, porque ya nunca habla en un tono normal. Si quiere saber donde ha dejado las llaves, suena algo así como «¿DÓNDE HE DEJA-DO LAS LLAVES?». Y si tiene hambre me mira y dice: «CARIÑO, ¿QUÉ VAMOS A CENAR ESTA NOCHE?». Esto lo hace cuando estoy sentada a su lado en el sofá. No se han inventado aún signos de puntuación para el ruido que hace cuando estoy en el otro cuarto. Pega gritos, de día y de noche, tanto si está enfadado como si no, aunque normalmente lo está. Es una de las personas más coléricas que he conocido en mi vida.

Sin embargo, él —y su apartamento de una habitación con vistas a la autovía— también es lo único que me salva de ser una sin techo, de modo que mejor corramos un tupido velo sobre los otros defectos de Geoff. No es el primer capullo que me ha tocado aguantar para tener un lugar donde vivir. Pero será el último. Pronto seré la orgullosa propietaria de una casa regalada nueva y completamente amueblada en algún lugar de Nueva Inglaterra, y entonces ya no tendré que aguantar a más tipos como Geoff.

La semana pasada emitieron un especial de televisión sobre la casa, como anticipo del programa de esta noche, y es una absoluta maravilla. Cuando gane, no necesitaré nada más que lo puesto y un billete de autobús a Maine. La casa está amueblada como si saliera del programa de cocina y estilo de vida de Martha Stewart, con toda clase de sofás, lámparas a juego, libros en las estanterías y todo lo necesario para vivir, y encima ordenado por colores. Además, tiene una zona de *fitness* con equipamiento de última generación para hacer ejercicio y con un televisor de pantalla plana para ver a Oprah mientras te pones en forma corriendo en la cinta. Y un salón de juegos en el sótano con un refrigerador de vinos para cincuenta botellas. Un refrigerador solo para el vino, que quede claro. Por no hablar del pedazo de frigorífico con televisor empotrado en la puerta para que puedas ver la tele mientras esperas que llegue la pizza.

Sí, señora, la casa es fabulosa. Fuera tiene dos columpios a juego en el porche de delante y una piscinita climatizada en un lateral, rodeada de setos para que tengas intimidad y puedas bañarte desnuda si quieres, sin que nadie te vea. En la parte trasera los setos se abren a una gran vista del océano y a unos acantilados preciosos, aunque son el tipo de acantilados donde te imaginas a personas muy borrachas que se caen desde el borde y se parten la crisma, así que puede que ponga una valla antes de dar mi primera gran fiesta. De todos modos, la vista es espectacular. Durante el programa pusieron un plano del océano y estaba lleno de barcos de vela, gaviotas y otras cosas extraordinariamente pintorescas.

Me apetece mucho vivir allí.

A ver, no soy imbécil. Sé que las probabilidades juegan en mi contra. Pero hace más o menos un mes tuve un sueño muy claro con esa casa. No fue uno de esos sueños ambiguos que tienes que contárselos a alguien para que te explique qué diablos significan. Era un sueño clarísimo... No, una visión. Soñé que ganaba una casa, vi hasta el último detalle, y entonces, al día siguiente, cuando estaba viendo la televisión, pusieron un anuncio del sorteo y me di cuenta de que era exactamente la misma casa de mi sueño. Así que, sí, estoy bastante segura de que estoy predestinada a ganarla.

Sé que no es seguro hasta que oiga mi nombre en directo cuando anuncien al ganador en el programa de esta noche, pero ya queda poco y soy una persona muy afortunada, mucho, sin contar mis actuales circunstancias, que no las cuento. Probablemente habría ganado el sorteo de una casa de *Como en casa en ningún sitio* del año pasado, una casa en Florida (que, las cosas como son, tiene un clima mucho más agradable que Maine), pero en correos retuvieron mi postal de participación y me la devolvieron después del sorteo por franqueo insuficiente. Menudo disgusto. Bueno, al menos supe por qué no había ganado.

Este año no he corrido ningún riesgo con el p... correos. Esos capullos están cambiando el precio de los sellos continuamente, y esperan que la gente sepa por arte de magia lo que vale enviar una postal en un momento dado, como si no tuviéramos nada mejor que hacer que pensar en el precio del franqueo. Porque a ver, si compro una hoja de sellos para postales —y se llaman específicamente sellos para postales, o sea que sé de lo que hablo—, que solo sirven para mandar postales y no tienen absolutamente ningún otro uso, deberían servir para mandar postales hasta que se acaben. No puedes cambiar el precio cuando te dé la gana y no decírselo a nadie. Estas son la clase de cosas que pueden hundir una civilización. Y si no, al tiempo.

Este año fui yo misma a correos con mi postal y no quise arriesgarme. Hice casi media hora de cola y cuando llegué al mostrador, por supuesto, habían vuelto a cambiar los precios. Si no hubiera tomado precauciones añadiendo varios dólares en sellos para ir sobre seguro, probablemente mi postal estaría en el fondo de un montón de cartas para Papá Noel o algo así, y no donde está, que es en un gran contenedor de postales en la sede de Hogar Dulce Hogar, en Nueva York, muy arriba, donde será fácilmente elegida por el famoso juez invitado Carson Jansen-Smit, el carpintero macizo y escultural que va siempre por ahí derribando las paredes del comedor de la gente sin permiso.

Cuando gane la casa de mis sueños, no permitiré que Carson Jansen-Smit se acerque a mi propiedad con su mazo. Si quiere venir, solo puede traer una botella de aceite de masaje y unos condones.

No puedo dormir. Estoy demasiado ilusionada con la casa. No falta mucho para el anuncio. Me levanto de la cama —bueno, del colchón, porque estoy echada en un colchón viejo en el suelo— y voy al salón un poco aturdida. Todavía estoy grogui cuando veo el desorden. Geoff no es una persona aseada, y en este momento de mi vida no pienso limpiar lo que ensucia un hombre ni loca. En mi opinión, lo de las tareas domésticas es para mujeres mayores de treinta años. Por ahora tolero la mugre y espero los días gloriosos en que la madre de Geoff viene con una fregona y un cubo y me mira furiosa hasta que me quito de en medio. Después de una de sus visitas puedes verte reflejada en el suelo de linóleo de la cocina y no tienes sensación de tener pelusas en las plantas de los pies cuando te duchas. Limpia tan a fondo que a la suciedad le da miedo volver al menos durante un par de semanas.

Pero ese par de semanas han pasado. Geoff está dormido en el sofá —a lo mejor sus gritos también le han levantado dolor de cabeza— y el suelo a su alrededor está lleno de cosas varias. Pegatinas, cartas sin abrir, ropa, recipientes de comida rápida y una cantidad increíble de calcetines. Estamos a principios de verano en Cedar Falls, Iowa, y Geoff lleva chancletas negras prácticamente las veinticuatro horas del día, así que no llego a comprender de dónde salen todos esos calcetines. Una parte de mí cree que son calcetines de otras personas y que Geoff los colecciona por algún motivo. A lo mejor le pide a sus fans sus calcetines durante sus actuaciones, y piensa donarlos a una asociación benéfica que reparte calcetines. Estoy casi segura de que en el suelo de esta habitación hay calcetines suficientes para cubrir los pies de todos los sin techo de Cedar Falls, Iowa. Mira, no es mala idea.

Es una idea que quiero discutir con Geoff ahora mismo, con la esperanza de que ponga un poco de orden. Me siento en el sofá y lo miro fijamente a ver si se despierta. No pasa nada. Por lo visto mi mirada penetrante no es tan penetrante. En vista de que mirar no funciona me pongo a botar un poco sobre el sofá. Sigue durmiendo, así que me inclino y acerco la cara a la suya para darle un susto de muerte cuando abra los ojos, pero cuando estoy suficientemente cerca para olerlo me llega una vaharada de alcohol. Mierda. Me aparto un poco, pero antes inhalo con fuerza y pienso detenidamente. No es tequila, gracias a Dios. El tequila es excepcional, pero también da miedo. El olor de su aliento hoy es de Jack Daniel's, que es algo que puedo soportar. De hecho, yo también me tomaría un *bourbon* con coca-cola. Dejo a Geoff durmiendo y voy a ponerme una copa.

El fregadero de la cocina está lleno hasta los topes, con prácticamente todos los platos que tenemos, todos ellos con una capa de roña incrustada que casi me quita las ganas de tomarme la copa. Pero busco en los armarios y todavía quedan tres o cuatro tazas de café limpias, unas tazas gruesas hechas a mano que hizo su antigua novia en su torno de cerámica. Todas tienen un corazón grabado en el fondo con las iniciales de ella y de Geoff. Saco una y echo tres dedos de Jack, después hielo, y a continuación media lata de coca-cola. Lo agito todo con el cuchillo de pelar, que está casi limpio. Cuando termino está a punto de empezar el sorteo.

Y aquí es cuando la cosa se pone fea. Solo hay un televisor en la casa y está junto al cuerpo durmiente de mi novio-casero que apesta a alcohol. Tengo que encenderlo —el televisor, no al novio— porque tengo que ver el sorteo. Si me lo pierdo, no sabré con seguridad si he ganado hasta que la biblioteca abra mañana a las diez y pueda ir a usar los ordenadores para mirarlo en la página web de la cadena. Esperar toda la noche me volverá loca.Y lo más seguro es que la gente del programa espere que el ganador esté atento esta noche y dé instrucciones sobre cómo reclamar el premio. ¿Y si me lo pierdo?

Tengo que encender el televisor. Me inclinaré, lo encenderé, enseguida bajaré el volumen al mínimo posible y me quedaré muy cerca del televisor para poder oír lo que dicen. Geoff no se despertará. Coloco un cojín de bolitas frente a la pantalla y me aposento con mi bebida. Entonces me inclino y aprieto el botón de encendido y veo que se ilumina la pantalla, al mismo tiempo que aprieto el botón del volumen tantas veces por segundo como es humanamente posible.

No funciona. Podría haber funcionado si tuviéramos un televisor mejor, pero este tiene los botones pegajosos, no reacciona a la velocidad necesaria y no se sabe dónde está el mando a distancia. El sonido explota y está lo bastante alto para que Geoff el Sordo oiga su programa favorito: *South Park*. El ruido que despierta a mi novio-casero borracho es un pedo enorme de dibujos animados, que atraviesa el apartamento y lo sobresalta tanto que tiene que parpadear varias veces antes de saber exactamente dónde está. Cuando se sienta ya he quitado el sonido y he cambiado al canal del sorteo. Me vuelvo y sonrío con inocencia, parpadeando un poco.

—Perdona.

—Apaga el puto televisor —dice Geoff.

—De acuerdo —digo, y vuelvo a mirar la pantalla, donde la imagen de apertura muestra una vista preciosa de la costa de Maine desde un barco o quizá un helicóptero.A ver si la casa viene con helicóptero.

Detrás de mí, oigo que Geoff se levanta. Aprieto las manos alrededor de la taza.Voy a ver este programa. Tengo que ver este programa.

—Eh, zorra —dice Geoff.

Viene hacia mí. Lo sé porque, a medida que se acerca, oigo que la basura que cubre el suelo se separa como si fuera el mar Rojo. En la pantalla están enfocando la casa. Empiezo a ponerme nerviosa.

21

Las piernas de Geoff chocan con la mesita de centro.

—¡JODER! —grita.

Intento con todas mis fuerzas no apartar los ojos de la pantalla y concentrarme en el programa, pero es difícil sabiendo que pronto lo tendré de pie detrás de mí. Miro el reloj. Tardarán cinco o diez minutos en anunciar al ganador. Sé que puedo manejarlo hasta entonces.

Ahora está detrás de mí. Estoy sentada con las piernas cruzadas sobre el cojín de bolitas fingiendo que me importa un rábano su existencia, y él sigue detrás de mí, de pie, y me agarra la cabeza con su mano enorme.

—¡ZORRA! —repite.

Estoy bastante segura de que se refiere a mí.

Entonces cierra la mano sobre mi cabeza y agarra un buen mechón de pelo.

—¡He dicho QUE APAGUES LA TELE!

No le hago ni caso. Sé que le saca de sus casillas y no me importa.

A él sí. Aprieta el mechón de pelo que tiene en la mano y tira con fuerza. Me levanta tirándome del pelo. Duele una barbaridad. Despliego las piernas y me equilibro para poder levantarme y aliviar el dolor en el cuero cabelludo. Cuando estoy de pie me giro y lo miro y veo la rabia en su cara. Debería ceder, pero detesto que me intimiden. Además, lo que huelo en su aliento es Jack Daniel's. Si fuera tequila, tendría más cuidado.

—Vuelve a dormirte —digo con tanta firmeza como puedo.

Después pongo la mano en su muñeca e intento que me suelte el pelo para poder volver al programa.

No se mueve, pero el apretón se hace más fuerte.

—En serio, Geoff. —Lo intento de nuevo, odiando el tono suplicante de mi voz—. El programa está a punto de acabar y cuando pongan los anuncios pediré una pizza para cenar.

¡Una pizza! ¿A quién no se le pasa el enfado cuando se le tienta con una pizza?

Me suelta el pelo. ¡Sí! Pero entonces me pone las manos en los hombros y aprieta.

—Estaba durmiendo —sisea, lanzándome un aliento tan hediondo a la cara que me provoca una mueca involuntaria—. ¿Es que no me has visto dormido en el sofá?

—No —digo—. No me he dado cuenta. ¡Lo siento!

Intento sentarme otra vez. Detrás de mí, muy, muy bajito, oigo que el presentador anuncia a Carson Jansen-Smit y deseo locamente estar viendo su cara bonita en lugar de la cara rabiosa de Geoff.

—Sí te has dado cuenta —dice—. Seguro que querías despertarme.

—¿Por qué habría de querer despertarte? Vuelve a dormir, imbécil. —No sé por qué lo digo, pero es lo que pienso.

—¿El imbécil soy yo? —pregunta—. Solo quería descansar un poco. —Pasa por mi lado y está claro que tiene la intención de apagar el televisor.

—No lo apagues —digo. Me aparto del cojín de bolitas y me coloco frente al botón de encendido.

—¿Ah, no? ¿Me vas a pegar? —Me aparta de un empujón y apaga el televisor. La casa de mi sueño se encoge y desaparece. Le pego un codazo en un costado y vuelvo a encender el televisor.

—¡Lo estaba viendo! —grito.

Me estoy mosqueando. ¿Qué pasará si me pierdo el resultado? ¿Le regalarán la casa a otro si no llamo a un número concreto que aparecerá en pantalla dentro de un período concreto de tiempo, como en esos sorteos de la radio que oigo todo el día mientras trabajo?

—Pues te aguantas, joder —dice.

Intenta darle al botón de apagado otra vez. Lo empujo más fuerte. Me devuelve el empujón. En pantalla sale una panorámica de la cocina, que es reluciente, amarilla y brillante. Los electrodomésticos son ultramodernos. Enfocan el frigorífico con televisor y la visión de algo tan brillante y nuevo me da un subidón. Pronto podré ver todo lo que quiera, cuando quiera, hasta en la nevera.

—Haz el favor de sentarte de una vez, imbécil de mierda —le digo—. No me das miedo porque te hayas pasado el día bebiendo y ahora te creas muy hombre.

Geoff se gira y me pega en el hombro y me hace retroceder un poco. Me duele, pero ni siquiera lo pienso. Pienso en esa casa de Maine y lo bueno que será vivir en ella. Lo pronto que me voy a largar y empezar allí una vida nueva, donde nadie sepa nada de mí. Aparto los hombros de él y me vuelvo hacia la pantalla, ignorando que me está sacudiendo.

Le vuelve loco que no llore ni me defienda. Me agarra fuerte un brazo y me obliga a dar la vuelta, de modo que me quedo de espaldas al televisor.

—A mí me escuchas cuando hablo, zorra.

Me da un bofetón. Con la mano abierta. Qué mariquita es. Y eso le digo, pero siento el sabor de la sangre en la boca.

Están a punto de anunciar al ganador. Detrás de mí los oigo hablar de las normas del sorteo y de los notarios que están ahí para garantizar que la selección se haga como debe ser. Estoy aturdida. Me sangra la nariz. Solo quiero quitarme de encima a este imbécil para poder ver el programa. Me está gritando y ya no oigo la tele. Miro la taza, que no he soltado en todo el rato, el *bourbon* con coca-cola en el tazón de cerámica con el corazón grabado en el fondo. Está diciendo que volverá a pegarme si no apago la tele y le pido disculpas inmediatamente. Va a pegarme hasta que lo lamente. Me perderé el sorteo.

—¿Me has oído? ¡Que te disculpes ya! —grita.

Oigo vagamente un redoble en la tele.

—Vete a la mierda —digo.

Le escupo a la cara. Ahora está enfurecido. Pero me da igual. Porque antes de que tenga tiempo de pegarme otra vez, echo hacia atrás la mano con la taza y le atizo fuerte en la cabeza, crac, y veo que el *bourbon* con coca-cola se derrama por todas partes y un hilillo de sangre le baja a Geoff por la cabeza, y veo que se le ponen los ojos en blanco y cae al suelo. Oigo su grito de dolor y después el ruido cuando se golpea contra el suelo, pero yo ya me estoy dando la vuelta. Mis ojos están otra vez puestos en el televisor, donde Carson Jansen-Smit sujeta un papel, un sobre con el nombre del ganador dentro.

Carson sonríe como un idiota.

—El ganador del gran premio, la casa de tus sueños completamente amueblada en Christmas Cove, Maine, valorada en más de un millón de dólares, es...

Hace una pausa y yo canturreo mi nombre mentalmente. Di mi nombre, Carson Jansen-Smit, mentecato guapísimo.

El redoble se detiene. Enfocan la cara de Carson. Sus labios forman las palabras.

—El ganador es... ¡Janine Brown de Cedar Falls, Iowa!

Cae confeti sobre su cabeza y frente a la casa se despliega una pancarta que dice FELICIDADES JANINE y parpadeo con fuerza y después me pongo a temblar y lloro y grito al mismo tiempo, y entonces empiezo a bailar frente al televisor, procurando, a pesar de mi alegría, no pisar al pobre Geoff que está tirado en el suelo inconsciente y sangrando.

—¡OH, DIOS MÍO! —grito, y agito los puños a pesar de que ese movimiento me sacude los hombros y me duele horrores—. ¡OH, DIOS MÍO! —repito. Un poco de sangre cae sobre la camiseta, pero me da igual. Soy feliz, muy feliz, y no soy feliz por Janine «Janey» Brown, la modista de novias que vive al otro lado de la ciudad y en este preciso momento está boquiabierta mirando el televisor de pantalla plana de su tía Midge, con la boca llena de salmón a punto de salir disparado. En este momento, todavía no conozco a Janine Brown de Cedar Falls, Iowa. No sé que existe. No es por ella que soy feliz.

Soy feliz porque su nombre también es mi nombre.

JANEY

«Ojalá pudiera sentar a la gente y darle algo de comer; sé que entonces lo entenderían.»

—ALICE WATERS
Chez Panisse Menu Cookbook

Después de que lean mi nombre en la televisión, todo sucede muy, muy deprisa. Primero hay un breve período de tiempo en que me quedo paralizada en la posición exacta en que estaba cuando han leído mi nombre (con el tenedor volviendo al plato después de meterme en la boca un buen bocado) y miro fijamente como una idiota de remate intentando no volverme loca. Después de esto la tía Midge ejecuta una danza de celebración que estoy segura de que le costará la cadera. A continuación, un montón de personas se presentan en la puerta de la casa con globos y cámaras de vídeo.

Mi primer impulso es esconderme. Este es mi primer impulso en cualquier situación que incluya personas que no conozco, globos o cámaras. Sufro un caso incapacitante de lo que la tía Midge denomina «Miedo a lo desconocido», la timidez paralizadora que normalmente afecta a los preadolescentes que tienen acné y una colección de dados de doce caras para jugar a juegos de rol. Me produce urticaria y tartamudeo, y a veces me entran unas náuseas repentinas y extremas. Estoy segura de que los psiquiatras tienen otro nombre para esto, pero para saberlo debería hablar con alguno, cosa que no puedo hacer, así que da igual.

Esta situación en particular es especialmente grave. Al fin y al cabo, no he participado en el concurso y estoy bastante segura de que se ha cometido un terrible error y tampoco quiero la casa. Pero mientras la tía Midge va a abrir la puerta me susurra teatralmente que ha introducido mi nombre *online* un par de docenas de veces junto con el suyo, según ella para asegurarse la jugada. No sé cuándo se ha vuelto tan hábil con el ordenador, pero empiezo a ver los peligros de enseñar a los ancianos a usar internet.

Abre la puerta y un equipo de filmación entra en tromba y me dice que finja que me acabo de enterar una y otra vez hasta que me tienen grabada boquiabierta desde todos los ángulos posibles. Una total desconocida me unta de maquillaje la cara sonrojada, me recoge la melena, ondulada y rubia rojiza, en una coleta y me pone rímel para resaltar mis ojos azul claro. Me pongo a sudar por los nervios. Me duele la mandíbula de tanto abrir la boca exageradamente, pero no me exigen que hable, y el equipo parece complacido con el resultado final. Estoy bastante sobrada de sorpresa auténtica para que resulte convincente, teniendo en cuenta que acabo de ganar una casa de un millón de dólares que no quiero en un sorteo en el que no había participado.

Casi una hora más tarde, cuando acaban de filmar, una productora con el pelo rubio largo y unos zapatos ridículos me lleva con la tía Midge al salón y nos sentamos en el sofá protegido con plástico para hacer una entrevista. Me pregunta si estoy emparentada con alguien que trabaje en el canal Hogar Dulce Hogar, y digo que no, y ella dice que lo verificará, y yo pienso, adelante, estás viendo a mi única parienta viva, y no puede conducir, así que no le veo mucho futuro trabajando para una cadena de televisión de California. Pero no lo digo.

—Claro, lo comprendo —tartamudeo.

Entonces se lanza a hacer muchas preguntas personales. ¿Estoy casada? ¿He estado casada alguna vez? ¿Tengo hijos? ¿Tengo dinero para pagar los impuestos sobre la casa? Y así sucesivamente. Logro contestar a «¿Está casada?» (no) sin problemas, pero a la siguiente pregunta me cierro en banda, como hago siempre. Murmuro algo sobre Ned, intentando explicar que estuve prometida, pero que algo se torció, y que no tengo intención de volver a prometerme, y que soy perfectamente feliz sola, gracias, y que no todas las mujeres encuentran al compañero ideal, y la soledad apacible no está tan mal cuando te acostumbras. Pero todo esto lo digo sin utilizar ni verbos ni sustantivos. La productora me mira con una cara que viene a decir «¿Qué dice esta loca?» hasta que por fin interviene la tía Midge como hace siempre.

—No ha estado nunca casada —dice en tono autoritario—, pero no es de su incumbencia.

La productora retrocede un poco. Me imagino los dedos de sus pies encogiéndose dentro de los zapatos puntiagudos.

—Lo siento, señora... —Mira sus notas—. Señora Richardson. Sé que parece muy personal, pero hago estas preguntas a Janine porque nuestros abogados necesitarán saberlo antes de transferir la escritura de la casa. También la entrevistarán ellos por su cuenta, de modo que tendrá que responder a estas preguntas más veces. Como comprenderá, no podemos correr ningún riesgo legal con un sorteo de un millón de dólares.

A la defensiva como una mamá osa, la tía Midge está claro que no entiende estos matices, pero yo sí. El canal Hogar Dulce Hogar quiere asegurarse de que no debo ninguna pensión alimenticia, o conyugal, o millones en impuestos atrasados o cualquier otra cosa desagradable por el estilo. Y estoy segura de que quieren saber cuánta buena televisión pueden sacar de mí ahora que he ganado. Respuesta: no mucha. Tras algunas preguntas impertinentes más y mis respuestas incoherentes, puedo ver que la productora está muy decepcionada en este sentido. Cualquiera puede ver que no soy carne de estrellato. Se necesita mucho más que una casa de lujo regalada que no me hace ninguna falta para hacerme hablar ante una cámara.

Por fin termina la inquisición.

—Quizá lo mejor sería hacer una especie de montaje de usted caminando ilusionada por la casa cuando se haya mudado —dice la productora, visiblemente desanimada—. Nos será útil para el sorteo del año próximo, pero no tendrá que hablar mucho ante la cámara. ¿Qué le parece?

La miro, con su traje pantalón elegante bien abrochado, y pienso: si fuera de las que abrazan a desconocidos, la abrazaría. Le perdono los zapatos.

—Me parece bien —digo por fin, ignorando la cara de desilusión de la tía Midge. Que salga ella en televisión frente al mundo entero. Yo haré el montaje.

—Excelente. Sé que todavía estará en *shock* por esta impactante noticia —dice. Hace una pausa y pongo mi mejor cara de emoción, sabiendo que probablemente parece más bien una mueca—, pero debo preguntárselo. ¿Está interesada en vivir en la casa?

—¿De lo contrario qué pasaría? —pregunta la tía Midge.

Yo estaba preguntándome lo mismo, solo que sin el poder del habla.

La productora entrelaza los dedos.

—Bueno, algunos años los ganadores deciden vender la casa inmediatamente, debido a la carga de impuestos que una propiedad tan cara comporta. Y otros ganadores la utilizan como una inversión y se quedan donde están. Para muchas personas es imposible mudarse a la otra punta del país, porque tienen empleos y familia.

—Oh —dice la tía Midge—. No. Estoy jubilada y no tengo hijos. Para nosotras no es imposible.

Es en ese momento cuando me doy cuenta de que la tía Midge cree que es ella la que ha ganado la casa en realidad, y que yo soy simplemente el nombre en la escritura. Al fin y al cabo, es ella quien ha participado en el concurso y quien quiere la casa, no yo. Tal vez debería irritarme, pero en lugar de esto me inunda una sensación de alivio. Ahora tengo una salida. Puedo dejar que ella se instale en la casa, mientras yo me quedo en mi pisito y sigo trabajando en Wedding Belles Too y no tiene que cambiar absolutamente nada. ¡Sí! Es el plan perfecto. Las cámaras de televisión se marcharán pronto y mi vida volverá a la normalidad. Echaré de menos a la tía

Midge, pero podré utilizar finalmente los días de vacaciones que tengo acumulados si le hago una visita.

—Es una gran noticia —dice la productora a la tía Midge y yo aplaudo sinceramente. Que se vaya a Maine, con mis mejores deseos. Yo defenderé el fuerte en Iowa. Se me relajan los hombros por primera vez desde que han leído mi nombre en la tele.

Pero dos horas después, cuando estamos solas la tía Midge y yo en su casita, y ella va de un lado para otro metiendo cosas que no quiere llevarse a Maine en una caja para entregar a la beneficencia, me doy cuenta de que no saldré de esta tan fácilmente como creía.

—Te vienes conmigo, y no se hable más —dice la tía Midge imperiosamente.

Sé que utiliza este tono de voz conmigo porque funciona, aunque lo detesto. También detesto la forma en la que apoya las manos sobre sus caderas diminutas y se cuadra delante de mí como si fuera a llevarme a rastras si se diera el caso. Es como si las Chicas de Oro se metieran a luchadoras profesionales.

—No pienso mudarme a Maine —digo, a la vez que saco el velo de novia de mi madre de su pila de cosas para regalar—. Ve tú. Disfruta de la casa. Parece preciosa. Iré siempre en vacaciones y tú harás muchos amigos enseguida... No tendrás ni tiempo de echarme de menos.

La tía Midge se ríe de mí burlona.

—Por supuesto que haré amigos. Por favor. No tengo problemas para hacer amigos. —Como si quisiera ilustrar su popularidad, saca un montón de anuarios de instituto de un armario y los echa en un contenedor de reciclaje—. En cambio, tú estarás en ese insignificante piso con las encimeras de plástico y las ventanas atascadas, cocinando para un ejército cada noche y desperdiciando toda esa comida, y no te darás cuenta y acabarás siendo una ancianita que no ha echado un polvo en cuarenta años.

Es mi tía abuela y la quiero, pero a veces me pregunto por qué sigue con vida.

—Gracias por preocuparte por mí, pero estoy bien. Me gusta vivir aquí. Me gusta mi trabajo —gimoteo a la defensiva como un participante en un *reality* de cocina que acabara de cortarse.

—¿Que estás bien? ¡Por favor! No respondes al teléfono, no comes lo que cocinas, están a punto de despedirte y te sale un sarpullido en cuanto hablas con un desconocido.

Todo esto ya lo he oído otras veces y lo ignoro, como siempre.

—No tengo ningún sarpullido —digo, contenta de llevar manga larga para que no pueda ver las franjas rojas que me han salido en los brazos y en los hombros desde que he empezado a hablar con la productora.

—Bueno, pues quédate —dice la tía Midge.

—Bueno, me quedaré —digo, consciente de hablar como una mocosa petulante.

—Bien. —La tía Midge alcanza un pesado montón de partituras y lo deja caer ruidosamente en la caja de cosas para guardar—. Conseguiré una de esas pulseras de alarma, como esas viejecitas de la tele que están solas y no tienen a nadie que las quiera ni que les diga que les sienta fatal el peinado. Así, cuando me caiga y me rompa la cadera, vendrá alguien a socorrerme, después de unas horas como mínimo y suponiendo que haya pagado lo que me corresponde. Seguro que no será demasiado doloroso estar tirada en mi nuevo suelo de bambú ecológico sin poder hacer nada más que gemir de dolor...

Gruño y me siento en el sillón reclinable que tiene más de cuarenta años. Sé fuerte, me digo.

La tía Midge lanza un suspiro teatral.

—Siempre pensé que sería tu madre la que me acompañaría en la vejez. Ella no me habría abandonado jamás en un acantilado ventoso en medio de Maine. No es lo que ella hubiera querido.

—Oh, por el amor de Dios. —Estoy irritada, sí, pero mis defensas se están desmoronando.

—Claro que, si estuvieras allí conmigo, me sentiría mucho más segura...

Escondo la cabeza entre las manos y gimo. La tía Midge lo aprovecha para lanzarse a la yugular.

—No me puedo imaginar cómo será cocinar en esa cocina tan moderna.

Levanto la cabeza.

—La semana pasada, en el programa de avance, dijeron algo... —Se rasca la cabeza, y finge que retrocede en el tiempo una semana—. Ah, sí. Encimeras de granito. ¿Sabes lo que son?

Puedo vivir sin encimeras de granito. Sin duda deben de ser estupendas para hacer dulce de leche. Pero básicamente solo sirven para aparentar. Vuelvo la cabeza.

—¿Y cómo se llaman esos electrodomésticos tan bonitos? Sub-Zero.

La miro. Ahora estoy ligeramente interesada.

—Pero Sub-Zero era solo la marca del frigorífico —sigue—. Creo que los hornos eran de otra marca.

¿Hornos? ¿En plural?

—Wolf. ¿Es una marca de hornos?

Me levanto.

—¿Qué más dijeron de la cocina?

La tía Midge se vuelve evasiva.

—Mmm..., ahora no me acuerdo. Veamos. Dos hornos grandes, seis fogones de gas, un frigorífico moderno con puertas dobles, un congelador en el garaje, un parterre elevado en el que cultivar plantas para cocinar junto a la puerta de atrás, una isla pastelera, un fregadero de granja... —Se vuelve para mirarme a la cara—. Caramba, es una auténtica vergüenza que una cocina tan bonita se eche a perder. Apenas sé hacer tostadas. Se quedará sin usar todo el día. Se llenará de polvo.

—¡Eres un demonio! —grito.

—Oh, calma. Tu cocina no está tan mal. Tienes un frigorífico y un horno y dos fogones la mar de buenos. ¿Qué más quieres? La superficie de trabajo está sobrevalorada, tú siempre lo dices. Tienes una vida estupenda en Iowa y no quiero que renuncies a ella.

Basta. Estoy oficialmente mosqueada.

—Me largo —anuncio, y empiezo a ponerme los zapatos—. Sabes que me estás volviendo loca. No entiendo por qué conviertes algo bueno en un gran problema para mí... Al fin y al cabo, has conseguido la casa de tus sueños, ¿no? —Me echo la chaqueta por encima de los hombros en un gesto teatral. No hay tiempo para mangas o botones. Estoy indignada—. Te encanta comprobar hasta dónde puedes provocarme. No quiero ir a Maine. Tú quieres ir. Deberías dar saltos de alegría, no fastidiarme hasta que estalle.

Abro la puerta de la calle y veo que todavía quedan algunos globos rojos en el porche de la tía Midge. El mero recordatorio de todo ese jaleo me provoca picores en los brazos y me acaloro.

—¡Espera! —grita la tía Midge antes de que pueda cerrar la puerta de un portazo. La veo tambalearse hacia la puerta moviéndose a la máxima velocidad que le permite su cuerpo—. Tengo algo que decirte.

El sonido de su voz temblorosa de anciana me ablanda. Tengo que calmarme. Respiro hondo y vuelvo a meter la cabeza por la puerta.

—¿Qué? —pregunto, con toda la amabilidad de la que soy capaz en mi estado.

—El frigorífico tiene un televisor incorporado. Podrías ver tus programas de cocina allí mismo, ¡mientras cocinas!

AAARG.

—¡No... pienso... ir! —grito, y me giro y cierro de un portazo, consciente de que ya puedo irme a casa y empezar a hacer las maletas para mudarme a Maine.

NEAN

«Lo primero que debes hacer, si no tienes ni cinco,
es pedir dinero prestado. Cincuenta centavos serán suficientes,
y deberían durarte de tres días a una semana, dependiendo
de lo lujosos que sean tus gustos.»

—M. F. K. FISHER
How to Cook a Wolf

Es lo que tiene que te toque una casa de ensueño en la tele.
Tienes que llegar hasta ella de algún modo.

Me monté en el autobús. El viaje duró cuatro días seguidos, y el culo me dolía horrores cuando llegué a la última parada de la Greyhound: Damariscotta, Maine. Tuve que pasar la noche en la estación de autobuses de Chicago, y también en la de Boston. En Boston fue bastante más chungo, francamente. No sé qué pasa con los vagabundos de la Costa Este. No son aficionados a los cuartos de baño.

Pero la estación de autobuses de Boston tenía algo a su favor: un locutorio con internet abierto las veinticuatro horas. Algo, que, después de tres días de viaje, me di cuenta de que me hacía muchísima falta.

La verdad es que después de que anunciaran mi nombre en la televisión estaba demasiado emocionada como para esperar instrucciones. Me envolví la mano ensangrentada en papel de cocina, llené mi bolsa de lona todo lo que pude con ropa interior y calcetines de lana y una caja extragrande de cereales —las ratas son capaces de vivir semanas solo con cereales—, lo metí todo en el coche de Geoff y me largué. Bueno, primero me aseguré de que todavía respiraba —y sí, uf— y me entretuve dejándole una nota explicando que me llevaba prestado su coche y que lo dejaría en la estación de autobuses de Waterloo con las llaves escondidas en la rueda del lado del conductor, y disculpándome por la herida de la cabeza. No quería cargarme todo mi karma. En la estación, cobré mi último cheque para poder pagar el billete de autobús y llamé a Hardee's desde un teléfono público para decirles que no volvería. Se puso Ricky, la gerente. Se alegró por mí.

Pero no dejé una dirección de contacto. No creía que a Geoff le apeteciera escribirme. De modo que los del sorteo estarían preguntándose cómo ponerse en contacto conmigo. Me imagino que fueron a la casa o llamaron a mi móvil, que estaba desconectado hacía semanas por impago. Así que el único método de contacto que quedaba era el correo electrónico.

Y sí, señor, cuando me conecté, esto es lo que encontré:

De: mmukoywski@HSHN.com
Para: janinebrown@gmail.com
Asunto: ¡Felicidades!

Apreciada señora Brown:
De conformidad con nuestra conversación, le mando un plano para llegar a su nueva casa (!) y al despacho del abogado donde se le entregará la documentación pertinente. Tiene hora con Caselwit, Stanson y Moss a las diez de la mañana del 9 de junio.

Si surge algo durante su viaje al este o a su llegada, por favor, llame a mi ayudante Lavender al (323) 400-1449.

¡Felicidades de nuevo!
Meghan Mukoywski
Productora ejecutiva, Canal Hogar Dulce Hogar

No tengo ni idea de lo que significa «de conformidad con nuestra conversación», pero hay un plano adjunto con la dirección de mi nueva casa: 1516 Shipwreck Lane. No tengo forma de imprimir el plano, pero al menos sé lo que tengo que buscar. Además, no será difícil: casa enorme, veleros y piscina climatizada.

Tras cuatro días de viaje en autobús, la soleada, pintoresca y encantadora Damariscotta es un cambio estimulante. El autobús me deja en un aparcamiento detrás de una farmacia de época, con las persianas pintadas de gris y las tejas verdes. El pueblo en sí me provoca arcadas. Hay una tienda de cerámica aquí y una de abalorios allá, y por supuesto un sinfín de joyerías, una al lado de otra, para satisfacer a los turistas ricos que lo invaden todo.

Tienen planos publicitarios gratuitos de la zona en todas las tiendas, alcanzo uno para intentar enterarme de dónde estoy y adónde voy. Pero los planos no están hechos a escala, se han dibujado atribuyendo una altura exagerada a los edificios donde están situados los patrocinadores y ni pizca de detalle de las zonas donde no hay tiendas, como el barrio donde debe de estar mi casa nueva. Sé que parezco una vagabunda, con el pelo sucio de cuatro días y la bolsa llena hasta los topes, así que no pregunto hasta que encuentro un estanco destartalado al límite de la calle principal. Dentro hay un viejo arrugado fumando una pipa tallada con la forma de un oso grizzly. Qué bien, pienso.

—Eh —digo, colocando el cuerpo en mi mejor postura de «no he venido a robar», con los brazos abiertos—. Busco Shipwreck Lane. ¿Tiene idea de cómo puedo llegar allí?

El viejo se rasca la barba gris poblada. En serio. Rezo porque mi sistema inmunitario sea lo bastante fuerte como para sobrevivir al envenenamiento por pintoresquismo, del que estoy recibiendo una dosis considerable.

—Bueno —dice por fin, con una voz que suena como si esa pipa de oso grizzly no fuera la primera que se ha fumado—. No puedes llegar allí desde aquí.

—Muy gracioso —digo, arqueando las cejas—. ¿Está lejos?

El hombre se incorpora un poco, sonríe, y me acerca la pipa.

—No está lejos. Mira, huele.

Inhalo con fuerza las hojas quemadas de su pipa. Hierba. Qué estilazo. Cruzo los brazos y sacudo la cabeza.

—Pero está bueno, ¿eh? —contesta, aunque no le haya preguntado nada—. Tengo un colega pescador que lo trae del puerto de Boston. No esa porquería orgánica que se cultiva en Vermont.

—Me alegro —digo, esperando que al tipo le queden suficientes neuronas para decirme cómo ir a Shipwreck Lane—. Pero, ahora en serio, ¿cómo se va?

—¿Se va adónde?

Por el amor de Dios.

—A Shipwreck Lane. Sé que está cerca de un faro —digo, recordando el avance publicitario del programa.

—Ah, sí. Shipwreck Lane... Tiene que ser en Permaquid Point. Ve a la calle principal y síguela hasta que no sea ni calle principal ni nada, solo una carretera tortuosa, que es la Highway 130. Cuando llegues a la tienda de lanas dobla a la derecha por Mariner's Way. Shipwreck Lane está por ahí, no sé dónde. —Golpea el plano de dibujos y me enseña exactamente donde voy. Me emociono.

—¿Puedo ir andando?

—¿Y por qué querrías ir andando? —pregunta, y sigue chupando la pipa.

Me encojo de hombros.

—¿Porque no tengo coche?

—Ah. Pues te acompañará mi hermana. Para ella cualquier excusa es buena para ir a la tienda de lanas y ponerse a hacer punto. Voy a hablar con ella. ¿Tienes prisa?

Ni la más mínima.

—Un poco —digo, intentando no parecer demasiado exigente, pero sí apresurada.

—No pasa nada. Espera.

El saleroso anciano porrero me da la espalda y alcanza un móvil. Poco después vuelve a mirarme.

—Ya viene —dice, y señala el techo—. No le digas que estaba fumando hierba. Se pone muy pesada con estas cosas.

—Claro. La esperaré fuera. Gracias por su ayuda. Ah, otra cosa, ¿puedo llevarme unas cerillas, ya que estoy aquí?

—Pues claro —dice, y me lanza una caja por encima del mostrador. BUD'S TOBACKY AND GIFTS, pone en la caja—. Encantado de haberte conocido.

—Lo mismo digo.

Abro la puerta de la tienda y salgo al aire fresco y el sol. Ahora tengo los bolsillos llenos con una pipa de recuerdo para mí, dos paquetes de cigarrillos American Spirits, y cuatro puros de calidad desconocida. Me muero de ganas de llegar a la casa y echarles un vistazo. No he pensado en robar un cortapuros, pero en la cocina habrá un cuchillo fuerte que servirá.

Media hora después estoy en el aparcamiento que comparten una colección de locales destartalados. En uno está la tienda de lanas, en la que la hermana de Bud ha entrado rápidamente después de mostrarme una sonrisa amable y quedarse con los cinco dólares para gasolina que le he ofrecido. Otro está claro que es una tienda de comestibles porque tiene el escaparate lleno de publicidad de cerveza y rollos de papel higiénico. Bien. Esto significa que no necesitaré coche en un futuro próximo, si realmente estoy a una distancia razonable para llegar caminando desde la casa. El tercer local es, por lo que puedo ver, una especie de tienda de jardinería. La verdad es que es misterioso, porque en el rótulo solo hay un dibujo de un champiñón rodeado de hadas voladoras. A lo mejor es aquí donde vive el gnomo del pueblo. Quién sabe. Qué raro es Maine.

Me pongo a caminar en la dirección que Bud me ha indicado y tras unos diez minutos encuentro Shipwreck Lane, y cuando lo encuentro, tengo una sensación en el pecho, como una opresión y falta de aliento, como la que sentí justo después de que dijeran mi nombre en el programa. La sensación de ser afortunada. Por supuesto sabía que me tocaría pero, aun así, oír mi nombre me lo confirmó y fue emocionante a más no poder. Siento de nuevo esa emoción cuanto más me acerco a mi nuevo domicilio. Crece en la cavidad de mi pecho, en la nuca y justo detrás de los ojos, donde escuece como lágrimas por salir.

Cuando llego al 1514, a solo una casa de distancia, tengo que empezar a recordarme cómo se respira; mis funciones corporales automáticas parecen estar fallando. Entonces veo un gran buzón en forma de barco con la inscripción «1516 Shipwreck Lane» y me pongo a correr jadeando —las cosas como son, no soy precisamente una amante del *fitness*—, y me precipito por el paseo de entrada, por el camino del jardín, por los tres escalones del pequeño porche, y por el porche, pensando mi casa, mi casa, mi casa con cada jadeo. Aprieto el cuerpo contra la puerta principal de color rojo, como si la abrazara, jadeando como un perrito perdido. Me quedo unos minutos así, abrazada a mi casa nueva mientras intento recuperar el aliento.

Entonces caigo en la cuenta de que no tengo llave.

JANEY

«Para la mayoría de los cocineros, las recetas servían principalmente de apoyo para refrescar la memoria.»

—TERESA LUST
Pass the Polenta

P erdí el depósito cuando rescindí el contrato, pero el encargado estuvo encantado de verme marchar: «Demasiados olores de cocina procedentes de mi piso», dijo. La verdad es que la reacción fue parecida en Wedding Belles Too, aunque ellos al menos no mencionaron los olores. Pero me obsequiaron con una tartita en mi último día, que tenía una cremallera glaseada encima muy graciosa. Todos dijeron que era muy buena cambiando cremalleras. Fue todo un detalle.

En cuanto a la tía Midge, hay un rótulo de EN VENTA frente a su casa. El precio de venta es asombrosamente barato, solo sesenta y cinco mil dólares, aunque la tía Midge me recuerda que compró la casa por doscientos dólares y una gran sonrisa hace mil años cuando solo tenía dieciocho. Aun así, no sabía que se pudiera comprar una casa por menos de cien mil dólares hoy día. El agente inmobiliario dice que es un «derribo», lo que significa que alguien comprará la casa de la tía Midge solo por el privilegio de echarlo todo abajo y construir algo más grande y más fabuloso en el terreno. Ella ha vivido setenta años en la casa y pronto será como si no hubiera existido nunca. La idea me pone un poco triste, pero la tía Midge no siente ni pizca de angustia.

—Coge el dinero y corre —dice—. ¡Ese es mi lema!

Y correr es exactamente lo que estamos haciendo. Es una carrera contra el tiempo si queremos hacer el viaje en coche de veintitrés horas de Cedar Falls a la casa de la costa sur de Maine y llegar el 9 de junio, y soy la única conductora legal en nuestra furgoneta de mudanzas, lo que no detiene a la tía Midge para intentar convencerme de que la deje conducir. Tenemos tres días para hacer el viaje si queremos llegar antes de la cita con el abogado de Maine para resolver los últimos detalles de la escritura. O eso creo, porque la confirmación de la cita de la productora, que tenía que llegar por correo electrónico, no ha llegado. Pero también es verdad que me repitió mal mi dirección de correo electrónico ocho veces. ¿Tan difícil es entender Janine punto Brown arroba gmail punto com?

Supongo que mi tartamudeo no facilitaba las cosas.

El primer día de viaje es agradable; llegamos a Sandusky, Ohio, y encontramos un motel con muchas habitaciones vacías para pasar la noche. Pero al día siguiente me levanto sintiéndome significativamente menos entusiasmada con la perspectiva de conducir y tengo que hacer frecuentes paradas para comprar caramelos y café y bajar del vehículo y hacer una de esas sacudidas de cuerpo entero de vez en cuando. Solo hemos llegado a Scranton antes de que me vuelva loca de atar y exija un hotel con un televisor que tenga el Canal de Cocina.

Esa noche, nos alojamos en un lujoso Holiday Inn, y veo tres horas seguidas de *Iron Chef* antes de quedarme frita y soñar con rayas amarillas y zonas en obras. Cuando subimos a la furgoneta al día siguiente mato el tiempo pensando en las cosas más extravagantes que podría cocinar con uno de los ingredientes secretos de ayer: esturión. Helado de esturión, este es evidente. Pero ¿qué tal un flan de esturión? ¿A qué sabría? ¿O pastel de queso de esturión? En buenas manos, esto podría estar bueno. Pregunto a la tía Midge si se comería una tarta de queso de esturión mientras avanzamos por las serpenteantes carreteras de Maine.

—¿Un pastel de queso hecho con tiburón? No lo entiendo.

—No, pastel de queso de tiburón, no. De esturión. Es un pescado. Lo tienen en aquella charcutería del centro que vende esos *bagels* polacos que te gustan, los *bialys*.

—Ah, sí. El pescado judío.

—No creo que el pescado esté adscrito a ninguna religión concreta —digo, y agradezco que estemos en un lugar cerrado y privado.

—¿Sabes a quien más le gustaban los *bialys?* A Ned. También le gustaba la tarta de queso.

A lo mejor es que llevo muchas horas conduciendo, pero por algún motivo no le contesto de la mala manera en la que normalmente contesto a la tía Midge cuando mete a Ned con calzador en la conversación.

—Me gustaría saber si te comerías una tarta de queso de esturión si intentara hacer una —repito—. Estaría rica. Algo así como una *quiche.*

—Era tan buen chico —dice.

—Y habría sido un marido maravilloso —digo con un sonsonete, acabando la alabanza repetida mil veces por la tía Midge.

—¡Es lo que iba a decir yo!

—Lo sé. Es lo que dices siempre que sale Ned a colación. Pero, mira, hace mucho tiempo que murió. Ya lo he aceptado. Tal vez deberías aceptarlo tú también.

La tía Midge está callada un ratito. Sé lo que está pensando: que nunca he aceptado la muerte de Ned, que vivo mi vida como si hubiera muerto yo en lugar de él. Me lo ha dicho otras veces, y yo lo ignoro con decisión porque, francamente, por muchos tópicos y eufemismos que suelte, no ha podido explicarme cómo se hace para superar algo tan maravilloso como lo que teníamos Ned y yo. Tampoco puede explicarme por qué querría hacerlo. No es que haya nada mejor en perspectiva.

Cuando la tía Midge habla por fin, me sorprende.

—Tienes razón. Puede que deba aceptar que ya no está. Es solo que eres la única familia que tengo y me gustaba verte tan feliz cuando estaba vivo. Ojalá pudiera volver a verte igual de feliz.

Su insólita seriedad me deja sin habla. De repente, me siento sensible y llorosa. El cabello teñido de color púrpura de la tía Midge tiembla en mi visión periférica y me entran ganas de parar y darle un abrazo enorme. Pero sigo conduciendo en silencio porque no me fío de mi voz para hablar.

—Tal vez —dice—, sería más fácil de aceptar si no tuvieras todo ese dinero del seguro en el banco.

Mis tiernos sentimientos se disuelven en un instante.

—¿Qué crees que debería hacer exactamente con él?

—¡Gastarlo! ¿Qué mejor oportunidad que ahora, que empiezas una nueva vida? ¡Podrías hacer lo que quisieras! Poner una empresa de *catering*. Abrir una tienda de utensilios de cocina. Viajar a Italia. Matricularte en una escuela de cocina. Las posibilidades son infinitas.

—Ya te dije que lo usaría para pagar los impuestos de la casa.

—Pero eso es solo una pequeña parte de lo que tienes. Me mata que lo tengas allí parado, incluso ahora que no tienes nada que te retenga.

Arqueo las cejas. Tengo algo que me retiene, pienso, pero no lo digo.

—No necesito el dinero. Ya he visto un par de tiendas de novias a una distancia prudente de la casa nueva. Cuando estemos instaladas iré a preguntar si necesitan modistas. No todo el mundo cose cremalleras tan bien como yo, por si no lo sabías.

La tía Midge sopla desdeñosamente.

—Como quieras. Desperdicia tu vida entre encajes. Pero no intentes impedir que yo lo pase bien.

—Ni se me ocurriría.

—Bien. Y no te quejes cuando nuestra casa sea una central de fiestas.

—No te preocupes. No me quejaré —digo, e imagino una casa llena de ancianos de geriátrico roncando en el salón a las ocho de la noche—. Pero no pongas el volumen de *Matlock* demasiado alto para que no se quejen los vecinos.

—No veo *Matlock,* guapa —dice la tía Midge con una risita burlona—. Veo *Colombo*. Y solo porque me parece muy macho.

Después de esto estoy demasiado impactada como para seguir hablando y cruzamos Nueva York en silencio.

NEAN

«¡El vino es esencial con todo!»

—JULIA CHILD
The Way to Cook

Esta es una historia concisa de todos los lugares donde he vivido: un montón. He vivido en dos caravanas, ambas veces con mi madre. He vivido en la Asociación Cristiana de Jóvenes, tanto con ella como sin ella, porque, aunque cueste creerlo, no les gusta nada que consumas cristal. He vivido en ocho casas de acogida, el período más largo fue de tres años y el más corto de dos días. Pero la mayor parte del tiempo he vivido con hombres. El primero fue cuando yo tenía dieciséis años y él veintiocho, y el último ha sido Geoff. Y los de en medio, bueno, no merece la pena mencionarlos, si no es para decir que todos me proporcionaron un techo. Y todos me dejaron claro que les debía mi agradecimiento. O algo más.

No hace falta decir que esta hermosa finca concienzudamente habilitada, en la costa de Maine, les da mil vueltas a todos esos lugares. Está elevada sobre el océano y rodeada de un mar de césped bien cuidado, senderos de piedra tortuosos, parterres de flores y altísimos abedules, sin embargo, nada distrae la mirada de la casa. Es al mismo tiempo magnífica y discreta, con sus tejados a dos aguas, las tejas grises envejecidas, las molduras más blancas que el blanco puro, y el porche delantero de dos pisos. Y todas esas ventanas…, debe de tener más cristales que aquella casa fabulosa de la película de época de Keira Knightley.

Así que me gustaría mucho entrar y empezar a vivir allí, en lugar de quedarme todo el día en el porche enfadándome conmigo misma por ser tan idiota y no saber cómo se supone que debo conseguir una llave de la maldita puerta.

Me siento en uno de los dos columpios gemelos y preciosos, de madera tallada, situados uno a cada lado de la puerta principal, con mesitas idénticas para limonada, a esperar, y reflexiono. Probablemente podría ponerme en contacto con la tal Lavender si encontrara un teléfono público —igual hay uno en aquel grupito de locales cerca de la tienda de lanas, pero si no, supongo que podría volver al pueblo haciendo dedo—, si es que todavía está en la oficina y si sabe cómo puedo conseguir una llave rápido.

Pero eso podría tardar una eternidad. Y ya estoy en la casa. Tiene que haber un modo más fácil.

Dejo la bolsa delante de la puerta y voy a hacer un reconocimiento. La parte delantera de la casa es una larga extensión de porche que se despliega a partir de la hermosa puerta principal de color rojo carmín, que es maciza y tiene un cerrojo de seguridad. Hay un macetero y un felpudo, pero ninguno de los dos esconde una llave. Busco por el jardín durante veinte minutos y no encuentro nada que se parezca ni remotamente a una piedra falsa o a una tortuga de cerámica con una llave debajo. Las ventanas están revestidas con vinilo hermético y tienen auténticos pestillos a cada lado y cristales dobles. Todas las mejoras de eficiencia energética que el equipo de diseño ha incorporado a mi casa me parecen un poco excesivas en este momento.

En el lado izquierdo de la casa —el Norte, si el sol poniente es de fiar, que creo que lo es— hay una hilera de setos gruesos y la piscinita rectangular, que es increíblemente tentadora para un chapuzón refrescante, y una puerta de cristal corredera para acceder a ella que es tan sólida como las ventanas. El lugar está herméticamente sellado y empiezo a tener la terrible sensación de que no podré entrar esta noche. Voy a la parte trasera de la casa, donde el océano choca con un enorme acantilado rocoso y encuentro el anexo que denominaban «sala tres estaciones» en el programa de avance. A lo largo de toda la casa y más allá se extiende una pared de ventanas altas sobre pilotes, y dentro veo una hueste de plantas en macetas sobre todas las superficies y un par de mullidos sofás de dos plazas colocados en ángulo de cara al mar. Vaya, seguro que la vista desde esta habitación será espectacular en un día de tormenta. Aunque a este paso no la veré nunca.

Pero cuando voy al lado derecho de la casa me toca la lotería. Una puerta de cocina, que no sé si es tan antigua como las colinas o está diseñada para parecerlo. Espero que sea lo segundo. Primero, hay una puerta mosquitera cerrada y esto no es problema. Utilizo simplemente la fuerza bruta y unas sacudidas creativas para abrir el pequeño gancho de alambre de la parte de arriba de la puerta y entonces deslizo la mano por la ranura y abro el pasador de la manija. A continuación solo hay una puerta de madera que suena a hueco. Saco mi carné de conducir y me pongo a trabajar en la cerradura, esperando que sea tan endeble como parece.

Me opone un poco de satisfactoria resistencia antes de deslizarse y la puerta se abre. ¡Estoy dentro! El carné ha quedado retorcido, pero ¿a quién le importa? De todos modos soy una conductora pésima. Entro en la cocina y echo un vistazo a los electrodomésticos relucientes y las elegantes encimeras, y entonces mis ojos se posan sobre lo que más deseaba hace solo unos minutos: un teléfono. En seguida estoy marcando el número del correo electrónico que memoricé en Boston. Lavender contesta al primer timbre.

—Despacho de Meghan Mukoywski.

—¿Lavender? —digo, jadeando.

Me doy cuenta de que estoy sin aliento. No es tanto por el allanamiento como por la emoción de estar en mi primera casa de verdad. Una casa más bonita que nada de lo que he visto hasta ahora.

—Mmm..., ¿de parte de quién?

—Lavender, soy Janine Brown —me oigo decir en tono autoritario a mí misma, como si fuera una persona importante, en lugar de simplemente afortunada. Ella no dice nada—. ¿Del sorteo? Gané la casa. —Debería calmarme un poco.

—Ah, sí ¡CLARO! —exclama Lavender—. Perdona, chica. Por supuesto que sabía quién eras, pero solo soy una becaria, o sea que ya te puedes imaginar.

Es una suerte que haya visto tantos maratones del *reality* *Jersey Shore* porque así entiendo perfectamente lo que intenta decir.

—No te preocupes —digo—. Oye, me gustaría saber cómo puedo conseguir una llave de mi casa.

—¿Cómo? ¿Has perdido la tuya? ¿Meghan no te dio una..., mm..., la semana pasada?

—¿Qué? No. ¿Quién es Meghan? ¿Qué? —La escucho solo a medias porque la casa es tan nueva y rutilante que me distrae—. ¿No hay una llave escondida en alguna parte por aquí? —En el armario de la cristalería hay por lo menos cuatro millones de copas de vino. No tendré que volver a lavar los platos nunca más.

—A ver, déjame echar un vistazo a los correos, ¿vale? —Oigo roces al otro extremo, como si buscara entre papeles y no correos electrónicos—. Bueno, el jardinero. Parece que dejó una llave. En el buzón. Algo que, estoy casi segura, no debería haber hecho.

Me doy una palmada en la frente como un humorista estresado. Por supuesto, Dios mío, el buzón. ¿Por qué no he mirado en el buzón?

—Qué bien, muchas gracias.

—¡Un placer! Oye..., has llegado antes, ¿no? Creía que no llegarías hasta el nueve.

De nuevo, no tengo ni idea de qué habla. Tampoco me interesa.

—Sí, bueno —digo.

Seguramente me he perdido algún correo durante mi exótico viaje en autobús por Estados Unidos.

—¿Podrías no mencionárselo a mi jefa? Meghan dijo que tenía que mandarte una cesta de fruta el día de tu llegada. Y flores para tu tía.

—¿Qué tía?

Hay un silencio perplejo al otro lado de la línea. Esta debe de ser la conversación más estúpida que he tenido en mi vida, y eso que trabajaba en un Hardee's con servicio a automóviles.

—Bueno, ¡qué más da! ¿Todo arreglado entonces, con los abogados y eso?

—Sí —digo, recordando el correo—. Caselwit, Stanson y Moss. Todo bien. Muchas gracias. ¡Adiós! —Cuelgo el teléfono antes de que pueda decirme adiós y me la imagino mirando fijamente el aparato y preguntándose qué acaba de ocurrir, y, ya puesta, ¿para qué sirve esta cosa llamada «teléfono»?

Y entonces me doy cuenta de que estoy hambrienta y exhausta y todo esto es mío, mío, mío.

Después de asegurarme de que la puerta no se cerrará conmigo fuera, voy corriendo al buzón, cojo un manojo de llaves con un llavero de plástico de Hogar Dulce Hogar, y voy a probarlas en la puerta principal. Al ver que funciona entro, meto una silla del comedor debajo del pomo de la vulnerable puerta de la cocina y paso a ponerme total y completamente cómoda.

JANEY

«Y, si no hay más remedio, siempre puedes pedir comida china para llevar y servirla en tu mejor vajilla con una copa de champán, y siempre podrás reírte de esto en el futuro.»

—INA GARTEN
Barefoot Contessa Family Style

Después de Nueva York, después de Connecticut, Massachusetts y New Hampshire, y después de un montón de Maine, salgo de una calle estrecha a un paseo largo y tortuoso que está solo parcialmente asfaltado. Ya estamos: 1516 Shipwreck Lane. Mejor no pensar que el significado del nombre de esta calle es «naufragio». Me alegro de poder dejar de conducir, pero también estoy un poco desazonada porque mi giro a la izquierda excesivamente entusiasta para entrar en el jardín nos ha costado el nuevo buzón y, probablemente, la fianza de la furgoneta. En cuanto oímos el crujido delator, la tía Midge empieza con su risa silenciosa, esa en que todo su cuerpo se sacude, y me hace reír a mi también, aunque esté enfadada conmigo misma por cargarme lo primero que he visto de nuestra casa nueva. Piso el freno y, en cuanto la furgoneta se para, ella se desabrocha el cinturón y baja del vehículo para supervisar los daños. Por el retrovisor la veo correr hacia la parte delantera de la furgoneta y mirar de arriba abajo la rejilla con una sonrisa tan grande que debe de doler un poco. Hace una señal de victoria con el pulgar y después va hacia las astillas de madera teñida de gris que eran el buzón.

Al cabo de un momento, se acerca a mi lado de la furgoneta y me hace señales para que baje la ventanilla, cosa que hago.

—¡Tenía forma de ballenero! —dice, riéndose tanto que al principio me cuesta entenderla—. ¡Has atropellado un barco!

Resoplo y al final yo también me echo a reír. No puedo evitarlo, estoy medio borracha después de los tres días que llevo en la carretera. Bajo de la furgoneta y piso la tierra, y veo lo que había sido un mástil en miniatura, elaborado con trocitos de madera, con unos jirones de vela desgarrada todavía pegados.

La tía Midge se agacha a recoger pedazos del casco y encuentra una cosita puntiaguda de plástico.

—¿Esto es un arpón diminuto? —pregunta a sacudidas, medio resoplando, medio riendo. Se inclina con las manos en los costados, desternillándose—. Madre mía, suerte que hoy me he puesto mi ropa interior absorbente.

Ah. Eso explica por qué no hemos tenido que hacer tantas paradas para hacer pipí en el último tramo del viaje.

—La sombra del águila —leo en un lado del casco partido—. ¡Vaya! Lo he sentido al principio —digo, inspeccionando el destrozo—, pero ahora me doy cuenta de que en realidad soy la salvadora de cientos de diminutas ballenas blancas de jardín.

—¡Por lo menos! Pero, ay, esas pobres viudas de ballenero diminutas. Los miradores para viudas en miniatura estarán a tope esta noche, te lo aseguro.

—Perdido en el mar diminuto. Es el ciclo de una vida diminuta —digo, y muevo la cabeza con falsa objetividad filosófica—. Pero ahora en serio, siento haberme cargado nuestro bonito buzón nuevo.

—Ah, vamos —dice la tía Midge, que ya ha recuperado la compostura—. Si no le hubieras pasado por encima, te juro que habría salido con un hacha antes de que terminara la semana. Puede que ahora vivamos en Maine, pero seguimos siendo marineras de agua dulce. Seguimos teniendo nuestro orgullo de Iowa.

—Entonces, ¿piensas sustituirlo por una mazorca de maíz? Eso sí nos haría las más populares de la calle.

—¿Por qué no? Ya veremos. No sé lo que elegiré pero seguro que no será tan marinero como este elegante navío. Tomaremos una jarra de aguamiel en su honor esta noche. —Deja caer el arponcillo y otros pedacitos de barco con un gesto de desdén—. ¡Deja todo, marinera! Dirijámonos por fin a la gran mansión. ¡Aaar!

—Sí, pero ¿desde cuando los balleneros hablan como piratas? —pregunto.

La tía Midge no me hace ni caso y se dirige a la casa tan rápido como se lo permiten sus piernas de ochenta y ocho años. Detrás de ella, paso junto a unos pinos altos y llego a un claro donde está la casa. Cuando la veo, casi me desmayo de emoción.

NEAN

«Si no te gusta cocinar, deberías tener los mejores utensilios.»

—LYNNE ROSSETTO KASPER y SALLY SWIFT
The Splendid Table's How to Eat Supper

Estoy sentada con una vieja camiseta gris y unas bragas negras de algodón, en una versión refinada de una butaca reclinable frente a mi nuevo televisor de pantalla plana, cuando oigo un ruido ensordecedor fuera que suena más fuerte que la reposición de *Melrose Place* que estoy viendo. Que ya es decir, teniendo en cuenta que este es el episodio en que Kimberly hace volar por los aires el complejo de apartamentos. Casi ha pasado una semana desde que me instalé en Casa Gratis, y me he acostumbrado al silencio pétreo que me rodea en este desolado peñasco. Me gusta. Así que ignoro el ruido de fuera y espero que desaparezca. Lo hace.

Pero unos minutos después me doy cuenta de que me estoy meando. Y entonces es cuando se lía la marimorena, hablando en plata.

Desde mi asiento en la taza del váter, con la puerta abierta para no perderme el programa de la tele, oigo el inconfundible ruido de pasos en el porche delantero. Al principio pienso que será otra cesta de fruta de Lavender, precisamente lo que me hace falta porque estoy viviendo de paté gourmet, arenques de importación y vino a la temperatura perfecta. Pero entonces, en lugar del timbre, oigo que gira una llave en la cerradura. De mi casa. Entonces es cuando ¡me doy cuenta de que alguien está allanando mi casa! ¡Con una llave! Siento como si fuera a vomitar o a mear otra vez o ambas cosas. Aterrorizada, cierro la puerta del baño de golpe e inmediatamente después me maldigo porque ahora estoy atrapada en un pequeño cuarto de baño sin escapatoria y sin posibilidad de llamar a la Policía y lo único que oigo son pasos en mi bonito suelo de baldosa de la entrada y a Heather Locklear cantándole las cuarenta a alguien.

Y entonces oigo el sonido del televisor al apagarse y dos voces, perfectamente claras, que suenan tan perplejas como me siento yo. Son mujeres sin duda, dos, y hablan de cómo es posible que alguien haya estado en la casa. ¡Muy bien, lista! Quizá sea la dueña de la casa, ¿no? La persona que está en este momento intimidada en el baño preguntándose si podría arrancar el lavabo de mármol para usarlo como arma.

—Quizá los obreros estuvieron aquí y la dejaron encendida —dice la primera voz.

Suena debilucha. La podría abatir solo con la barra del toallero.

—¿Para qué iban a ver la tele los obreros? —pregunta la segunda voz, más vieja, un poco temblorosa.

Genial. Me está robando una de las chicas de oro. Lo que hay que ver.

—¿Quizá para comprobar si funcionaba el cableado? —dice la primera voz—. No lo sé. Echemos un vistazo.

Los pasos se acercan. Se me acelera el corazón.

—¿Qué hay aquí? —pregunta la voz más anciana, y unos pasos se acercan a la puerta del baño.

Con sumo cuidado alargo el brazo y cierro el pestillo. Hace un sonoro clic. Maldita sea.

—¡Hay alguien dentro! —El pomo empieza a girar y a sacudirse—. ¡Ey! ¡Seas quien seas, abre!

No pienso hacer tal cosa.

—¿Estás segura de que hay alguien ahí?

Empiezo a evaluar las estrechas ventanas del cuarto de baño. Si me subo al lavabo...

—He oído que alguien cerraba la puerta. ¡Abre! ¡Sé que estás ahí!

—¿Y si llamamos a la Policía, tía Midge?

—¿Has oído eso? —grita la vieja—. Mi sobrina va a llamar a las autoridades si no abres inmediatamente.

Y ¿qué les van a decir? ¿Que han allanado mi casa y yo me he negado groseramente a recibirlas?

La ventana que alcanzo está atascada por la pintura. Malditos chapuceros regaladores de casas. Si fueran ellos los que vivieran aquí lo habrían hecho mucho mejor. Bajo y sopeso mis opciones. No tardo mucho porque no tengo ninguna.

—¡Tienes cinco segundos para abrir la puerta o la echamos abajo! —grita la abuela—. Cinco, cuatro, tres...

Abro la puerta y salgo con toda la naturalidad de la que soy capaz, teniendo en cuenta que estoy blandiendo una escobilla.

—Ostras, ¿ya no se puede ni mear en paz en tu propia casa? —pregunto, pero en cuanto veo lo que tengo delante, me olvido de chulerías. No me hacen falta.

Dos antiguallas me miran boquiabiertas. Una es más vieja que Matusalén, debe de medir metro veinte, agradablemente regordeta y con los cabellos morados. La otra es solo un poco mayor que yo, es delgada y alta, lleva una camiseta ancha de Mickey Mouse y unos vaqueros de talle alto. Siempre me había intrigado quién compraba esas camisetas horrorosas bordadas con dibujos animados en el centro comercial y ahora lo sé. Ojalá se fuera de mi casa.

—¿Tu casa? Esta es nuestra casa —dice la vieja—. ¿Cómo has entrado?

—Por la puerta —digo, considerando que más detalles serían engorrosos—. ¿Cómo habéis entrado vosotras?

—Con la llave que nos dieron los productores de Hogar Dulce Hogar, cuando ganamos la casa.

Intento no absorber este pedacito de información. Mienten; tienen que mentir.

—No ganasteis la casa. Yo gané la casa. Dijeron mi nombre por la tele. Soy Janine Brown de Cedar Falls, Iowa.

Eso hace callar a las mujeres. ¡Ajá!, pienso, sintiéndome victoriosa. Estas dos son artistas de la estafa o algo así.

54

Entonces la delgaducha habla conmigo por primera vez, en voz baja, mansamente, con un temblor en la voz.

—Soy Janine Brown de Cedar Falls, Iowa.

Oh, no. Oh, no, no, no. No puede ser.

—Demuéstralo.

Me mira un momento con intensidad y después saca una cartera con cierre de velcro del bolso. De ella sale un carné de conducir que yo estudio con atención. Por supuesto, todas sabemos exactamente lo que pone. Entro en modo pánico.

—Da igual. He llegado primero. La casa es mía, y no se hable más.

—¿En serio? —pregunta la vieja—. ¿Fue a tu casa un equipo de filmación y grabó tu reacción ante el premio?

—Sí —miento, pero ya me he puesto a sudar profusamente. La verdad es que hubo un momento en que me pregunté por qué no había venido ningún equipo de televisión. Pero entonces, hablé con aquella chica de la oficina y sabían que ya estaba aquí...

—¿Has recibido un correo electrónico oficial de la cadena? —contraataco—. Porque yo sí. Programando una cita para que firme las escrituras y todo eso.

La vieja mira a la otra Janine Brown con escepticismo.

—Un cuento chino —dice—. No podemos haber ganado la casa las dos. Tienes que irte.

Recuerdo un dato que he cosechado de la juez Judy.

—Ni hablar. La posesión es lo que cuenta. No me pienso ir. —Chúpate esa, viejales.

—Bueno, pues nosotras tampoco —salta la vieja—. Mañana a las diez nos reuniremos con los abogados que firmarán la escritura. Con nosotras. Te mandarán a freír espárragos.

Es la mención de esta reunión, mañana a las diez, como decía el correo electrónico que recibí en Boston, lo que me provoca un horrible escalofrío en la columna y un vuelco en el estómago. Esto no va bien, pienso. Nada bien.

—A vosotras sí que os mandarán a freír espárragos —digo, sintiéndome estúpida y frustrada incluso mientras suelto mis amenazas vacías—. Yo de vosotras no me pondría muy cómoda.

Pero mientras hablo hago muecas y entorno los ojos para evitar que me salten las lágrimas. Porque ahora estoy muy asustada. ¿Y si no he ganado la casa? ¿Y si la han ganado estas personas horribles? ¿Y si mi postal no llegó nunca? ¿O si hubo algún tipo de error en el sorteo, y la primera Janine Brown que firme la escritura es la que se queda la casa? Tengo que ser la primera Janine Brown en el despacho de abogados mañana. Tengo que serlo. Pero ni siquiera tengo coche, y el despacho está a kilómetros de distancia. Hasta ese momento pensaba hacer dedo y llegar cuando pudiera. Pero ahora me doy cuenta de que tal vez sea demasiado tarde.

En ese momento sé exactamente lo que tengo que hacer. Y mirando la cara arrugada y furiosa de la vieja y a su amiga tartamuda de las mejillas rojas, no me siento mal ni por un segundo.

—Salgo a fumar —le digo a la otra Janine Brown con una voz rara y rota—. Ni se os ocurra encerrarme fuera porque tengo llave. Además, llamaré a mis abogados y os echarán a la calle más rápido que canta un gallo. —Dicho esto voy a la cocina, aparto la silla de comedor que debía mantenerme segura y cierro la puerta de un portazo al salir.

JANEY

«Ten los cuchillos afilados.»

—JULIA CHILD
Mastering the Art of French Cooking, vol. 1

—Rápido, pon algo pesado frente a la puerta.

La tía Midge ya está yendo a la cocina antes de que la puerta mosquitera haya parado de rebotar. Yo estoy doblada por la cintura, con los codos sobre las rodillas, intentando respirar como es debido.

—No pienso hacerlo —digo, me incorporo y alargo el brazo para detenerla antes de que vaya demasiado lejos—. Siéntate. Pensemos en esto con lógica.

La arrastro hasta la larga y estrecha sala tres estaciones, que se extiende a lo largo de toda la casa por la parte de atrás. A lo mejor la hermosa vista del océano nos ayudará a pensar con más claridad. Empiezo a sentir que se calma el remolino aturdidor del pánico.

—¿Qué hay que pensar? —pregunta, y se deja caer en un blando sofá blanco y rojo de dos plazas, absolutamente indiferente a las vistas—. Tenemos a una estafadora ocupando la casa que ganamos, ni más ni menos. O la encerramos fuera ahora, o llamamos a la Policía o ambas cosas.

—Puede que diga la verdad. Janine Brown no es un nombre tan original, y Cedar Falls es lo bastante grande como para que haya vivido allí toda la vida y no nos hayamos encontrado. Puede que ella fuera la ganadora del concurso y lo mío fuera un error. Un error administrativo.

—¡Ja! Si se llama Janine Brown yo soy la reina de Saba. Espera... —La tía Midge se levanta del blando sofá con mucho esfuerzo y se va a la parte principal de la casa, pero vuelve enseguida blandiendo un bolso hecho polvo—. ¡Mira! —dice triunfalmente—. Se ha dejado el bolso.

—Por favor, dime que no vas a hurgar en sus cosas —digo, sabiendo que eso es exactamente lo que piensa hacer.

—Por supuesto que sí —contesta con una sonrisa maliciosa.

Se pone a rebuscar en el bolso. No es precisamente inmenso, pero está lleno hasta los topes. Un par de pañuelos de papel usados caen al suelo, y una lata de gas lacrimógeno cae encima con estrépito. Entonces la tía Midge levanta la mano triunfalmente blandiendo un fajo de tarjetas atadas con una goma. Suelta el bolso de cualquier manera sobre la mesita y saca la goma y empieza a mirar las tarjetas.

—Bruegger's Bagels, CVS, Walgreens, Hy-Vee —dice, leyendo los nombres de las tarjetas a medida que las va pasando—. Ninguna tarjeta de crédito —dice—. ¿No te parece sospechoso?

—No, no me lo parece, Sherlock. Muchas personas no compran a crédito.

—Muchas personas que no quieren dejar un rastro de donde han estado —dice.

Me juro en silencio que la obligaré a dejar de ver reposiciones de *Ley y orden*.

—¡Ajá! —Saca un carné de conducir retorcido.

Lo reconozco inmediatamente. Es de Iowa.

—Toma, léelo —dice la tía Midge, metiéndomelo en las manos a pesar de que yo no quiero participar en sus sórdidos asuntos—. Me he dejado las gafas en el bolso.

Me acerco la tarjeta y la estudio. Parece que la haya usado de palanca o algo así. Pero es auténtica sin duda, con el holograma del jilguero y todo.

—Janine D. Brown, 1851 Tom's Terrace, Cedar Falls, Iowa, 50613.

Pienso en la dirección. ¿No es un parque de caravanas cerca de la interestatal? Estoy casi segura de que sí.

—Es falso —dice la tía Midge, dejándose caer de nuevo en el sofá con la cara un poco aturdida.

—A mí me parece auténtico. Y por su fecha de nacimiento... —calcula, calcula, calcula— tiene veinticuatro años. Veinticuatro. No vamos a dejar a una chica de veinticuatro años de Iowa en la calle, en medio del campo de Maine. Se quedará aquí hasta que aclaremos esto y tenga otro sitio adonde ir. —Mientras hablo me doy cuenta de que no tengo que esforzarme por poner una voz autoritaria. Me ha salido sola. Miro hacia el acantilado y el océano, maravillada.

La tía Midge también me mira un poco maravillada. ¿También ha notado esa nueva determinación en mi voz?

—¿Has oído eso? —pregunta.

—¿Lo que acabo de decir? —digo ansiosa por recibir un elogio por ser tan asertiva, algo sobre lo que me sermonea a diario.

—No, no. A ti no te hago ni caso. Me refiero a ese ruido de fuera. Como un motor que se enciende.

Me ruborizo avergonzada y aguzo los oídos para escuchar el ruido.

—Suena como si entrara un coche en el jardín.

—O saliera. —La tía Midge parpadea un par de veces y después se da una palmada en la frente—. ¿Dónde has dejado las llaves de la furgoneta?

—Creo que las he dejado en el contacto cuando he chocado con el buzón. ¿Por qué?

La tía Midge suspira teatralmente.

—Ve fuera a mirar. Yo llamaré a la Policía.

Se me enciende la bombilla como si me cayera una tonelada de ladrillos encima.

—¡Oh, mierda! —grito y salgo de la gran sala corriendo, paso por delante de la elegante chimenea de piedra caliza y el televisor LED de 52 pulgadas y por la gran puerta roja, y llego al porche, donde tengo la perturbadora visión de nuestra furgoneta, con los faros encendidos, saliendo marcha atrás de la larga entrada bordeada de árboles. Grito horrorizada, y la conductora me mira con una sonrisa absolutamente perversa y me hace una peineta con un gesto ampuloso antes de desaparecer de mi vista. Oigo un chirrido de neumáticos y crujido de grava, y después el sonido inconfundible del motor acelerando en la calle principal.

Me quedo en el porche, indefensa, cerrando los puños e hirviendo de furia. Todo esto momentos después de defender a esa..., esa asquerosa diabólica.

Me doy la vuelta y regreso dentro en tromba, donde la tía Midge ya está hablando con mi móvil dando una descripción de la otra Janine Brown.

—Sarnosa, espantosamente flaca, metro sesenta y cinco, pelo teñido de rojo morado. Burdeos. Camiseta gris. Sin pantalones. Sí, eso, sin pantalones. Acabamos de verla marcharse hace cinco segundos. Sí, eso.

Toco a la tía Midge en el hombro y me mira; levanta un dedo para que me espere.

—Espere un momento, agente —dice después.

Pero cuando tengo la oportunidad de hablar, me quedo muda. Miro a la tía Midge con absoluta desesperación. Tengo ganas de llorar, pero no soy llorona. Aun así, todo estaba en esa furgoneta. Mi fe en la humanidad incluida. Mis ojos permanecen secos, pero se me hincha la garganta y siento calor en la cara, y sé que si abro la boca no saldrá ningún sonido.

—Lo sé, cariño —dice la tía Midge, pasándome su brazo frío por la cintura y acercándome más a ella. Me acaricia la cadera con la mano y repite—: Lo sé.

Después sigue hablando por teléfono con un tonillo un poco John Wayne en la voz.

—¿Detective? Diga a sus hombres que la queremos viva o muerta.

Pasan dos horas antes de que aparezca una pareja de agentes muy poco preocupados y nos tome declaración, y después pasan varias horas sin incidentes mientras esperamos que nos digan algo. Sé que deberíamos pasar el tiempo visitando la casa, admirando la maravillosa decoración y la preciosa arquitectura de nuestro nuevo hogar, pero estoy demasiado angustiada y amargada para disfrutarlo. La tía Midge da vueltas por la casa haciendo comentarios.

—Aquí pondré mi colección de placas conmemorativas de Elvis. Si vuelvo a verla...

O anunciando el nombre de cada botella de vino vacía que encuentra tirada por la casa.

—¡Lamothe de Haux Bordeaux Blanc! —grita, pronunciándolo «La Moce deaus Bordeaus». Suspira con el suficiente dramatismo como para obtener un papel en uno de sus culebrones preferidos—. A saber cómo estaba. No lo sabremos nunca, supongo.

Al cabo de unos minutos de aguantar esto me subo por las paredes. Le digo que voy a echar un vistazo al exterior de la casa y salgo por la puerta, cerrándola por fuera para ir sobre seguro. Está oscuro, pero las luces del porche iluminan lo bastante para que baje con cuidado los escalones y dé la vuelta por el lado izquierdo de la casa. Allí, detrás de una hilera gruesa de coníferos, encuentro la legendaria piscina interminable, que emite una especie de ronroneo por debajo de su pesada cubierta. Mañana, suponiendo que sigamos siendo propietarias de la casa, intentaré animar a la tía Midge poniendo en marcha la piscina.

Camino en paralelo a la parte interior de la hilera de setos, siguiéndolos alrededor de la piscina hasta donde terminan en una verja alta de jardín y el lado de la casa. Abro el pasador anticuado de la verja con una pequeña sacudida. Al otro lado está el jardín propiamente dicho, más o menos mil metros cuadrados de abedules y hierba alta que cubre la distancia entre la casa y el saliente de roca que forma el acantilado. Mirando más allá, oigo el sonido del mar chocando y retirándose, pero solo veo oscuridad hasta que me doy cuenta de que también hay estrellas.

De la casa sale bastante luz, la suficiente como para apagarlas un poco, pero aun así esta constelación de estrellas oceánicas desprende un brillo que me encandila. Me siento lo más cerca que me atrevo del borde del acantilado y empiezo a seguir las más brillantes en círculos alrededor del cielo, sintiéndome cada vez más segura. Veo la neblina resplandeciente de la Vía Láctea, que discurre por el firmamento en un gran arco, y abajo, más cerca del agua, encuentro al Cisne volando hacia el sur, con el cuello estirado y las alas extendidas como si hubiera pillado una buena corriente térmica y se dirigiera al nido.

El resto del firmamento nocturno es un borrón para mí, pero es un borrón hermoso. Un borrón fascinante. Me olvido de la casa y de la furgoneta y de la chica que la ha robado y me permito recordar la última vez que vi estrellas tan brillantes. Fue durante una acampada con Ned en las Ozark. Cierro los ojos con fuerza, y cuando los abro, estoy allí, en un risco con una hoguera a mis espaldas. Siento la mano de Ned donde siempre acababa, en la parte de arriba de mi cuello, acunando la parte más pesada de mi cabeza, con los dedos entre mi pelo.

—Ned —pregunto—. ¿Qué hago en Maine? ¿He ganado de verdad esta casa o es solo un error colosal? Y si lo es, ¿qué debería hacer ahora?

Espero un segundo, como si fuera a responderme. Pero en lugar de la voz de Ned, oigo pasos suaves sobre la hierba blanda que se dirigen hacia mí. El paso es rápido y seguro, nada que ver con el arrastre indeciso de la tía Midge. Me levanto tan deprisa que me mareo un poco.

—¿Quién anda ahí? —grito como una loca.

Tengo el corazón acelerado y noto que me sudan las axilas. Es la maldita ansiedad social, empeorada por el hecho de que hace solo un segundo estaba con la persona que me conocía mejor que nadie.

A lo lejos veo una figura que abre los brazos y hace una especie de encogimiento de hombros, como un guardia del zoológico acercándose a un animal salvaje.

—Hola, perdona si te he asustado —dice, y se acerca más. Tiene una voz serena y natural, casi cantarina, y se me relajan una pizca los hombros y mi corazón se calma ligeramente—. Soy Noah Macallister, y vivo por aquí. ¿Eres Janine?

Pestañeo varias veces. El desconocido está situado entre la luz que sale de la sala tres estaciones y la oscuridad del océano, cosa que le otorga una aureola de misterio. También me imposibilita distinguir nada más que su contorno.

—Lo siento... —Me sudan las manos. No sé qué decir. Empiezo a retroceder dando tumbos.

—¿Janine? —dice y se acerca más. Siento que se me salen los ojos de las órbitas—. Espera, cuidado.

De repente me acuerdo de que estoy al borde de un acantilado. Un acantilado resbaladizo. Busco una forma de moverme, lejos del abismo, sin caminar hacia el desconocido. Tendré que esquivarlo un poco por la izquierda, pero no me importa dar un rodeo con tal de evitar el contacto. Estiro los brazos delante de mí, con las palmas hacia fuera; el símbolo internacional de «no te acerques» y empiezo a caminar en un arco amplio hacia la izquierda.

El hombre me mira con curiosidad, pero no se acerca más.

—¿Te encuentras bien? —pregunta.

Me da miedo, como todos los desconocidos que encuentro, pero por alguna razón —quizá sea su voz grave y cantarina— no me siento realmente amenazada. Solo en peligro de que me humillen.

—Voy a volver adentro —digo cautelosamente. Sé que el pobre hombre pensará que estoy como una cabra, pero me da igual; así de desesperada me siento por no hablar con él. Sigo caminando, rodeando el césped. Estoy cada vez más cerca de la luz de la casa, muy poco a poco.

—Mmm... —dice, asumiendo claramente mi demencia—, de acuerdo, tranquila. Pero te gustará saber con quién estoy antes de irte...

Perpleja, bajo los brazos y busco a otra persona cerca.

Se lo toma como una invitación y da un paso hacia mí.

—¿No habrás perdido de vista hoy una furgoneta de mudanzas? —pregunta.

Doy la vuelta rápidamente para encararme a él. Ahora le veo el pelo oscuro desgreñado y los hombros rectos y anchos. Viste unos vaqueros azules y una camisa tejana desabrochada sobre una camiseta de color claro. En los pies calza unas botas de trabajo imponentes.

—Porque si la has perdido, sé dónde puedes encontrarla. Ven —dice como si nada, como si fuera lo más normal del mundo.

Y a mí está a punto de darme algo.

Bajo la cabeza y doy otro paso lateral. Él da dos hacia mí. Me quedo paralizada, sintiendo un ligero temblor.

Ladea la cabeza como si cavilara. Después la ladea en la otra dirección.

—Aquí fuera está muy oscuro, y no me conoces de nada. ¿Por qué no vas al porche, donde hay mucha luz, cerca de la puerta, por si te dan ganas de entrar? Iré a buscar a mi amiga y nos encontraremos allí. —Gira el cuerpo para dejarme una ruta segura por la que pasar a su lado y llegar a la casa.

—¡De acuerdo! —grito demasiado fuerte, aliviada por poder alejarme de las olas que chocan y los acantilados escarpados y mi oscuridad privada. Voy en línea recta a la casa, subo los tres escalones del porche y me siento en una de las mecedoras; me mentalizo para hablar con este hombre y enterarme de lo que sabe de nuestra furgoneta. Solo es un tipo amable de Maine, me digo. No es una novia furiosa ni una productora de programas de telerrealidad ni una ladrona de furgonetas de mudanza. Aun así, me siento aturdida. Bajo la cabeza entre las piernas y respiro hondo durante un tiempo que me parece eterno, hasta que me he calmado un poco y la mayor parte de mi pánico se ha convertido en curiosidad. Es entonces cuando Noah Macallister dobla la esquina y se sitúa bajo la luz. Detrás de él, todavía en la oscuridad, hay otra silueta, más pequeña.

—Esto está mejor —dice, y se sienta en la mecedora del otro lado—. Aquí se está mucho más cómodo.

Por fin puedo verle la cara. Es cuadrada y está ligeramente bronceada, con una barba más que incipiente y cejas pobladas sobre unos ojos verdes amables. Lleva el pelo despeinado, sí, pero de una forma rebelde bastante simpática, más alborotado que greñudo. Siento un cosquilleo dentro. Una parte de mí largamente silenciada lo identifica como atracción.

—Así que eres la afortunada ganadora de esta casa, ¿eh? —pregunta.

Asiento, porque prefiero no explicar que en realidad no tengo ni idea. Ahora estoy lo bastante tranquila como para pensar que podré hablar si deseo hacerlo. Pero quizá todavía no.

—¿Está bien la casa? —sigue—. Seguro que grande es.

No es exactamente un elogio, pero al menos no exige una respuesta.

—Bueno, a ver... El propósito de mi visita... —Se echa hacia atrás en la mecedora como si fuera a contar un cuento—. Iba conduciendo por la 130 hacia el pueblo y he visto una furgoneta de mudanzas aparcada en la cuneta, a unos quince kilómetros de aquí. No es algo muy normal. He parado para ver si había pasado algo y me he encontrado a esta jovencita... —Se apoya en los brazos del balancín par echarse hacia adelante y grita hacia la oscuridad—. ¡Sube, Nean! —Vuelve a dejarse caer sobre el respaldo, sin dejar de observar atentamente mi cara.

De la penumbra emerge una versión mucho más tímida de la chica que ha robado la furgoneta. Tiene una postura encorvada y cabizbaja, como un cachorrillo travieso. Lleva unos pantalones de deporte cortos y muy anchos enrollados en la cintura varias veces y unas chanclas de plástico, de las que venden en todas las estaciones de servicio y tiendas de alimentación. Parece incluso más joven de lo que es. Meto los labios hacia dentro y los aprieto con fuerza, cerrándolos a cal y canto, como la casa.

—Sin pantalones, descalza, y en una furgoneta de mudanza sin gasolina —sigue el hombre, mientras la otra Janine Brown se acerca lo bastante a la luz del porche para que vea sus pies sucios, las bolsas oscuras bajo los ojos—. Y yo que me digo «Aquí pasa algo raro». Ha dicho que se estaba mudando, pero he sumado dos y dos al ver que no tenía ninguna identificación y tampoco sabía dónde estaba. Además, mostraba un enorme interés en no verte esta noche, ¿no es cierto, Nean? —se dirige a la chica—. Así que he pensado que este era el primer sitio donde debíamos ir —añade con una sonrisa pícara—. Tampoco tenía muchas alternativas, porque Pemaquid Point es un sitio muy tranquilo, exceptuando los lobos costeros.

Al oír la absurda expresión «lobos costeros», siento una contracción involuntaria en las mejillas, y sin querer se me escapa una sonrisa espontánea. Asiento solemnemente, y hablo en un tono de una firmeza sorprendente.

—Ah, sí, los lobos. Muy peligrosos.

—Y con la suficiente fuerza como para romper el parabrisas, por si no lo sabías. Sobre todo cuando salen a cazar en manada. —No sé cómo pero mantiene una expresión absolutamente seria—. Bueno, después de que saliera toda la historia sobre la furgoneta robada y la confusión del sorteo, le he dicho que estaba seguro de que la dejarías pasar aquí la noche, siempre que devolviera la furgoneta y no hiciera ninguna tontería más. Porque el dilema es o aquí o fuera con los lobos. He pensado que no podías ser tan despiadada, pero la decisión es tuya.

La broma deja de tener gracia cuando me planteo dejar a esta persona, a Nean, creo que se llama, entrar otra vez en la casa que espero que sea mía. Sacudo la cabeza.

—No, no puede quedarse —le digo al hombre, a Noah.

—¿Lo ves, Noah? —gime Nean—. Te he dicho que eran horribles.

Le lanzo la mirada más asesina de la que soy capaz antes de mirar a Noah.

—¿No puede quedarse contigo? No hemos empezado con buen pie, por decirlo suavemente.

Una sombra le cruza la cara, una sombra tan oscura que me hace retroceder un poco.

—Lo siento, pero no. —Encoge los hombros y su tono se aligera solo un poco—. No quedan habitaciones en el hostal.

—Pues en un hotel.

—¿Pagas tú? —pregunta Nean, y dobla los brazos.

Aprieto los dientes.

—Bueno. De acuerdo —acepto.

Noah frunce el ceño.

—Me temo que es un poco tarde para eso. Solo hay una pensión en el pueblo y ya han cerrado. Pero en esta casona enorme tiene que haber sitio para ella, solo por una noche. Se portará bien, ¿verdad que sí, Nean? —Vuelve a mirarme—. Y aunque quisiera huir, no es que haya un lugar donde ir... —Levanta una de sus cejas oscuras y pobladas, y su actitud recupera cierta frivolidad.

—... sin peligro de lobos —acabo. Estoy asombrada, pero mi timidez ha desaparecido casi por completo.

—Eso.

—Bueno... —Me lo pienso. Sé que debería entrar y despertar a la tía Midge, pero me da vergüenza reconocer delante de estos dos que tengo que pedir permiso a mi tía de ochenta y ocho años. De todos modos, me veo en la obligación de decir que sí. Porque si existe la más ínfima posibilidad que esta casa le pertenezca, ¿qué derecho tengo yo a dejarla fuera?—. Tírame las llaves de la furgoneta —digo, alargando la mano abierta hacia Nean.

Noah sonríe y busca en el bolsillo de sus pantalones.

—He pensado que mejor las guardo yo mientras resolvemos esto. Toma.

Noah me deja las llaves, calientes por estar dentro del bolsillo, en la mano. De repente vuelvo a sentir ansiedad. La canalizo con la intrusa.

—En casa no se fuma —digo—. Y mañana, si los abogados dicen que la casa es nuestra, te largas.

Nean aparta de mí la mirada y la dirige hacia la oscuridad.

—Bien, pero no lo dirán.

—Estupendo —dice Noah—. Mañana, cuando sea de día, podemos llevar un poco de gasolina a la furgoneta y traerla aquí, si os parece.

—Perfecto, gracias. Y gracias por encontrar la furgoneta. Todo lo que tenemos está allí dentro. Habría sido una gran pérdida.

—Para lo que me necesites, Janine. —Me sostiene la mirada solo un momento, pero es suficiente.

Pienso que debería decirle que me llame Janey, pero la frase suena demasiado coqueta en mi cabeza y no me salen las palabras. Así que le doy la espalda y abro la puerta de la casa.

—¿Hasta mañana? —digo finalmente, cuando ya ha bajado los escalones del porche y se dirige a su coche.

—¡Lo estoy deseando! —grita, sin darse la vuelta.

Me parece escuchar una sonrisa en su voz, pero está demasiado oscuro para saberlo con seguridad.

NEAN

«La civilización empezó con el invento de la hora del cóctel.»

—ROY FINAMORE
Tasty

¿Lobos costeros? Deben de pensar que soy idiota para creerme esa estupidez. Como puede afirmar cualquiera que tenga el canal National Geographic, en Maine no hay lobos desde hace cien años, y bien contentos que están.

Pero, echada en el acogedor dormitorio que creía que era mío, viendo como la salida del sol tiñe la habitación de rosa, tengo que reconocerlo: necesitaba una excusa para volver aquí, y dejar que esos bobos crean que me dan miedo los lobos costeros era tan buena como cualquier otra. Antes de que me encontrara Noah el Montañés Errante, estaba completamente perdida, sin gasolina, con una larga noche por delante en la cabina fría de una furgoneta de mudanza y no me apetecía especialmente la idea. Al fin y al cabo, puede que en Maine no tengan lobos, pero sí tienen asesinos en serie, como en todas partes. Más, si se le da crédito a Stephen King.

Y..., aunque me estremezca reconocerlo, en los recovecos más recónditos de mi oscuro, oscuro corazón, me sentía muy mal por lo que había hecho. No pienso decírselo nunca a esas dos. Probablemente están en el pasillo soñando con colgarme de las uñas de los pies y atizarme con los colgantes de macramé para plantas. Pero sé que habrán guardado toda su vida en aquella furgoneta, y ya me arrepentía bastante de haber dejado mi bolsa de lona para comprender cómo debían sentirse por haberlo perdido todo. Tampoco se trataba de la bolsa de lona. Lo que en realidad echaba de menos eran unos pantalones y unos zapatos. ¿Por qué hago estas cosas?

Supongo que el orientador del instituto tenía razón: tengo dificultades para prever las consecuencias de mis actos.

De todos modos, en cuanto me llevé la furgoneta me di cuenta de la estupidez que estaba haciendo. El reloj del salpicadero me dijo que la hora de cierre del despacho de abogados había pasado hacía mucho, aunque eso no me impidió gastar hasta la última gota de gasolina de la furgoneta para ir a Damariscotta. Y cuando llegué, encontré el despacho de abogados en la calle principal, cerrado a cal y canto tal como esperaba, con mi escritura atrapada dentro.

Al menos espero que sea mi escritura.

¿Y si no lo es?

Como ha comentado Noah en el coche de vuelta aquí, podía intentar convencer a la auténtica Janine Brown para que no me denunciara mañana. Parecía buena persona, y si no tan buena persona, al menos sí con tan poco carácter como para dejarme marchar con solo una regañina.

Pero ¿entonces qué? No me queda dinero y no conozco un alma a este lado del Misisipi. Aunque pudiera regresar a Iowa, sería poco prudente volver a los brazos de Geoff, teniendo en cuenta nuestras diferencias de opiniones previas respecto a su cráneo y mi taza de café. En el tema «techo sobre mi cabeza», ganar esta casa es lo más lejos que he llegado en mi planificación. Si resulta que no la he ganado, me he quedado sin ideas.

Por supuesto, seguro que hay algún refugio por aquí donde pueda quedarme. Por Dios, cómo detesto los refugios. Son terribles para todo el mundo, pero para las chicas son un infierno. Haría lo que fuera para no tener que depender de ellos... y lo he hecho. Seamos sinceros, no estaba saliendo con Geoff por gusto.

Quizá, si voy al pueblo, encuentro un empleo enseguida y si ahorro hasta el último penique pueda permitirme alquilar un apartamento. ¡Sí! Luego podría ir a la escuela nocturna y sacarme un título para intentar ganar más dinero. Quizá, para variar, también conozca a un buen hombre. Sería una Nean nueva de arriba abajo. Una Nean legal de los pies a la cabeza.

Pero... ¿para alquilar un apartamento no se necesita un certificado de solvencia? ¿Y cuánto tiempo tendría que trabajar en un empleo con sueldo mínimo para ahorrar para pagar el primer mes de alquiler y la fianza? Veamos..., si me saco diez dólares la hora y encuentro un apartamento por trescientos, esto es..., eh, solo son dos semanas de trabajo, con algo más para los impuestos. Podría vivir en un refugio un par de semanas. Sin problema.

Sí, bueno, dos semanas suponiendo que no coma ni haga nada ni vaya a ninguna parte en todo el tiempo. Mierda.

Tengo que haber ganado esta casa y basta. No queda otra. Al fin y al cabo, fue mi nombre el que Carson Jansen-Smit leyó en la televisión nacional, y fui yo la que llegó primero a la casa. Fui yo quien descubrió la forma de entrar. Fui yo la que recibió un correo electrónico de la productora de HDH.

Fui yo quien se comió la cesta de fruta de felicitación.

Es mi casa. Y no voy a esconderme aquí como una ocupa esperando descubrir algo de lo que estoy absolutamente segura. Voy a bajar y a comer algo en mi cocina y ver algo en mi televisor y bañarme en mi piscina y hacer lo que me dé la gana hasta que encuentre la manera de deshacerme de esas dos intrusas de una vez por todas.

Cuando bajo sobre las seis y media de la mañana, lo primero que noto es un zumbido fuerte, como un frigorífico tomando esteroides o una nave espacial marciana. Parece proceder de fuera, lo que hace más probable la opción de la nave espacial. Despistada, abro la puerta del lado de la piscina y salgo a investigar. Sin duda el zumbido viene de la piscina..., de mi piscina, me recuerdo a mí misma. ¿Y qué hay en mi piscina? Una viejecita desnuda. Vieja de verdad. Desnuda de verdad.

Chapoteando y salpicando de verdad como Dios la trajo al mundo.

Parece estar nadando en un estilo parecido al de braza, si es que se puede nadar a braza con los pechos rebotando sobre los brazos de esa manera. Ahora me doy cuenta de que la piscina es una especie de cinta transportadora de agua que crea una corriente en una dirección, de modo que puedes nadar constantemente sin moverte del sitio. Vaya. Y yo que creía que era solo un *jacuzzi* enorme.

La piscina sigue zumbando ruidosamente, y estoy segura de que ella no puede oír nada con toda esa agua corriendo junto a sus oídos y el ruido estruendoso que hacen sus brazos cada vez que golpean el agua. Pero tal vez me percibe de algún modo porque después de unos segundos baja los brazos y se para, luego busca el mando para apagar la corriente.

—Vaya, vaya, vaya, mira lo que ha traído el gato.

—Más bien lo que ha sacado el gato —digo, observando sus movimientos sorprendentemente ágiles cuando sale del agua subiendo la escalera. Está totalmente desnuda pero no parece avergonzada en absoluto—. Esta es mi casa, al fin y al cabo —recuerdo—. Puedo ir y venir a mi antojo.

Pone cara de exasperación.

—Me da igual si es la casa del papa, más te vale tener una furgoneta de mudanza aquí si quieres que deje de atacarte. Pásame la toalla.

Recojo la suave toalla beis que está a mis pies sobre la hierba húmeda y se la lanzo con cuidado.

—Lo siento mucho, en serio —digo con toda la seriedad de la que soy capaz—. De hecho, anoche ya intentaba devolvérosla. Sabía que la necesitaríais para marcharos hoy.

Ignora esto último con la misma seguridad que si no lo hubiera dicho.

—¿Y?

—Me perdí y luego me quedé sin gasolina. La dejé a unos diez minutos de aquí.

La anciana hace una mueca de desesperación y empieza a secarse con vigor.

—Tienes mucha cara, jovencita —dice, de esa forma humillante que solo las mujeres mayores dominan—. Nos robas el coche y luego vuelves como si la casa fuera tuya.

—Es que es mía. Dijeron mi nombre en la televisión. Eso significa que gané.

Me mira con los ojos entrecerrados.

—Pero ¿no hubo productores con globos cuando lo descubriste? ¿Ni documentos que lo confirmaran?

Sacudo la cabeza, sintiendo otra vez esa inoportuna sombra de duda, pero negándome a mostrarla.

—Exactamente no. Pero sí recibí un correo electrónico de confirmación de la productora de la cadena, Meghan Mewcow no sé qué. Y...

—¿Meghan Mukoywski?

—Eso —digo—. Y he hablado varias veces con su ayudante.

—Bueno, ya veremos de qué te sirve. Ahora deja de mirarme como un adolescente hambriento de sexo y ayúdame a tapar la piscina.

Avergonzada, me doy cuenta de que la estaba mirando fijamente. Ahora que está de vuelta en la tierra, con su cuerpo totalmente expuesto, veo que, curiosamente, es hermoso. Que nadie me malinterprete, me gustan los hombres exclusivamente, pero ella está bien para ser una vieja. Si fuera un hombre, sería atractiva sin duda. Un hombre mayor. Tiene tono muscular en los brazos y las piernas, a pesar de la piel arrugada, y aunque todo cuelgue en todas direcciones, sus anchas caderas de abuela hablan de galletas recién hechas y horas pasadas haciendo punto en un sillón.

—¿Cuántos años tienes? —digo sin más.

Resopla con indignación.

—No es asunto tuyo, señorita Ladrona de Vehículos Pesados. Agarra la esquina por allí. —Indica la lona para cubrir la piscina, y me apresuro a seguir sus instrucciones, maldita autoridad de señora mayor—. Justo aquí hasta este borde. No, más a la izquierda. Ahí. —Gruño y gimo intentando tirar de la lona sobre la piscina—. ¿Pesa, eh? —pregunta, yo levanto la cabeza para asentir y veo que su expresión se ha ablandado—. —Una dama no debería confesar nunca su edad, pero te diré que rima con «pinocho». Nunca lo dirías viéndome, ¿a que no?

—No, no lo diría. —No estoy diciendo la verdad exactamente, pero tampoco estoy mintiendo exactamente. Qué raro.

—Que quede bien tirante para que no caigan bichos dentro y se ahoguen —ordena, y mientras yo me esfuerzo para hacerlo, ella espera—. Entonces, ¿qué? ¿Pretendías robarnos la furgoneta y largarte? ¿Vender todas nuestras posesiones para comprar drogas y hamburguesas baratas?

Recuerdo el momento en que subí a la alta cabina de la furgoneta y giré la llave en el contacto. Solo quería tener la escritura en mis manos lo antes posible. Ahora estoy peor que si me hubiera quedado y esperado.

—Si soy sincera, no había pensado muy bien lo que iba a hacer.

Me mira con la cara arrugada. Siento como si intentara leerme el pensamiento. Lo tiene claro.

Finalmente aparta la mirada.

—¿Has desayunado? Vamos a buscar a Janey para que nos prepare algo. ¿Crees que esta casa venía con huevos y beicon?

—No, solo comida decorativa. Latas caras de pescado y tarros de verduras en conserva y cosas de los patrocinadores. Pero hay café...

—Algo es algo. Venga, vamos.

Me guía a través de la puerta corredera de cristal, todavía chorreando, y una vez dentro cambia la esponjosa toalla por un albornoz que parece más esponjoso aún. Le queda enorme y cuando se lo pone la hace parecer diminuta y un poco frágil, a pesar de la solidez que he presenciado al ver su cuerpo al natural hace solo un momento. A medida que el pelo blanco fino se le va secando, se le levanta en punta a trozos. Ahora sí parece que tenga ochenta y ocho años. Me esfuerzo por resistir el impulso de ofrecerle mi brazo para apoyarse.

Cruzamos el gran salón, pasando junto a enormes sofás de piel con cómodas mantas y cojines blandos encima, junto a librerías empotradas llenas de novelas con nobles pensamientos y jarrones agrupados, junto a mapas de navegación antiguos, enmarcados uno encima de otro en una alta pila hacia el techo abovedado. Sé que no se diseñaron para mí y, sin embargo, si cierro los ojos con fuerza y me imagino la casa más extravagante de mis sueños, sería así.

—Esta casa es un palacio —dice, recordándome que no soy la única que sabe soñar a lo grande—. ¿Has visto la enormidad de la ducha de vapor en la habitación de matrimonio? Podría invitar a las amigas a tomar el té allí dentro.

—Yo estaba pensando que sería un buen lugar para criar un caimán —contesto—. Dicen que les encanta la humedad.

Me gano una sonrisa por esto y su calidez me afecta de lleno. Será duro ver como su sueño se desvanece. Tal vez, después de firmar la escritura, dejaré que se quedé unos días, solo para que tenga tiempo de pensar en un plan B. Sí, creo que lo haré.

—Un caimán. No es mala idea —dice—. No sé qué le parecería a mi sobrina.

—¿Es tu sobrina? —No sé por qué, pero había supuesto que la otra Janine Brown era su nieta. Solo parece unos años mayor que yo.

—Sobrina nieta. Su abuela era mi hermana. También se llamaba Janine. Era toda una dama. —Su voz se enternece un poco y creo que estamos a punto de iniciar un viaje por el recuerdo. Pero antes de que pueda extenderse sobre su época y cómo nevaba cada día en mayo y tenían que comer carne en lata y nabos para sobrevivir, oigo pasos en la escalera. A través de las barras de la barandilla veo las piernas largas enfundadas en un pijama de la otra Janine Brown.

—¿Tía Midge? —llama con voz adormilada, y baja la escalera—. He dejado un mensaje en el servicio de recepción de llamadas del abogado. Han dicho que llamarían al señor Moss, que vete a saber lo que significa. ¡Oh! ¡Y alguien encontró nuestra furgoneta! Recuérdame que llame a la Policía y les diga que dejen de buscarla. Si es que la buscaban. —Cuando acaba de hablar ya está en el salón mirándome con los ojos entornados. Intento no parecer tan condenada como me siento—. Veo que has encontrado a la culpable.

—Buenos días, Janey —dice la anciana.

La tía Midge, creo que es así como la llamamos, pasa de largo hacia la sala tres estaciones y desaparece de la vista.

Janey —realmente es más Janey que Janine— me mira ladeando la cabeza.

—¿Has recogido todo para marcharte?

—Siento desilusionarte, pero no me voy a ninguna parte. La casa es mía y voy a vivir aquí. —Le dedico una sonrisa arrogante—. Pero gracias por llamar a los abogados, eso que me has ahorrado.

Janey parece consternada, pero antes de que pueda meter una palabra ni de canto, la tía Midge asoma por la esquina.

—Creo que deberíamos alimentarla antes de que los abogados den una patada a su culo de delincuente. Todo el mundo merece disfrutar del tratamiento Janey Brown al menos una vez...

Mientras me pregunto qué es exactamente el tratamiento Janey Brown, ella frunce los labios y cavila, mirando la cocina y luego a mí, por turno.

—Bien. Espera un momento. —Se va a la cocina; el ambiente de la sala se despeja con su salida. Menuda alegría de la huerta está hecha.

—Esta vista es impresionante —dice la tía Midge con un suspiro, de una manera que indica que debo ir a admirarla con ella.

Dócilmente, voy a la sala tres estaciones y veo que se ha puesto cómoda en el sofá de rayas. Tiene los pies apoyados en el enorme sofá y está lo suficientemente echada para que no esté claro si todavía está sentada. Me siento en un sillón igual de cómodo, pero permanezco en posición erguida para poder mirar el mar. Me gusta contemplar la vista ligeramente hacia el norte, donde se puede ver un ciclo constante de olas estrellándose contra el acantilado y reagrupándose de nuevo. Me recuerda un poco a mí misma.

—Es mucho más bonito que la pasarela del aeropuerto Waterloo Regional —digo, pensando en la vista desde el piso de Geoff, pero me arrepiento inmediatamente de haberlo dicho.

No quiero parecer patética. Quiero parecer la clase de persona que gana casas de un millón de dólares.

Pero ella parece ignorar mi comentario. Probablemente está absorta en pensamientos sabios de anciana. Recordando a todos los amigos que ha conocido y perdido; cada uno es una ola que surca en el mar de su vida... o algo así.

—¿Crees que es demasiado temprano para beber? —pregunta sin más ni más.

Se me levantan las cejas como si tuvieran muelles.

—Bueno..., no sé. Ya tienen que ser las ocho por lo menos.

Gruñe un poco y se ríe.

—Eres como mi sobrina, siempre reprimiendo el más ligero mal comportamiento.

Ahora sí que me troncho.

—No me parezco en nada a tu sobrina, puedes creerme —digo con mala leche.

—No —dice Janey, que ha aparecido de repente detrás de nosotras, en un tono dolido—. No se parece en nada a mí.

Nos damos la vuelta las dos con cara de culpabilidad.

Al verla con el pijama, sosteniendo una bandeja de tazas elegantes, con terrones marrones de azúcar y sobres de leche sin lactosa en bonitos cuencos a juego, siento una punzada de pena por esta pobre chica. Nos está sirviendo a cuerpo de rey. Puede que sea un poco pesada, pero no se parece en nada a mí, y eso es un cumplido.

—Oooh, café —suelto con demasiado entusiasmo—. ¿Dónde has encontrado la leche? —Sé que en la casa no había, porque busqué algo para preparar un ruso blanco la otra noche y no encontré nada.

—De mi bolso —explica la tía Midge, encantada consigo misma.

Janey me mira con cierta cautela al dejar la bandeja y acercarnos las tazas.

—Ayer hizo que nos echaran de un Dunkin' Donuts en Pensilvania cuando vació el cuenco entero de paquetes de crema de leche en su bolso. No sé por qué hace estas cosas. Creo que le viene de cuando la Depresión.

—¿Estás deprimida, tía Midge? —pregunto con curiosidad y recibo un risita desdeñosa como respuesta.

—Como si fuera posible —dice la tía Midge con un bufido.

—La Gran Depresión —aclara Janey—. Todavía la tiene metida en la cabeza.

—Bah. Lástima que no le tocara la Prohibición —digo.

—Muy bonito viniendo de una mujer que se ha bebido su peso en vino en menos de una semana —dice la tía Midge—. En fin, ahora nos vienen de perlas estas cremas de leche, ¿o no?

Pues sí, y estoy a punto de decirlo cuando golpean la puerta con fuerza. No tengo que mirar para saber, con toda seguridad, quién es.

Mike Moss, abogado, parece más un abuelo que un profesional. Lleva un abrigo de cheviot sobre unos Dockers, y estoy segura de atisbar unos tirantes cuando alarga la mano para estrechar la nuestra. Su apretón es cálido y pastoso. Estoy segura de estar en buenas manos con este tipo.

—Me han dicho en el servicio de llamadas que tenían problemas con el coche, así que he pensado que sería mejor pasar y solucionar nuestro asunto para que los peces gordos de la cadena dejen de aullar. Espero no molestar, señora... ¿Cuál de las dos es Janine Brown? —pregunta, porque Janey y yo hemos ganado a la tía Midge por un kilómetro.

—Yo —digo con firmeza.

—Las dos —oigo que tartamudea ella por detrás.

Palurda.

—Encantado de conocerla, señora Brown —dice, porque solo me ha oído a mí. —Ella es Sharla, mi secretaria. —Indica a la mujer desaliñada que está junto a él en el porche—. Es notario y será testigo de la firma de su escritura...

—Espere un momento, señor Moss —oigo decir a la tía Midge por detrás. Se sitúa a empujones entre Janey y yo y agarra al abogado del brazo y lo mete en la casa—. Hay algunas cosas de las que debemos hablar antes de que se firme ninguna escritura. Una pequeña cuestión de confusión de identidad.

Mike Moss parece perplejo, pero se deja llevar dentro de la casa y hace un gesto a Sharla para que lo siga.

—¿Confusión de identidad?

Me resisto al impulso de apartar a la anciana de un empujón.

—No exactamente —digo—. Gané la casa. Mi nombre es el que está en la postal ganadora. Llegué la primera, limpiamente. Estas dos... —gesticulo con la cabeza hacia Pixi y Dixi— ...me la quieren birlar.

La tía Midge tose con indignación.

—En realidad, es mi sobrina la ganadora —dice con tanta seguridad que, si yo fuera él, podría creerla—. Hemos hablado con la productora del sorteo en persona. La casa nos pertenece.

Mike Moss nos mira, primero a ella y luego a mí.

—¿Por qué no nos sentamos? —propone, como si fuera algo que sucediera todos los díaa—. ¿Es café eso que huelo?

—¿Janey? —dice la tía Midge—. Ve a buscar un par de tazas de café, por favor.

Miro a Janey. Si alguien me diera órdenes de ese modo en un momento así me pondría hecha una fiera, pero ella parece agradecida de tener una excusa para salir de la habitación. Esta chica es un poco tímida con los desconocidos.

Cuando estamos todos sentados alrededor de la mesita, con un café en la mano, Mike Moss abre su cartera gastada de piel y saca una carpeta.

—Veamos, señora Brown, señora Richardson, señora Brown —dice, con un saludo de cabeza a cada una—. Esto se resolverá fácilmente.

—¿Ah, sí? —pregunto sorprendida.

—Por supuesto. Tengo una copia del formulario de inscripción del ganador aquí mismo. —Cierra la carpeta con un ademán—. Necesito que cada una me diga qué puso exactamente en su inscripción para el concurso y tendremos nuestra respuesta, así de fácil.

Janey se pone a tartamudear frenéticamente.

—No..., es que yo, no... —tartamudea—. Es que... —Parece a punto de llorar.

La tía Midge le pone una mano en el hombro.

—Yo fui la que la inscribió. Lo hice por internet, utilizando mi antigua dirección, porque nunca me acuerdo de la suya. Así que su inscripción debía decir algo como Janine Brown, a mi atención, Maureen Richardson. Y mi dirección es... Bueno, era... 7411 Bradwood Drive, Cedar Falls, Iowa, 50613.

Se me ilumina la cara con una gran sonrisa. Sin duda esta es una prueba irrefutable de que soy la auténtica ganadora de la casa. Al fin y al cabo la inscripción de Janey ni siquiera la hizo ella.

—¿Y la suya, señora Brown? —dice Mike Moss, y tardo unos segundos en los que todos me miran, en darme cuenta de que habla conmigo.

Recito la antigua dirección de Geoff.

—Era una postal, por cierto, y sé que puse el franqueo necesario.

—Está bien —dice Mike Moss. Entonces su cara se ensombrece y reabre la carpeta sobre sus rodillas—. Señora Brown —dice, mirándome más a mí que a Janey— mi cliente, el canal Hogar Dulce Hogar, me proporcionó una copia supervisada por notario de la inscripción ganadora del sorteo, elegida por generación aleatoria en la casa Price Waterhouse. Puedo informarle de que la inscripción ganadora fue enviada por internet, no mediante postal, y pertenecía a la señora Janine Brown, a la atención de Maureen Richardson, 7411 Bradwood Drive, Cedar Falls, Iowa, 50613. Como obligan las normas públicamente difundidas del concurso, la inscripción ganadora fue notificada en persona por un empleado del canal Hogar Dulce Hogar, a partir de ahora el canal, así como por una carta certificada enviada la noche del sorteo o como muy tarde a las tres de la tarde del día siguiente. ¿Entiendo que no se le notificó en persona, señora Brown?

Dejo de escuchar después de que diga la dirección. Sé que me está dando algo importante, una hoja de papel en la que está

80

señalando algo, pero tengo los ojos borrosos, porque están llenos de lágrimas saladas.

—Miente —digo, alcanzando el papel y arrugándolo en una bola—. No puede ser verdad. Esto es un truco.

—Lamento el malentendido, señora Brown —dice Mike Moss dirigiéndose a mí con un ademán, aunque yo sé que le importa un comino. Le da igual que no tenga donde ir. Le da igual que esté en la calle—. Necesitaría ver su pasaporte u otro documento emitido por el Gobierno, mmm..., señora, mmm...

—Llámela Janey —dice la tía Midge.

—Está bien, Janey. Su pasaporte y podremos firmar la escritura.

Es como si ya no estuviera allí. Como si no hubiera estado allí nunca.

—¡Espere! —grito frenéticamente entre lágrimas, levantándome para impedir que Janey llegue a su bolso—. Esto no es justo. ¿La posesión no es lo que cuenta?

Moss sacude la cabeza mirándome compasivamente.

—Lo siento, señora Brown, pero no es así. La casa pertenece a esta Janine Brown —gesticula hacia Janey—. Su inscripción fue elegida siguiendo las reglas publicadas *online* en Hogar Dulce Hogar punto com. La participación en el concurso presupone el conocimiento y aceptación de tales reglas.

—No me venga con cuentos —digo sin convicción—. Me buscaré mi propio abogado. —Sí, claro. ¿Qué abogado no saltaría entusiasmado ante la perspectiva de un adelanto de sesenta y ocho centavos?

—En ese caso, esperaré que se ponga en contacto conmigo su representante —dice Moss.

Sigue fresco como una lechuga. Es porque me ve venir.

—¡Bien! —grito. Parece que tenga siete años—. ¡Porque lo hará! —Calla Nean. Cállate de una vez—. ¡Y lo lamentará! ¡Deseará no haberse metido conmigo! ¡Le dejaré sin un solo penique! —Enloquecida, hago pedazos la copia de la inscripción al concurso—. ¡Ya está! ¡Ahora no tiene pruebas!

Empiezo a buscar más cosas para destruir, sin saber qué, dando vueltas a la desesperada, tirando cosas de los estantes.

Sharla parece un poco asustada y cuando la oigo preguntar a Janey si deberían llamar a la Policía me doy cuenta de lo descontrolada e histérica que me he puesto.

—Sí, llama a la Policía —estallo, mientras Janey mira a la tía Midge— y ¡dile que estás metida en una estafa para robarme lo que he ganado legítimamente! —Ahora sí sé que parezco loca de atar. ¿Qué estoy haciendo? Me van a meter en un manicomio.

Pero la tía Midge, con el ceño fruncido que ha tenido desde el momento que me he levantado, me detiene, me pone una mano en el brazo de la misma manera que ha hecho con Janey hace un momento.

—No será necesario. Nean recogerá sus cosas con calma y se marchará. ¿No es verdad, Nean?

Miro a los abogados y después a la tía Midge. Todos me miran como si mi cabeza fuera a empezar a girar en cualquier momento. Avergonzada, asiento.

—Voy a recoger mis cosas —me oigo decir como un robot.

Todos parecen aliviados. ¿Y qué esperaba? Está claro que no me quieren aquí. Está claro que no gané la casa. ¿Cómo he podido creer ni por un segundo que podía pasarme algo tan bueno? Menuda idiota he sido, pensando que ganaría, pensando que había ganado, abandonándolo todo y gastando hasta el último centavo que me quedaba para ir a un sitio donde no tenía ningún derecho a estar.

Menuda idiota.

Subo las escaleras y recojo todo lo que puedo cargar y más y lo meto con violencia, con furia, en la bolsa. Dejo mi ropa vieja y asquerosa a cambio del edredón blando y multicolor que cubría «mi» cama. No se puede decir que sea robar, creo. Tampoco lo querrán, ahora que está contaminado por mí. Vaya donde vaya ahora, puedo guardar este edredón como un recordatorio de ese breve tiempo mágico en que parecía que me había ocurrido algo bueno.

Vaya donde vaya ahora. Ojalá tuviera una ligera idea de dónde será.

Espero a estar segura de que los abogados se han marchado antes de bajar. Encuentro a Janey y la tía Midge todavía sentadas alrededor de la mesita donde las he dejado, pero ahora tienen un montón de documentos delante. Janey todavía sostiene un bolígrafo en la mano. Parecen cansadas, como si este feo asunto de ganar casas fuera demasiado para ellas. Y parecen desconfiadas conmigo, como si fuera una criminal y no sencillamente la mujer con más mala suerte del mundo.

—Bueno...—La voz de Janey empieza firme cuando me ve, pero luego se va desvaneciendo.

—Bueno, ¿cuándo me voy? —contesto de mala manera.

Incluso mientras estoy diciendo esto miro a mi alrededor, buscando por la habitación como si pudiera encontrar una última idea desesperada para quedarme. No sé qué sentido tiene. Es hora de afrontar la realidad.

—Sé cuándo te vas. Lo antes posible. Antes que antes. Pero... Esto..., ¿qué planes tienes? —pregunta Janey.

—No tengo ningún plan —reconozco—. A lo mejor busco a Noah, a ver qué puede hacer por mí —digo solo para ponerla celosa (está claro que le gusta), pero me siento culpable inmediatamente—. Quiero decir si puede llevarme. Si puede dejarme en Damariscotta, o algo.

La cara de Jane se tuerce un poco.

—¿Y desde allí puedes volver a Iowa?

Decido ahorrarles los pequeños detalles. Ya les parezco bastante digna de compasión.

—Sí, claro.

Pero la tía Midge no se conforma con esto.

—¿Y cómo piensas hacerlo exactamente? —pregunta—. No puedes alquilar un coche sin tarjeta de crédito.

—Del mismo modo que vine. En el autobús Greyhound.

—¿No se necesita dinero también para eso? —pregunta.

—¿Cómo sabes que no tengo dinero? —protesto. No tengo, pero no se trata de eso.

—Porque lo he mirado.

—Qué bien, ¿has fisgado en mis pertenencias?

—Por supuesto —dice la tía Midge—. Después de que nos robaras las nuestras, no me pareció que tuvieras derecho a tu intimidad.

Eso me hace callar. Me cruzo de brazos y pongo cara de mala leche.

—Podríamos prestarte algo de dinero —propone Janey—. Para el billete de autobús de vuelta a Iowa.

—No te preocupes por mí —digo, bebiendo un sorbo del café frío que ha dejado el abogado para darme fuerzas—. Estaré bien. —Pero no lo estaré y probablemente lo saben. Mi próxima parada será un refugio roñoso. Y después, a continuación de esto, si tengo mucha suerte, otro Geoff.

Geoff. Pienso en él, tirado en el suelo del piso, con los pedazos de cerámica alrededor, mientras se ve mi nombre en la pantalla del televisor. Pienso en esa sensación dulce, tan dulce, de aquel momento cuando creía que había ganado esta casa y realmente creía que no volvería a verlo, ni a él ni a nadie como él, nunca más. Cuando mi vieja vida parecía haber terminado para siempre. Cuando era libre.

Y entonces se enciende una bombilla en mi cabeza. Una gran bombilla. La clase de bombilla que solo se enciende cuando estás mirando a un túnel realmente espeluznante y estás intentando buscar cualquier forma posible de evitar entrar dentro (porque probablemente haya murciélagos), incluso si representa contar una trola descomunal y probablemente condenar tu alma al fuego eterno de paso.

Tengo un momento de duda. A pesar de todo lo ocurrido, la tal Janey se ha portado bastante bien conmigo. Incluso me ha ofrecido dinero, después de que le robara la furgoneta y me pusiera como loca y la amenazara con demandarla y dejarla arruinada.

Y su tía es una ancianita indefensa. Si sigo por este camino, soy el ser humano más despreciable que se pueda imaginar.

Pero si no... Pienso en la incertidumbre de lo que me espera en cuanto salga por esa puerta. Y por primera vez en mucho tiempo, tengo miedo. No me gusta tener miedo.

—Antes de que me vaya... hay algo que podríais hacer por mí. Un pequeño favor —digo con mi voz más humilde y conciliadora.

Janey frunce el ceño.

—¿Qué favor?

—¿Podríais... quitarme de encima a la Policía? —pregunto con toda la inocencia posible—. Sé que parece raro, pero si siguen investigando lo de la furgoneta, ¿podrías decirles que cometisteis un error y que solo quería llevarla a lavar o lo que sea? Para que no me busquen, si no es demasiado tarde...

Janey mira a su tía, que de repente está muy interesada, y vuelve a mirarme.

—¿Por qué deberíamos hacerlo? —Parece muy desconfiada. Bien.

—No... —finjo que tartamudeo—, no puedo decírtelo. Confía en mí, por favor. No puedo dejar que la Policía me encuentre, bajo ningún concepto.

La tía Midge se sienta muy erguida al oír esto.

—¿Eres una fugitiva? —pregunta.

No digo nada enseguida, para darle más énfasis, y a continuación aprieto los labios, como si reprimiera un secreto. Un secreto terrible.

—No me hagáis preguntas, por favor —digo con voz angustiada—. Es demasiado duro hablar de... —Se me humedecen los ojos. ¡Sí! Qué buena soy. ¡Debería pensar en dedicarme al teatro!

Ambas mujeres me miran con ojos asombrados.

—Ya puedes ir hablando, señorita, si quieres que te hagamos favores —dice la tía Midge.

Las miro por turnos como si estuviera sopesando mis alternativas.

—No sé en quién confiar...

Janey parece sinceramente preocupada y tengo que tragarme una punzada de culpa.

—Si tienes algún problema grave, quizá deberías acudir a la Policía. Te ayudarán —dice.

—O contárnoslo a nosotras —dice la tía Midge con una expresión de voracidad—. No se lo diremos a nadie, ¿verdad, Janey?

Miro a Janey esperando confirmación. Ella mira a la tía Midge.

—No lo sé... Puede que sea mejor que acuda a las autoridades con lo que sea que le pase.

—No podría hacerlo jamás —digo—. Es demasiado..., demasiado... peligroso. —A continuación aprieto los labios y miro a lo lejos como si intentara no llorar.

Esto es demasiado para la tía Midge. Se le cae la baba de pura curiosidad.

—Janey, dile que no se lo dirás a nadie. Júralo. —Habla con tanta autoridad que hasta yo la obedecería, por eso sé que la pobrecilla Janey hará lo que le dice. Asiente.

—Bueno. No se lo diré a nadie. Pero sigo pensando que deberías acudir a la Policía.

Espero otro momento para crear más expectación, y tomo otro sorbo de café frío. Después de tragármelo, las miro a la cara y suelto la bomba.

—Maté a un hombre —gimo, y me echo a llorar.

En el silencio asombrado que sigue me felicito por mi ingenio diabólico.

JANEY

«No prepares sopa de somormujo.»

De la receta de sopa de somormujo publicada en
The Eskimo Cook Book, 1952

—Oh, por el amor de Dios. —A pesar de su supuesta fragilidad, la tía Midge salta del sofá con gran indignación—. ¡Habrase visto mayor gilipollez! —exclama—. Estoy harta de mentiras.

La tía Midge se va hecha una furia al solárium y, como un rayo, Nean la sigue. Yo voy detrás de ellas, olvidada pero no por ello menos muerta de curiosidad.

—No, espera —dice Nean, persiguiendo a la tía Midge—. Es verdad. No fue a propósito, pero, pero... —Pierde el hilo y empieza a desfallecer—. Pero tenía que hacer algo para detenerlo... —Se deja caer en el sofá y esconde la cara entre las manos. Sus hombros empiezan a sacudirse.

Me dan ganas de acercarme a ella y abrazarla. Es una cosa increíble: la detesto, eso está claro. Le está estropeando todo a la tía Midge y, por extensión, a mí. Nos lo robó todo, lo que incluye mis libros de cocina, y nos dejó atrapadas toda la noche en esta casa sin comida de verdad ni enseres personales. Después volvió e hizo todo lo que pudo para impedirnos firmar la escritura, de hecho, intentó robarnos la casa por la cara. Pero en los cinco años que hace que la timidez se apoderó de mí he aprendido una cosa: lo único que puede hacerme superar el miedo a las personas es alguien más patético que yo. Lo achaco a alguna rareza de la biología femenina; probablemente intentaría acariciar un oso grizzly herido si tuviera ocasión.

Miro a la persona temblorosa sentada en mi —sí, *mi*— sofá, y después a la tía Midge, esperando que me dé permiso para confraternizar temporalmente con el enemigo, calmarla, intentar que deje de llorar. Me mira con dureza y sacude la cabeza con decisión, yo suspiro.

Pero entonces la tía Midge mira a Nean, o más bien al cuero cabelludo de Nean porque todo lo que se ve de ella en su estado miserable es la coronilla y los pequeños puños apretados sobre los ojos. La boca de la tía Midge se abre en una pequeña «o» y camina hacia el sofá.

—¿Qué te ha pasado en la cabeza? —pregunta cuando está de pie justo encima de ella.

Los sollozos de Nean se transforman en sorbos y levanta la cara para mirar a la imponente tía Midge.

—¿Qué quieres decir? —pregunta con voz ronca.

—Tienes calvas en el cuero cabelludo, ¿o no lo sabías?

Miro la cabeza de Nean. Pues sí, le falta pelo justo en la coronilla.

—¿Estás enferma?

Nean levanta la mano instintivamente para tocarse el pelo, y por primera vez veo que la tiene llena de cortes feos. Son antiguos y están medio curados, pero con la brillante luz natural puedo ver laceraciones en los nudillos y bajándole por la palma de la mano. La tía Midge también los ve. Agarra la mano de Nean y se la acerca a los ojos, entornándolos.

—Janey, tráeme las gafas.

Obedezco, se las llevo y aprovecho para sentarme al lado de Nean y ponerle una mano en la espalda.

—¿Qué te pasó? —pregunto amablemente, mientras la tía Midge mira con las gafas de cerca las heridas de la mano de Nean.

Nean me mira a la cara. Me observa atentamente, evaluándome. Intento parecer abierta a cualquier cosa que tenga que decirme.

Funciona porque empieza a hablar a borbotones.

—Fue en defensa propia —dice—. Cuando anunciaron mi nombre en el sorteo, se puso como una fiera. Había bebido y... no quería que lo dejara, que viniera aquí. Dijo que tenía que quedarme con él para siempre. Que no podía dejarle nunca o me mataría. Tenía mucho miedo...

La tía Midge se sienta al otro lado de Nean y le pone una mano en la rodilla.

—¿Y? ¿Y?

—Lo supe. Supe que tenía que alejarme de él. Era muy fuerte. Si no me escapaba entonces, no lo haría nunca. Era la única manera.

La tía Midge jadea y se lleva una mano a la boca. Sus ojos están a punto de salir disparados del cráneo.

—¿Nean? —pregunta, con apenas un susurro—. ¿Te hizo daño? ¿Te hizo esto en el pelo? —Habla con suficiente dramatismo para un culebrón, pero pregunta lo que yo también quiero saber.

Nean asiente en un silencio solemne.

—¿Y tú se lo devolviste? —pregunta la tía Midge, guiándola por un camino alarmante.

Nean asiente otra vez.

—¿Lo mataste, Nean?

Nean suelta un gemido y dobla las piernas hacia el cuerpo como un niño, pero no responde. No es necesario.

—Está bien —canturrea la tía Midge—. Está bien. Fuera lo que fuese, ya ha pasado.

Nean no dice nada coherente, pero su llanto se calma un poco.

—No quería hacerle daño —dice por fin, con una vocecita que no le había oído hasta ahora—. No quería dejarme venir y yo solo quería ser libre. Fue horrible... —Parece recuperar la compostura a medida que habla.

—Lo sé, cariño —dice la tía Midge. Acaricia la espalda de Nean con un gesto de consuelo y ella apoya la cabeza en su hombro. Todavía aturdida por el impacto, intento ignorar una punzada de celos ante la demostración de afecto de la tía Midge y fracaso miserablemente.

Pasado un momento, Nean se yergue.

—¿Ahora entendéis por qué no podéis decirle nada a la Policía? —pregunta, de repente muy práctica—. No sé lo que pasó después de que me fuera... Si le encontraron..., si saben que fui yo... —se ahoga un poco—. Tenía que encontrar un lugar seguro donde esconderme una temporada. Por eso estaba tan desesperada por quedarme con la casa. No puedo volver a Cedar Falls y no tengo donde ir...

El ruido de unos neumáticos en la grava de la entrada la interrumpe. Las tres giramos la cabeza sobresaltadas hacia la ventana y jadeamos un poco, como si nos hubieran pillado haciendo algo ilícito. Puede que sea así. ¿Y si es la Policía? ¿Y si han descubierto lo que le ocurrió al novio de Nean y vienen a buscarla... y a nosotras también, por acogerla?

De repente me entra una rabia incontrolable. Si Nean dice la verdad, lo siento por ella, en serio. Pero debería haber acudido a la Policía inmediatamente, en lugar de venir aquí y vomitar sus problemas sobre mi tía y sobre mí. Si tenemos algún problema por haberla dejado quedarse... Cierro los puños, odiando toda la energía colérica que se ha apoderado de mí, como un exceso de azúcar en un día caluroso.

Mientras tengo estos amargos pensamientos, nos quedamos paralizadas como seres del bosque esperando que suceda algo. Al no oír nada más empezamos a relajarnos y mirarnos. Y entonces suena el timbre.

Miro a la tía Midge.

—¿El timbre toca *La cucaracha?*

Se encoge de hombros, como si fuera lo más normal del mundo.

—Ve a abrir. Si es la Policía no les digas nada.

La distancia hasta la puerta se me hace eterna. Cuando llego miro por la ventana lateral y me doy una palmada en la frente en el lenguaje universal de «tonta» al ver quien es.

—Es Noah —les digo, siseando.

—¿Quién? —pregunta la tía Midge, demasiado alto como siempre.

90

—El hombre que trajo a Nean anoche. A lo mejor él puede acompañarla al pueblo. —Abro el cerrojo con alivio, más que dispuesta a despedirme de esta chica y de todo el drama que ha traído consigo.

—Ni hablar —oigo que dice la tía Midge mientras abro la puerta, y se me cae el alma a los pies. Por detrás, el comentario de mi tía me ha dejado paralizada de miedo; por delante, Noah está espectacular con la misma ropa que llevaba ayer, solo que ahora debajo de la camisa desabrochada se ve una camiseta blanca de cuello redondo. Vaqueros y algodón blanco. Se me seca la boca. Hago un gesto invitándolo a entrar e intento pensar en algo que decir.

—¿Pasas? —digo finalmente.

—Buenos días —dice, tan jovial como la noche anterior, pero no entra, sino que se queda en el umbral—. Zapatos fangosos —explica, y asiento, y sigo su gesto bajando por su cuerpo hasta las gruesas botas. Me perturba descubrir que está igual de robusto y cautivador a la luz del día que en la oscuridad—. ¿Qué tal la invitada?

Al oír mencionar a Nean, vuelvo la cabeza y veo que la chica en cuestión ya no está a la vista. Seguramente la tía Midge la ha facturado a alguna parte, posiblemente debajo del suelo de madera o a algún un pasadizo secreto de detrás de la librería. No me gusta nada.

—Mmm... —Intento centrarme en el dibujo trenzado de la alfombra y no en mi tía ni en Noah—. Está bien. —Bueno. Esto no ha sonado autoritario en absoluto.

Aparece la tía Midge y cruza el recibidor hacia Noah.

—Buenos días. No nos conocemos. Soy Midge, la tía de Janey. Janey me ha dicho que fuiste de gran ayuda con lo de la furgoneta.

Noah sonríe y le estrecha la mano a mi tía.

—Bueno, me pareció que la situación era un poco rara cuando la encontré en la cuneta. Al fin y al cabo, incluso en Maine, la mayoría de la gente se pone pantalones para conducir trayectos largos.

La tía Midge gesticula con la mano delante de su cara y se pone en plan fanfarrón al máximo.

—Oh, ja ja ja, pues, no, no pasaba nada raro, solo fue un malentendido. Se había llevado la furgoneta para ponerle gasolina, pero no nos habíamos dado cuenta de lo poco que le quedaba en el depósito. Soy tan tonta que olvidé explicarle la situación a Janey.

Noah nos mira, primero a la tía Midge y luego a mí, con las cejas arqueadas.

—Ya —dice por fin; está claro que no se traga las tonterías de la tía, como es normal—. Pero creía que había habido una confusión con la propiedad de esta casa.

La tía Midge suelta una risita.

—Oh, esto también tiene gracia. —La miro con los ojos entornados. Hasta ahora no me he reído—. Otro mal entendido. ¡Es culpa mía! Necesito pilas nuevas para los audífonos. —Se lleva un dedo a la oreja, donde debería ir el audífono, si lo tuviera, que no lo tiene. Levanto los ojos al cielo. Tiene unos oídos de murciélago, cuando le conviene.

Noah frunce el ceño.

—Sí que es gracioso.

La tía Midge suelta otra de sus escalofriantes risas forzadas.

—¡Oh, ja ja ja! ¡A que sí! No te preocupes, está todo solucionado.

Se me abre la boca de asombro.

Ahora es Noah quien está perplejo. Debe de pensar que estamos locas de atar.

—¿Ah, sí?

—Oh, sí. Existe una solución perfecta. Se queda a vivir con nosotras.

Se me para el corazón, agarro a la tía Midge del brazo y me la llevo a rastras del recibidor.

—¿Qué dices? —siseo en cuanto estamos fuera de la vista de Noah. La ira pugna por salir desde el fondo de mis ojos, más y más ardiente.

La tía Midge me mira como si la absurda fuera yo.

—No te pongas así —dice a todo volumen, como si Noah

no estuviera a tres metros preguntándose qué narices nos pasa—. Dejaremos que se quede hasta que pueda arreglárselas sola y el caso se haya enfriado.

—¿Enfriado?

—Bueno, ¿prefieres entregarla y dejar que se pudra en la cárcel?

—No se pudrirá en la cárcel. Fue en defensa propia —susurro.

—¿Estás dispuesta a correr el riesgo? —pregunta.

—Sí.

—Pues yo no pienso mandar a esa pobre chica a Sing-Sing —dice. Reprimo mis deseos de puntualizar que Sing-Sing está muy lejos de aquí y es una cárcel de hombres—. Además tenemos sitio de sobra. Será divertido.

Creo que vivir con una chica que en cualquier momento puede robarme el coche es tan divertido como colgarse una serpiente del cuello. Por no hablar del hecho de que, Dios me perdone por ser tan escéptica, su historia es increíblemente conveniente. Lo que quiero decir es que, si realmente fuera cierta, ¿no habría evitado meterse en problemas a toda costa, por no arriesgarse a que la encontrar la Policía? Aunque alguna explicación tienen que tener las calvas y los nudillos heridos...

Me doy la vuelta y me adentro en la casa para pensar un momento. ¿Tiene razón la tía Midge? ¿Debemos ser buenas samaritanas y alojarla hasta que encontremos una mejor solución? Cierro los ojos con fuerza y me viene una imagen de Ned, como suele pasar cuando me siento acorralada. Le pido ayuda pero no se mueve, no hace nada más que posar en la parte delantera de mi cerebro con su parka azul y las gafas de esquí, y en el fondo sé que es el Ned de una foto que le saqué en vacaciones. No el Ned real, vivo y dinámico de mi recuerdo, sino una imagen plana que empieza a sustituir a la otra.

Abro los ojos y miro a la tía Midge con mi mejor expresión furiosa.

—No —digo—. No se queda. —Pero aunque lo diga, ya he capitulado. Solo estoy presentando la oposición necesaria, la resistencia que me garantice poder usar un «te lo dije» en caso de necesitarlo más tarde.

La tía Midge lo sabe, supongo que puede vérmelo en la cara.

—Solo unos días —dice, ahora en un tono amable y cariñoso—. Seremos tres mujeres contra la ley, como Thelma y Louise y... Brad Pitt. Plantéatelo así: tendrás otra persona para quien cocinar.

Me da la espalda, tema zanjado, y vuelve al recibidor donde, sin duda, Noah ha estado escuchando todo el rato.

—¿Te importaría acompañar a mi sobrina a la furgoneta, hijo? Nos gustaría desempaquetar e instalarnos.

—Por supuesto —dice, en un tono que hace imposible saber si está cautivado por sus tretas de anciana y come de la palma de su mano o solo accede para salir pitando de esta casa de locos—. ¿Seguro que no me necesita para acompañar a Nean a ninguna parte?

¡Sí!, pienso desde el pasillo, deseando tener telepatía o al menos agallas para decir lo que quiero. Sí, llévatela bien lejos y déjame sola con mi preciosa cocina nueva para intentar preparar la nueva receta de boloñesa, que me lleva todo el día hacerla. Pero no digo nada, y Noah no parece capaz de leerme la mente. Doblo la esquina y veo a la tía Midge riendo y diciéndole que le gustaría contratarlo para ayudarnos a meter las cajas, y mientras lo dice no para de tocarle los bíceps como una animadora de dieciséis años. Suspiro y voy a buscar a Nean para darle la buena noticia.

Media hora más tarde estoy en un Honda Accord ligeramente apestoso, fabricado en el año del nacimiento de Cristo, camino a nuestra furgoneta. El paisaje de Maine es frondoso y en cuanto salimos de la casa todas las vistas, los sonidos y, sobre todo, los agradables olores del océano desaparecen y no veo más que un bosque que no es muy distinto del que se puede ver en Iowa, solo que con más pinos. Este es mi hogar ahora, me digo. Pronto me compraré un coche y encontraré trabajo cosiendo dobladillos en alguna parte, y estaremos como en Cedar Falls, solo que con una cocina mucho más bonita y más grande. No es para tanto. Vuelve la normalidad, me prometo a mí misma.

Excepto por la invitada fugitiva. Y el hecho de que estoy atrapada en un coche con un desconocido. Noah y yo no nos hemos dicho ni una palabra desde que hemos subido al coche, lo que me parece estupendo. Está a un brazo de distancia de mí, y además tenemos un cambio de marchas y dos portavasos rotos en medio y doy gracias a Dios de que no conduzca la furgoneta destartalada con el asiento delantero largo que creía que recibían como regalo todos los chicos de pueblo a los dieciséis años. En ese caso, probablemente me habría visto obligada a saltar del vehículo en marcha.

Desde que Ned murió no había estado nunca en un coche con un hombre. Punto. No he estado realmente en un coche con nadie aparte de la tía Midge y aquella rubia hiperatractiva de Wedding Belles Too cuyo Volkswagen escarabajo estaba siempre en el taller. Ella no me ponía nerviosa; me ponía triste. Ahora que llevo diez minutos en el coche con Noah, ya tengo una ligera urticaria desde los pies hasta el cuello. Sé que me asomará por el escote de pico de la camiseta dentro de unos minutos cuando empeore. Me llevo la mano al cuello tan sutilmente como puedo hasta que me doy cuenta de que parece que me esté frotando el lugar donde había llevado un collar de perro. Llevar un collar debe de ser más raro que tener urticaria por el contacto con desconocidos, así que bajo la mano y me conformo con la menor de las dos humillaciones.

—Tienes la cara roja —dice Noah. Se me va la mano al cuello otra vez sin querer—. ¿Hace demasiado calor?

El aire fresco parece una idea estupenda, así que asiento y él empieza a bajar la ventanilla a la antigua, girando una manivela. Hago lo mismo y siento como el aire fresco de los pinos llena el coche.

—Mejor —digo, esperando que me baje la rojez de las mejillas.

—No estamos lejos de donde dejó la furgoneta —dice Noah—. Faltan unos cinco minutos. De día es un lugar precioso. La carretera se acerca a la bahía y se puede ver pasar los veleros.

Asiento otra vez. Pero ahora mi cabeza se ha llenado de pensamientos de Noah y yo agarrados del brazo al borde de la bahía contemplando los barcos. ¿De dónde ha salido esto, por Dios?

—Sé que no es de mi incumbencia —dice, y se me contrae el estómago al oírlo—, pero Nean parece un poco sospechosa.

Ladeo la barbilla hacia él. Detesto verbalizar delante de él la duda persistente que siento respecto a esta situación, pero la verdad es que me gusta que haya visto algo en las fanfarronadas de Nean.

—Bueno... —digo por fin—. Es complicado. —Entonces me entra tos. Al principio es solo una tosecilla de nada, pero después se me salen los pulmones por la boca como si tuviera tuberculosis.

Noah desvía los ojos de la carretera para mirarme con una expresión muy preocupada, hasta que vuelve a fijar la mirada al frente.

—Eh, ¿estás bien?

Yo respondo tosiendo. Ahora es algo más que un ataque de tos, es como si tuviera algo en la garganta, pero hoy todavía no he comido. ¿Qué podría ser? ¿Me estoy ahogando en mi propia saliva?

Intento contestarle, decirle que estoy bien, pero apenas me entra el aire. Tengo la garganta ardiendo y empiezo a sentirme aturdida. Pues sí, me estoy ahogando en mi propia saliva. O ni siquiera saliva. Baba de estar en un coche con un hombre atractivo. ¿Se puede saber qué me pasa?

—Tengo agua en el maletero —dice—. Voy a parar.

Asiento frenéticamente. Siento como si fuera a desmayarme. No puedo parar de toser y empiezo a preguntarme qué me liquidará más deprisa: una muerte por asfixia o por vergüenza.

Noah para y salta del coche. Estiro el cuello para ver que abre el maletero y por primera vez veo que el asiento posterior del coche está lleno de basura. Cualquiera diría que está preparado para la batalla del fin del mundo, a juzgar por lo que lleva ahí detrás: mantas, cojines, dos termos, y una caja familiar de galletas de mantequilla de cacahuete. ¿Es uno de esos supervivencialistas chalados como los que hay en Montana? Estupendo. El primer hombre que me atrae en mil años y está preparado para el apocalipsis. Era de esperar.

Mientras hago inventario del montón de desperdicios, el maletero se cierra y me vuelvo rápidamente hacia mi puerta y la abro, e intento salir sin acordarme de que todavía tengo el cinturón abrochado. Antes de que me dé tiempo a desabrochármelo, Noah lo hace por mí. Mete la mano junto a mi cadera y palpa buscando el cierre del cinturón y lo presiona. Aunque no llega a tocarme, siento el calor de su mano pasando junto a mi cadera, soltando el cinturón y apartándolo de mi cuerpo. Mientras lo hace, me paralizo por completo, incluso dejo de toser, dejo de intentar respirar. Nada se mueve y no hay sonido.

Pero en cuanto estoy liberada y él aparta el brazo, vuelve a faltarme el aire. Me ayuda a salir del coche, me da una botella de agua y empieza a golpearme en la espalda con vigor. Hago que pare el tiempo suficiente para poder tomar un buen trago de agua y, finalmente, se me relaja la garganta y los pulmones dejan de contraerse. Unas pocas toses temblorosas más y unos sorbos lentos de agua y ya estoy, ataque de tos superado. La respiración se vuelve más pesada y jadeante, y me doy cuenta con cierta desilusión de que viviré y, por consiguiente, tendré que enfrentarme de nuevo a Noah. Se me hunde el pecho, me arrastro hasta un muro de roca al lado de la carretera, me siento y bajo la cabeza entre las piernas para no desmayarme.

En esta posición la vista está un poco obstruida, pero sigo viendo los zapatos de Noah moviéndose hacia mí; después, sus piernas alineándose con las mías cuando se sienta a mi izquierda. Siento que me pone la mano suavemente en las lumbares y la sube muy delicadamente por la espalda hasta el espacio entre los omóplatos, después la vuelve a bajar. Mi respiración empieza a recuperar la normalidad. Los latidos de mi corazón se acompasan al ritmo de su mano.

Nos quedamos así un buen rato. Me estoy preguntando si puedo quedarme el tiempo suficiente para morir y pudrirme en este sitio, para no tener que mirar a Noah —mi salvador del ahogamiento por nada— nunca más a la cara. Noah se estará preguntando qué demonios me pasa. Pero lo único que hace es seguir frotándome la espalda suavemente, sin bajar más abajo ni subir más arriba que el pequeño camino que ha marcado en mi espalda. Es una sensación muy agradable. Decido que no me importaría morir aquí, ahora.

Pero Noah parece decidido a mantenerme con vida. Finalmente me agarra por los hombros y me levanta.

—¿Estás bien? —dice bajito. Y cuando asiento, añade—: ¿Seguro?

Asiento otra vez. Después me mira a la cara y me pongo roja de la frente a los hombros y desearía poder sumergir la cara en un cubo de agua fría.

—Eres muy tímida, ¿no? —dice.

Asiento. De repente tengo ganas de llorar.

—Ajá. —Se rasca la barba y me mira inquisitivamente—. Normalmente las chicas guapas son demasiado seguras de sí mismas.

No puedo evitarlo: me inclino por encima del muro y vomito.

SEGUNDA PARTE

Cuece

NEAN

«Cualquiera puede cocinar y todo el mundo debería hacerlo.»

—MARK BITTMAN
How to Cook Everything

—Me han dicho que vomitaste sobre el montañero.

Hace día y medio que Janey y la tía Midge decidieron que podía quedarme y empiezo a sentirme más suelta. Al fin y al cabo, ayer les ayudé a instalarse y esta mañana he cargado una tonelada de comida hasta la casa. Se están cobrando mi estancia, eso seguro.

Janey se hace la ofendida y la avergonzada cuando saco a Noah en la conversación. Pero es su expresión habitual.

—No le vomité encima —dice, como si fuera una distinción crucial.

—Como quieras. Lo único que digo es que no es lo más *sexy* que podías hacer en esa situación.

—No intentaba ser *sexy* —gruñe. Bueno, pues mejor—. Pásame el aceite de oliva.

Estoy sentada en la encimera en el rincón más alejado de la cocina, utilizando los talones para abrir y cerrar un armario esquinero, abrir y cerrar, mientras miro cómo cocina Janey. La cocina es de lujo de narices, kilómetros y kilómetros de granito y acero inoxidable hasta donde se pierde la vista. Me encanta cómo cuelga del techo el estante de las cazuelas con gruesas cadenas de bronce, como una araña, pero en lugar de bombillas y cristal, con cazuelas y sartenes relucientes de cobre. El televisor que hay en el frigorífico está sintonizado en el Canal de Cocina sin sonido, y en la pantalla una mujer de mediana edad y de una delgadez inverosímil finge que disfruta comiendo un *cannolo*. El pie de la pantalla dice «mmm». Pero la expresión de los ojos de ella dice: «Corta de una puta vez o me lo acabaré tragando sin querer».

—¿Cuántas calorías tiene un *cannolo?* —pregunto.

—¿Qué? —dice Janey. Me he fijado que cuando está en la cocina solo oye las cosas a medias—. ¿En un *cannolo?* ¿Cómo quieres que lo sepa?

—Pues porque eres la diva de la comida. Solo hay que verte —digo, gesticulando hacia el enorme montón de harina que ha puesto en forma de pequeño volcán en su tabla de madera de cortar—. Estás haciendo pasta desde cero.

—¿Cómo iba a hacerla si no? —pregunta.

—¿En serio? —La miro para ver si está de broma. Me muestra una sonrisa enigmática, y escondo la cabeza entre las manos en un gesto fingido de exasperación—. ¿Sabes qué haremos? Si te portas muy pero que muy bien conmigo, te enseñaré a hacer una cosita llamada macarrones con queso Kraft. Es mi especialidad. —Meneo los dedos un poco para enfatizar lo especial del plato.

Janey levanta una ceja.

—Paso, pero si te gustan los macarrones con queso, mañana por la noche te prepararé la receta de mi abuela. Seis clases de queso y también tocino. Pero tiene tomate, o sea que tendrás que tragarte algunas verduras.

Por lo visto, Janey cree que soy un niño de doce años.

—Sobreviviré —digo y sigo observándola. Tiene una forma relajada de moverse en la cocina que no había visto en otras personas, como si pudiera estar todo el día jugando con harina y no preocuparse en absoluto por si acababa cocinando algún plato o no. Qué diferente a su imitación de ardilla asustada habitual.

Hay tres huevos morenos sobre el mostrador, alcanza uno, viene hacia mí y me lo da.

—¿Qué notas? —pregunta.

—Nada —digo—. Un huevo.

—¿A qué temperatura está?

—A ninguna temperatura. Quiero decir a la misma que el ambiente.

—Bien, entonces se puede utilizar. —Me arranca el huevo de la mano y lo casca sin miramientos sobre la encimera de granito que tengo al lado. Cuando ya pienso que haremos huevos en el suelo, mantiene la cáscara cerrada no sé cómo hasta que la sitúa sobre el agujero de lava del volcán de harina, donde abre el huevo y deja que se deslice como un vaquero borracho atravesando las puertas batientes de un *saloon*. Y por supuesto, todo lo hace con una sola mano. No había visto a nadie cocinar con esta gracia desde que lavaba platos en el restaurante *hibachi* de Waterloo. Dos huevos más van a parar al volcán, y entonces empieza a batir las yemas con un tenedor, como si lo hiciera en un bol de verdad de paredes duras. Veo que los huevos lo vuelven todo amarillo dorado y después el color se va aclarando a medida que se dejan absorber por la harina seca; al final obtiene una masa pálida, exactamente del color de un pollito peludo. La menea encima de la tabla un poco más hasta que tiene un respetable rectángulo, entonces le da la espalda a la masa y se apoya con las manos sucias sobre la encimera y me mira.

—Está reposando —dice.

—¿Deberíamos bajar la voz, entonces? —pregunto juguetona.

Me mira levantando una ceja.

—Si pudieras no hablar en absoluto, creo que sería lo mejor.

Sonrío. En los tres días que hace que conozco a Janey Brown, ha sido divertida exactamente dos veces y las dos veces me ha encantado. No soy idiota…, sé que se muere por perderme de vista. Para tener el mismo nombre, no podríamos ser más diferentes. Pero hay algo de ella que me hace desear cambiarla para que sea como yo. Me gustaría saber qué es ese algo para poder ignorarlo.

—¿Alguna vez has pelado un tomate? —pregunta, pensando ya en lo siguiente. Sacudo la cabeza—. ¿Sabes manejar el cuchillo? ¿Sabes cortar?

Sacudo la cabeza otra vez.

—¿Pelar ajo?

—No.

—¿Has cocinado alguna vez algo que no viniera envuelto en cartón?

—Nada de nada —digo, y ella hace esa cosa de torcer los labios y sacar la barbilla hacia la izquierda: su cara reflexiva. Empiezo a conocer sus expresiones.

—Quizá... —Se quita el delantal y me lo ata a la cintura mientras sigo sentada en la encimera.

—¡Eh! —protesto. Nadie ha dicho nada de trabajo de cocina.

—Sé que te marcharás pronto. —Glups—. Pero hasta entonces puedes hacer pasteles —anuncia—. Es lo que hacen los que no saben cocinar. ¡Abajo!

Me quedo un momento donde estoy, resistiéndome a la idea de que tengo que hacer algo por orden de Janey. Pero tengo que hacer algo útil si quiero tenerla a mi favor. Algo más que ayudar a la tía Midge a hacer trampa con los crucigramas. Bajo de un salto.

—Los pasteleros empiezan por las galletas —explica cuando estoy de pie delante de ella—. Ve a la despensa y trae una bolsa de chocolate troceado. En la bolsa tienes las instrucciones. Cuando se trata de galletas de chocolate, la bolsa siempre tiene razón.

Esa noche, me siento a la mesa como si fuera de la familia, me adjudico un sitio y me sirvo una generosa copa de vino. Con las cejas arqueadas, Janey sirve un plato de pasta fresca absurdamente bueno que sabe como la pasta normal pero mejor, y un plato de tomates con *mozzarella* rociados con algo agrio. Me fijo que ella apenas come, tres o cuatro bocados como mucho, y cuando le hago un comentario sobre eso, me dice que está guardando apetito para mis galletas.

Me encantan las galletas, por supuesto, pero ahora estoy devorando la cena y ya me preocuparé por ellas más tarde. Mucho después de que la tía Midge y Janey hayan dejado el tenedor yo todavía sigo comiendo. Hay un queso carnoso y salado espolvoreado sobre la pasta que me podría comer por kilos, y tiras de jamón cortado muy fino que sabe a una especie de supertocino. Cuando tragar empieza a ser doloroso, me echo atrás con la silla y gimo un poco.

—Veo que tenías hambre —dice Janey secamente, pero se nota que está encantada—. Si tanto te gusta, puedo guardarte un poco para mañana.

Miro el gran bol azul de pasta en el centro de la mesa, todavía lleno de comida al menos para dos personas más.

—¿Qué harás con ella, si no? Han sobrado kilos.

La tía Midge ríe; su risa es como un ladrido curioso.

—Lo que hace siempre. Tirarlo para volver a empezar desde cero mañana.

Las miro a las dos por turnos para ver si bromean.

—¿En serio?

Janey asiente.

—No soporto las sobras —dice.

—Pero es una locura. Ha sobrado un montón de comida. Comida deliciosa. Y te ha costado mucho trabajo.

Janey se encoge de hombros.

—Venga —digo—. Te he visto pelar los malditos guisantes. Guisantes que puedes comprar congelados a noventa y nueve centavos la bolsa, y tú los has pelado a mano. Has tardado horas. Estoy casi segura que la gente dejó de pelar guisantes en la época del sufragio. —La tía Midge se ríe. Para ser una vieja pesada es un público muy agradecido—. No puedes tirar todo tu trabajo.

—Bueno, no durará para siempre y además ya tengo pensada la cena de mañana.

—Y de pasado mañana —añade la tía Midge.

—Puede que sí —dice Janey—. Me gusta cocinar —añade—. Me gusta pelar guisantes. —Se levanta y empieza a retirar los platos.

—¿Es verdad eso, tía Midge?

La tía Midge asiente con la cabeza, claramente resignada desde hace tiempo al grotesco comportamiento de su sobrina.

—Siempre está cocinando así. Todo desde cero, cenas muy elaboradas. A veces me da de comer, pero la mayoría de las noches se come lo que le apetece y el resto lo tira.

—Eso no es verdad —interrumpe Janey, y me quito un peso de encima un momento hasta que sigue hablando—. En Iowa no tenía tiempo de cocinar cada noche, por culpa de mi trabajo. Puede que fuera una noche a la semana, dos a lo sumo.

—Son mucho dos noches a la semana —digo.

—Es lo que le he dicho —dice la tía Midge.

—¡Piensa en el desperdicio! ¿Por qué no preparas menos cantidad? —pregunto.

Janey deja de llenar el lavavajillas y me mira con dureza.

—Porque no.

Vaya, mejor que no toque el tema. Se levanta y vuelve a la mesa a por más platos sucios. Distraída, mientras hablábamos he rascado y apilado pulcramente cuencos, platos y cubiertos y cuando le paso una pila me sonríe.

—Gracias.

—Estás como una regadera —digo convencida—. Es la cosa más absurda que he oído en mi vida.

—Viniendo de ti, significa mucho —dice Janey.

Vuelve del fregadero y va a por el bol de pasta. Antes de que llegue, mi mano sale disparada y agarra el borde del bol con fuerza.

—No lo toques —digo bruscamente. Tiro del bol hacia mí por encima de la mesa de madera y lo rodeo con los brazos como si acunara a un bebé. Tan cerca de la comida, la nariz se me llena del olor a queso y jamón y mantequilla otra vez y empiezo a preguntarme si seré capaz de comerme todo lo que ha sobrado—. Si quieres tirar esto tendrás que hacerlo por encima de mi cadáver.

Janey ladea la cabeza como si me hubiera vuelto loca y se encoge de hombros.

—De acuerdo, tú misma. Come hasta reventar si quieres. Pero no me ensucies el frigorífico con sobras que se van a echar a perder. ¿Necesito recordarte que tu estancia aquí es provisional?

La miro con exasperación.

—¿Cómo iba a olvidarlo? —Pero para variar no estoy pensando en mi frágil situación de alojamiento. Estoy pensando en la comida. Cocinando un plan, por así decirlo.

Janey saca un par de guantes gruesos de goma de la despensa, alcanza el cubo de vainas de guisantes, después busca algo en el frigorífico y saca un tubo grande con lados de plástico opaco y un tapón hermético.

—¿Qué es eso? —pregunto.

—Una cosita de la tienda de cebos —contesta, y le da la vuelta al tubo hasta que aparecen las palabras GUSANOS GRANDES escritas con rotulador permanente—. Voy a intentar poner en marcha el compostador. ¿Quieres ayudarme?

Bueno. Está claro que quiere estar sola.

—Mmm... no, gracias. Haz lo que te dé la gana.

Se va con sus babosos amigos a la cocina.

—Ah, recuérdame que compremos una cerradura para esta puerta —dice, antes de cerrar.

—No vayan a aparecer más visitas inesperadas —añade la tía Midge al tiempo que mira cómo contemplo el enorme bol de pasta—. ¿Qué? ¿Piensas comer hasta que revientes por glotona?

Me río.

—No creo, pero se me ocurren peores maneras de morir. Estaba pensando... Tiene que haber algún refugio por aquí que acepte comida caliente extra cada noche. En Maine también habrá gente sin techo. Dividiremos todo lo que cocine en dos porciones: una para comer y otra para regalar. —Callo, mientras pienso en cómo organizarlo—. Lo que tenemos que averiguar es si prefieren las sobras al día siguiente o la misma noche, en cuyo caso tendríamos que convencer a Janey para que prepare la comida un poco antes y así podamos repartir lo que sobra antes de comer.

Me mira con expresión asombrada.

—¡Pues claro! ¿Cómo es posible que no se me haya ocurrido?

Quizá porque nunca has comido en un refugio, pienso.

—Porque soy un genio. Mañana pensaremos en los detalles. Ahora ¿qué voy a hacer con esta pasta? —pregunto.

La tía Midge mira el bol y después a mí con una luz nueva en los ojos. ¿Es posible que me haya ganado su respeto solo con una propuesta absolutamente obvia?

—Me acabaré lo que tú no puedas comer. Hace años que perdí la figura por culpa de las sobras de Janey.

Resulta que en Maine hay montones de personas sin hogar, o al menos suficientes personas hambrientas dispuestas a zamparse cualquier deliciosa comida que a Janey le apetezca cocinar. Al día siguiente la tía Midge se pone al aparato —esa expresión es suya, no mía, por supuesto— y llega a un acuerdo con un lugar llamado Ayuda Esperanza. El nombre me da ganas de vomitar, pero, aparte de eso, parece un lugar decente. Están instalados en una asociación cristiana de jóvenes a unos veinte minutos de casa, y ofrecen refugio temporal a hombres y comidas de emergencia a todo el mundo, además de ser un banco de alimentos. También tienen clases comunitarias, profesionales y de educación general, y veo que a la tía Midge le hace gracia porque le da la lata a Janey para que le preste el coche que han alquilado mientras esperan noticias de la escritura.

Cuando me ofrezco a conducir, las dos me miran como si hablara en esa lengua llena de chasquidos: el bantú. En fin..., si no quieren que conduzca, no conduciré. Me quedaré aquí viendo crecer la hierba.

Mientras discuten qué puede pasar si pillan a la tía Midge conduciendo sin carné (me gustaría verlo), salgo al patio y me pongo a investigar la propiedad. Bajo la luz fuerte de mediodía, el océano tiene un color azul más claro de lo normal, con unos reflejos diamantinos entre los abedules. Hay que reconocer que Hogar Dulce Hogar tiene buen gusto. Si no estuviera tan hastiada, podría pasarme horas contemplando esta vista.

Pero estoy muy harta, y en consecuencia me aburro enseguida. Repaso mis opciones. Cuando me pongo de espaldas a la casa, tengo los setos que esconden la piscina interminable a mi izquierda, la pila de compost en expansión a mi derecha, y delante de mí no hay nada más que la clase de acantilado oscuro y reluciente donde irías si quisieras suicidarte de una forma realmente emocionante y brutal. La clase de acantilado hacia donde las sirenas atraerían a los marineros para reducir sus naves a astillas y hacer que se ahogaran en mares procelosos.

Se me ocurre que ya va siendo hora de que baje por ese acantilado. Echo un vistazo.

Por supuesto hay una especie de escalera de roca tallada en la pared a mi derecha. Tienes que buscarla para verla, pero en cuanto la ves no hay duda de que está hecha por el hombre. Es suficientemente tortuosa y peligrosa para parecer divertida, así que me siento en la hierba y bajo al primer «escalón» auténtico de roca.

Visto desde allí los escalones están más juntos, y bajo unos cuatro o cinco metros sin dificultad utilizando mi técnica de bajada de culo siempre que es necesario. Ya no veo la casa y estoy sola en el acantilado con unas gaviotas que chillan como locas a unos seis metros, aleteando mientras intentan picotear algo interesante en una pequeña pila. Veinte minutos después llego a un escalón de roca tan empinado que tendré que echarme y bajar de espaldas. A continuación hay una pendiente gradual que baja capa a capa hasta el agua: me estoy acercando, sin duda, a la playa de la casa. El desnivel me detiene un momento, pero ahora que estoy tan cerca, quiero llegar al final. Quiero meter los pies en el mar y sentir el agua salada, y ver si está fría como en el Misisipi o tan cálida como en el lago Okoboji. Me pongo a cuatro patas y después boca abajo y me deslizo tan lentamente como puedo hasta la siguiente parte llana de roca, utilizando las manos y los brazos estirados para agarrarme a la roca lisa y amortiguar la caída. Caigo de culo, pero con dignidad, y solo me hago pequeños rasguños. Cuando me levanto, subo y bajo los brazos como Rocky y escucho el rugido del público.

El resto del camino hasta el agua es coser y cantar. Cuando la roca se vuelve plana, dejo los zapatos, un par de zapatillas de deporte que tengo desde hace mil años, en el sitio más alto que puedo y avanzo un poco más hasta el lugar donde unas olas esmirriadas chocan con la roca.

Diez segundos después estoy empapada de pies a cabeza. Resulta que las olas pueden ser de todos los tamaños. Y por lo visto nadie ha informado al océano Atlántico de que estamos en pleno junio. El agua está extremadamente fría y no puedo parar de temblar. La piel de gallina me causa escalofríos. Estoy participando en mi propio concurso de camiseta mojada y, sin duda, lo estoy ganando en la modalidad pezones. Es hora de volver.

Solo que mis zapatos parece que han decidido surfear. La roca alta y seca donde los había dejado ahora reluce como recién mojada. ¡Uf! Al menos todavía tengo los pantalones, por muy mojados que estén. Parece que aprendo la lección de pieza de ropa en pieza de ropa.

Descalza, empiezo a subir por las rocas en pendiente hasta que por fin estoy bien lejos del alcance de las olas y subo lentamente por los escalones cada vez más empinados hasta que me pongo a subir, literalmente, a cuatro patas. Entonces llego al gran desnivel que me ha frenado en la bajada.

El problema es que ahora la gravedad no está a mi favor. Ahora solo es una gran pared, y aunque alcanzo a poner las manos en la parte superior, no encuentro ningún saliente donde agarrarme para trepar. Si lo hubiera, seguramente sería capaz de subir las piernas para poder pasar el cuerpo por encima del saliente. Pero todo lo que palpo es roca lisa. Tendré que darle la vuelta por alguna parte, pero no parece haber muchas opciones seguras cuando me alejo de la escalera tallada.

Vaya mierda. Podría haberlo previsto. Me siento un momento en el escalón más bajo para pensar un poco en lo que puedo hacer a continuación, después me echo boca arriba en la roca lisa y escucho el océano. Me doy cuenta de que ya no huelo la sal y el mar como antes: supongo que el olfato se me ha acostumbrado al aire marino. Lástima; me gustaba ese olor. Inhalo con fuerza por la nariz y todavía me llega una brizna de olor a mar, pero sobre todo huelo el olor metálico de la roca mojada, como el sabor de los cubiertos viejos cuando lames los restos de helado. Veo algunos peces que chapotean a lo lejos y desaparecen en las olas brillantes, y los pájaros pescadores vuelan sin cesar en círculos sobre el agua con su ritmo hipnótico, y el sol es tan agradable que me entran ganas de echar una siesta. No tengo nada mejor que hacer, ¿no? Cuando despierte, como nueva, sin duda se me ocurrirá una forma de subir.

Cierro los ojos y me pongo a soñar con piscinas y abedules. Al cabo de un rato, uno de los árboles empieza a gritarme.

—¡Eh, tú, eh!

En mi sueño, le digo al árbol que me deje en paz, pero sigue gritando.

—¿Estás bien?

Me despierto por fin. Cuando veo quien grita realmente casi me caigo de la roca. Es un submarinista, enfundado en neopreno de pies a cabeza; tropieza con las rocas con esas ridículas aletas que los submarinistas llevan en los pies. Su cabeza son gafas de inmersión, tubo y unos cabellos rubios brillantes. Un auténtico Jacques Cousteau.

—¡Estoy bien, pero no sé como subir! —le grito a Jacques—. ¿No sabrás cómo se sube por aquí, no?

—¿Qué? —grita—. Baja, que no te oigo con las olas.

Refunfuño. Voy a perder todo lo que he avanzado. Pero bajo hasta la costa. A lo mejor este tipo puede ir a buscarme una escalera cuando termine de atrapar un escurridizo calamar gigante o lo que sea.

Cuando estoy lo bastante cerca para ver unos ojos azules detrás de las gafas amarillo neón, repito lo que he dicho antes.

—Estoy bien, pero no puedo volver a la casa.

Jacques mira el acantilado y luego a mí.

—¿Has bajado por aquí? —pregunta con incredulidad.

—¿Hay otro camino que debiera conocer? Además hay una especie de escalera que baja. Hasta allí. —Gesticulo hacia donde estaba echando la siesta y él asiente.

—No me digas. Debe de estar aquí desde los indios. Eso explicaría ese salto tan grande en medio. Probablemente un escalón que el agua ha desgastado en los últimos mil años o algo así. Qué fuerte. Creía que conocía este sitio, pero esto no lo había visto nunca. Y tú solo llevas aquí una semana, ¿no?

Asiento, un poco intimidada por la red de cotilleos de la zona.

—Supongo que lo del sorteo de la casa fue una gran noticia —digo para indagar un poco.

—Sí, puede. Yo lo sé porque tuve que venir el día después del sorteo para adecentar un poco el jardín y encender la depuradora de la piscina. Soy el encargado de mantenimiento. O lo era.

—¡No me digas! ¿Entonces sabes cómo volver a subir?

Jacques me mira y después mira la enorme pared de roca que hay entre la casa y yo, y cuando sigo su mirada me cuesta creer que haya bajado hasta aquí sin romperme la crisma.

—Bueno... —dice, y calla un buen rato—, claro. ¿Sabes nadar? —Me mira de arriba abajo y ve el estado en el que está mi ropa, que al menos ya no chorrea, y añade—: ¿O acabas de aprender a las malas cómo funcionan las mareas?

—Sé nadar —digo—. Viví en un centro de acogida a temporadas de los siete a los diez años. Nado como un delfín. Pero lo de las mareas es cierto. No tienen de eso de donde vengo.

—¿De dónde vienes? —pregunta.

Pienso en decir Iowa, pero lo descarto por falta de *glamour*.

—Texas —digo—. La parte interior. —No sabría decir en qué es más glamuroso esto.

Jacques me mira con la cabeza ladeada y se quita las gafas dejando a la vista una cara atractiva y bronceada con dos círculos más claros alrededor de los ojos, como un mapache.

—No tienes acento.

Vaya por Dios, Jacques también es detective.

—De acuerdo, no soy de Texas —admito—. Pero sí de un sitio sin mar. Creía que las olas eran menos..., mmm..., onduladas. De hecho, mis zapatos han acabado en algún barco pirata por ahí. —Hago un gesto queriendo abarcar la inmensidad de agua.

Jacques se ríe, y entonces me sorprende bajándose los kilómetros y kilómetros de cremallera del neopreno que le cubren todo el cuerpo, luego se quita el traje mojado.

—¡Vaya, vaya, vaya! —digo, mientras observo que saca primero un brazo musculoso y bronceado y después otro, seguido de un torso asombroso de nadador hasta que la parte de arriba cuelga de la cintura—. ¡Sigue! —Bromeo, aunque lo digo en serio. Gracias, Dios mío, por poner a este hombre tan interesante en mi océano.

Jacques se ríe más aún.

—Bueno, tú también estás dando un espectáculo, señorita que chapotea en el mar con camiseta. —Señala mis pechos; por supuesto, mi pequeña copa A está muy resaltada. Inmediatamente cruzo los brazos para taparme.

—¡Los ojos arriba, chico! —digo. Pero estoy pensando: quítate los pantalones.

—A la orden. Hecho. —Y entonces, como si tuviera línea directa con el cielo para que me conceda mis deseos, empieza a bajarse el traje de buzo por las piernas. ¡Sí! Observo cómo se quita una pernera, después suspiro desilusionada cuando queda claro que lleva un bañador debajo. Qué lástima. Se quita la otra pernera, pero estoy perdiendo interés por momentos. Entonces me ofrece el traje chorreante—. Póntelo.

—¿Qué? —digo, aguantando el pesado traje—. ¿Por qué?

—Podemos ir nadando hasta esa ensenada —dice, señalando a la izquierda—, y subir la colina por allí; hay una entrada para barcas. Por mucho que me impresione tu estilo caprino de descenso, no hay una forma de subir por ahí que no acabe en algún tipo de traumatismo.

Sonrío, pero no me muevo.

—Me estará grande.

—Claro, pero es elástico. Créeme, el agua está muy fría para una chica que no es de Texas, incluso en junio. —Sube y baja las cejas—. Yo iré delante con las gafas para ver por dónde vamos; tú sígueme de cerca. Si las olas te arrastran o algo, agárrate a mi pierna. ¿Quieres esto? —Señala las ridículas aletas.

—Creo que son demasiado grandes —contesto, a la vez que me meto en el traje mojado y frío. El neopreno sobre la piel es como bañarse con hielo, o sea que no me puedo imaginar la sensación de frío en el agua sin él. Supongo que mis pies lo descubrirán enseguida.

—Sí, seguramente. —Me mira y ve que tiemblo, supongo, porque se detiene en el agua y se queda cubierto hasta la cintura, temblando también un poco—. Oye, mira, puedo volver nadando y pedirle a alguien que venga a buscarte en un bote. No creo que tarde más de dos horas. O puedo...

Lo interrumpo con un gesto brusco de la mano.

—Por favor, estoy bien. ¿Está muy lejos?

—No, que va. Tres largos de piscina, quizá cuatro. Podemos parar si lo necesitas.

—No lo necesitaré —digo. Me meto en el agua hasta los hombros y me acostumbro a la sensación oscilante del ir y venir de las olas, imitando la postura relajada de Jacques con los brazos estirados y sacando el trasero para flotar mejor. Veo que le hace gracia y me hace un gesto con la mano.

—¡Vamos! —grita y nos ponemos a nadar más allá de donde rompen las olas, a unos veinte metros de la costa, con cierta inclinación hacia la izquierda. Una ola me llena la boca de agua salada pero la escupo casi toda sobre la superficie plana que la sigue y me mantengo cerca de Jacques todo el rato. Nada bien, mejor que yo, y no parece que tenga frío, aunque sin el traje sé que debe de estar sufriendo. Ha sido muy amable por su parte dejármelo. Encima he podido verle los abdominales.

Al observar como hunde las manos en el agua, como si fueran aletas, me doy cuenta de que tiene que ser de aquí. Seguramente ha vivido en esta costa toda su vida. No sé qué significa eso. ¿Es extremadamente rico o es de una familia antigua y refinada, ¿quizá? Teniendo en cuenta que nos ha cortado el césped, lo dudo mucho. Debe de ser un autóctono, de los que viven en una de las casitas del interior que vi viniendo aquí, con el jardín lleno de coches sobre bloques de cemento y columpios oxidados. Seguro que su familia es más o menos como era la mía, antes de que me los quitara de encima. Me hace sentir excitación pensar que podemos ser de un estrato social parecido. De repente pienso que ojalá llevara los labios pintados.

Al cabo de unos minutos empiezo a entender adonde nos dirigimos. Antes no me había dado cuenta pero nuestra casa está construida en una punta, y alrededor de ella los acantilados se estrechan y se suavizan en una pendiente que baja hacia el océano. Incluso crece hierba en la ladera. Pero está más lejos de lo que esperaba, y la nariz me chorrea sin parar y el sabor en la garganta de vómito salado me atraganta. Jacques sigue nadando como si nada y yo sigo meneando los pies, pero mi crol empieza a tener ese aspecto desmadejado que significa que estás cansado. Cuando estamos a apenas diez metros de la costa tengo la sensación de que me estoy hundiendo, literalmente, y le agarro la pierna y escupo y gesticulo con los brazos con desesperación.

Jacques se detiene, gira el cuerpo y nada hacia mí, me pasa los brazos por debajo del cuerpo y lo levanta de modo que solo tengo que flotar y recuperarme. No parece ni que se mueva dentro del agua y empiezo a pensar si no es una de esas personas medio delfín que salen en los periódicos sensacionalistas.

—¿Cómo lo haces? —pregunto después de tragarme demasiada agua salada.

—¿Hacer qué? Es poco profundo, toco de puntillas. Por Dios.

—¿Qué? Entonces, ¿por qué intento nadar?

Me suelto y bajo los pies al suelo pedregoso, sintiéndome idiota a más no poder al encontrar la reconfortante superficie.

—Ni idea. ¿Estás bien? Creía que a lo mejor querías irte con tus zapatos.

—Estoy bien. Continuemos, que el agua está helada.

Jacques chapotea hacia la costa.

—¡Te lo había dicho! —grita.

Yo medio camino medio nado detrás de él.

El nombre de Jacques resulta ser John Junior. En serio. Y no hay un John Senior. Su madre, me cuenta mientras caminamos de vuelta a la casa, siempre ha estado locamente enamorada de la familia Kennedy. Comprendo exactamente lo que quiere decir, porque mi segundo nombre es Diana. Cuando se lo digo, se ríe y después me mira de soslayo. Es esa mirada de «qué tía más rara» a la que ya estoy acostumbrada. Normalmente soy bastante rara, pero ahora mismo no estoy siendo rara para nada y quiero que J.J. sepa que esto que tenemos en común es puro y cierto.

—Mi madre compartía con lady Di la debilidad por los chicos malos —explico. Y la costumbre de dejar a los hijos para buscarse la vida, pienso.

—¿A ti también te gustan los chicos malos? —pregunta J. J., y me entra ese cosquilleo que siento siempre que un chico flirtea conmigo. Y también esa pizca de aprensión.

—No —digo, avanzando por delante de él, rebosante de energía, golpeando el asfalto con los pies descalzos—. Me gustan todos los chicos. ¿Has hecho tú todo el jardín?

Estoy en el desvío de la carretera principal y la larga entrada de grava que lleva a la casa. J .J. acelera el paso y me alcanza. Hay dos hileras de árboles, una a cada lado del paseo, y alrededor de los árboles parterres majestuosos de flores dan la bienvenida a la propiedad. Son muy bonitas y parecen elaboradas, me impresionaría que las hubiera plantado él.

—Más o menos —dice J. J.

—¿Más o menos cómo?

—La cadena envió un paisajista famoso de uno de sus programas. Un asiático musculoso. Fue él quien hizo los mapas, los planos y todo eso. Después contrataron a un montón de chicos del pueblo, a mí incluido, para ejecutar sus planes.

Cuando estuvo terminado, me contrataron para el mantenimiento.

—Pues es precioso. Has hecho un trabajo estupendo.

Se encoge de hombros.

—No sé nada de paisajismo. —J. J. se inclina para examinar las hojas de una planta verde azul mientras habla—. Solo soy jardinero. —Arranca un bicho negro de una hoja ancha y lo aplasta entre los dedos.

Se me ocurre algo.

—Ahora que nos hemos mudado seguro que ya no te pagan, ¿no?

Otro encogimiento de hombros.

—La semana pasada fue la última que trabajé en esta casa.

—¿Y quién se encargará de todo esto?

Además de la extensión de césped que segar, debe de haber cuatro millones de flores que regar, cortar y lo que sea. Janey ha puesto algunas macetas con hierbas por todas partes, pero está claro que no tienen interés en cultivar nada que no se pueda cocinar.

—Tú, supongo. —J. J. lo dice con una sonrisa. No sé cómo pero sabe perfectamente que es lo último que se me ocurriría.

—No lo creo. Hablaré con Janey. Puede que la convenza para que te contrate.

—¿Quién es Janey? —pregunta—. ¿Tu madre?

—Qué va, es mi... prima. Una cosa así. La dejo vivir... conmigo en la casa. —Bueno, esta mentira no me estallará en la cara dentro de unos días, seguro que no.

—¿Y solo vivís tú y ella allí? —Ladea la cabeza hacia la larga entrada.

¿Cómo se le explica a un tipo realmente guapo con un cuerpo estupendo que has recurrido al engaño para poder vivir con una casi desconocida y la tía abuela de la casi desconocida? ¿Existe alguna postal de felicitación que exprese eso?

—Estamos Janey, yo y la supervieja tía de Janey. Se llama Midge. Es muy divertida. —Se me ocurre una idea maléfica y voy a por todas—. Oye, ahora que lo pienso, ¿podrías venir a recortar los setos que bordean la piscina un día, muy temprano? Sobre las seis y media. Te pagaremos.

J. J. me mira bizqueando.

—¿En serio? ¿Por qué tan temprano?

Pienso rápidamente.

—Porque así estará todo acabado y precioso cuando se levanten y les gustará tanto que seguro que te contratan. ¿Solo por una vez? —Por favor, por favor, que diga que sí. Me esfuerzo por no reírme a carcajadas.

—Claro. —Me ofrece otro de sus encogimientos de hombros patentados, que son cada vez más adorables—. Lo que tú digas.

—¡Estupendo! —Le doy un abrazo impulsivamente y después choco la mano un poco avergonzada logrando ser a la vez descaradamente coqueta y ridículamente colega. Uf.

Me echa otra miradita de soslayo.

—Estupendo. Podría ir el jueves. ¿Nos veremos entonces?

—¡Por supuesto! No me lo perdería por nada del mundo.

Es una respuesta rara y sus cejas levantadas me dicen que él también lo piensa.

—Bueeee...no. Adiós.

Lo veo alejarse, con el traje de neopreno empapado sobre un brazo, y está al mismo tiempo absolutamente delicioso y completamente despistado. Espero a que doble la esquina y se pierda de vista para secarme las babas.

JANEY

«Por amplios que sean nuestros intereses culinarios, por sofisticados que sean nuestro paladar y nuestro talento en la cocina, normalmente volvemos a casa para desayunar.»

—CHERYL ALTERS JAMISON y BILL JAMISON
A Real American Breakfast

Esta cocina es un palacio. Es el Taj Mahal, Versalles y el castillo Hearst juntos en un santuario reluciente dedicado a las artes culinarias. Estoy casi segura de que si me dejaran sola aquí, a mi aire, moriría y ascendería a los cielos, donde me sentaría a la derecha de la chef Julia Child.

Primero están los electrodomésticos. El frigorífico enorme de dos puertas donde cabe todo lo que se pueda imaginar y más. Los dos hornos, que alcanzan los trescientos grados en quince minutos. El lavavajillas de dos cajones suficientemente grande para una familia de siete personas..., qué digo, siete; ¡ocho! Y la cocina. Seis relucientes fogones de gas empotrados en la encimera como si hubieran crecido dentro del granito. Y sobre la cocina lo mejor de todo: ¡un extractor! Nunca había tenido una cocina con extractor, nunca. Cuando lo miro es como si oyera el sonido de la carne asándose, dorándose en una gran cazuela, formando una costra crujiente y deliciosa por fuera y dejando su interior poco hecho. Sin llenar la habitación de humo, sin disparar la alarma de incendios, simplemente asándose como si nada. Un filete grande y jugoso, una cazuela de hierro forjado, y un buen chorro de brandy: bistec Diane, sin bomberos.

Luego están las encimeras. El reluciente granito azul se extiende en todas direcciones, hasta donde alcanza la vista. No estoy segura de que sepa cocinar nada que exija tanto espacio. Puede que si preparara pasta, tarta, *sushi* y dulce de leche al mismo tiempo; entonces sí utilizaría todo el espacio. Pero es difícil imaginar ese escenario, a no ser que abra una especie de restaurante de fusión. Y sobre las encimeras hay toda clase de aparatos modernos: robot, batidora, licuadora, cafetera. En seguida guardé la panificadora en el garaje para que no molestara, junto con todos los cacharros que los diseñadores habían puesto para que quedara bonito: palmatorias de hierro en forma de cornamenta, un atril para los libros de cocina de bambú, un plato de cristal de baratillo lleno de piedras pulidas. Todas las cosas que serían difíciles de limpiar si, por ejemplo, les cayera encima una sopera de *vichyssoise*. Pero tengo que reconocer que he estado estudiando la olla a presión con interés. ¿Qué pasaría, me pregunto, si metiera dentro unas costillas?

Cierro los ojos e intento pensar en algo que me gustaría tener en la cocina pero nunca saldría a comprar. ¿Cazos y sartenes de cobre? ¿Ollas de hierro fundido esmaltadas? ¿Un afilador de cuchillos de diamante? Están todos aquí y han traído amigos. Sí, supongo que podría haberme comprado alguna de esas cosas yo misma hace tiempo con el dinero del seguro de Ned, pero entonces, ¿cómo podía estar segura de tener suficiente dinero en el banco para toda una vida de ternera Wellington y paella?

O, quizá, para ser sincera, ¿cómo podía seguir ignorando ese dinero y fingir —junto con su razón de ser— que no estaba?

Ahora, por amor a esta cocina y a la tía Midge, tendré que romper la hucha. Aunque he visitado todas las tiendas de novias a cincuenta kilómetros a la redonda para dejar mi currículum, no he obtenido ninguna muestra de interés. Debo suponer que tiene que ver con mi tartamudeo. En una tiendecita del paseo costero de Damariscotta, la elegante propietaria inglesa se apiadó de mí y se ofreció a dejarme llevar a casa algunos vestidos de novia para subir dobladillos y acortar tirantes, pero no hay forma de ganar suficiente para las dos (no cuento a Nean, porque se marchará pronto) y pagar los enormes impuestos de propiedad cosiendo dobladillos en casa. Solo puedo esperar que vean lo bien que trabajo y me contraten a jornada completa. Hasta entonces vale más que disfrute de mi cocina.

Estos pensamientos me sacan de la cama demasiado temprano. El suelo de madera de mi habitación está frío, así que me pongo las zapatillas de lana y bajo y encuentro la cocina exactamente como la dejé ayer. Impecable. El fregadero brilla a la luz de la mañana y el aire huele a limpio y ligeramente a limón. Las encimeras azules impecables y la pared de azulejos a juego me dan la bienvenida diciendo: «Buenos días, Janey. ¿Te apetece un café?».

Muchas gracias, Cocina. Me apetece un café. Y tal vez unos canutillos de canela caseros. ¿Qué día es hoy?

Es jueves, me doy cuenta con un sobresalto. ¿Se pueden preparar canutillos de canela en jueves? Creo que no. Los jueves toca tostadas, o como mucho un bol de cereales si te sientes caprichoso. Nadie prepara canutillos de canela en jueves. Va contra las leyes de la naturaleza. Necesito encontrar un trabajo pronto, o voy a perder todo rastro de orden en mi vida.

Como si quisiera demostrármelo, Nean aparece en la cocina de la nada. No son ni las seis y cuarto de la mañana y la criminal con la que vivo está despierta. Estos últimos días, desde que le dijimos que podía quedarse, ha dormido hasta mediodía y después ha venido a la cocina para zamparse todo lo que no tuviera dueño. En cambio, hoy apenas si ha salido el sol y ella está en el umbral de la cocina, vestida con pantalones cortos transparentes y una camisola ajustada. El pelo se le levanta en punta hacia todos los lados, incluido delante de los ojos. Bosteza.

Me irrito. Estaba a punto de conversar con mi cocina nueva. En privado. A lo mejor se bebe un vaso de agua y vuelve a la cama. A lo mejor sale fuera y la atropella un camión.

—¿Hay café? —pregunta.

—No —digo.

Pero tengo una taza de café en la mano, más clara que el agua, tan caliente que desprende vapor y fragancia perfumando toda la habitación como en un anuncio de café. No me hace caso y va a la cafetera a servirse. Después abre la nevera y saca la leche, la huele, y llena la taza por la mitad hasta que el café adquiere un color de camello. Ahora lárgate, pienso.

—¿Qué preparas? —pregunta.

—Nada, vete. —Me irrito solo de verla.

—El horno está encendido.

Es verdad. Lo he precalentado un poco, por si necesitaba hacer magdalenas o una *frittata* en un momento. Pero decididamente no para los canutillos de canela.

—Lo estoy limpiando. —Miento fatal.

Nean se acerca al horno y mira los mandos.

—No está puesto en «limpieza». Está a ciento ochenta —dice—. ¿Estás preparando pasteles sin mí?

—¿Qué quieres decir con sin ti? Esta es mi cocina.

—Me dijiste que me enseñarías a preparar pasteles. ¿O ya no te acuerdas? Me lo dijiste cuando hice las galletas.

Levanto los ojos al cielo.

—No dije nada de eso.

—Se sobreentendía.

Es interesante que la persona que más me irrita de todo el universo, se llame como yo, nombre y apellido.

—Vete —digo. Me sale realmente quejoso y petulante.

—Va. Déjame mirar. Imagínate lo bien que te iría que pudiera preparar cosas para ti.

Vaya, me ha pillado. Me encanta cocinar, y la cocina necesita pasteles de vez en cuando, pero no me gusta la repostería. Me gusta volcar y agitar y probar y el olor del aceite de oliva calentándose. No me gusta intentar descubrir si lo que hay dentro de la lata etiquetada como HARINA es de fuerza, de media fuerza, floja o pastelera. Los buenos pasteleros utilizan cosas como balanzas y tiras reactivas pH y saben lo que hay en el cremor tártaro. Siempre van por ahí con una pala de pizza y cara de aburrimiento. Miro la pared junto al horno, donde cuelga una pala de pizza de madera de aliso como si fuera una obra de arte; después me imagino a Nean, agachada sobre el horno a cuatrocientos cincuenta grados a las cinco de la mañana, sudando y agotada, con los cabellos llenos de harina.

—De acuerdo. Prepararemos canutillos de canela, pero después tienes que dejarme sola. —Es un buen trato, me digo—. Tardaremos un poco.

Para los canutillos de canela se necesita una masa de leva- dura, así que saco el tarro del frigorífico y Nean se pone muy contenta. Mira el vaso medidor lleno de agua tibia y levadura como si esperara que salieran pollitos, y cuando consigo ese olor pastelero cálido que me dice que la levadura está viva y a punto para eructar, le enseño cómo añadir la harina y después los huevos y la mantequilla y la crema de leche y cantidades vergonzosas de azúcar. Le doy la opción de la batidora eléc- trica pero quiere amasar a mano, así que la pongo a ello en la gran tabla de cortar de la isla y le doy un bol untado de acei- te para que deje la masa reposar y suba.

Me está llamando para que compruebe la elasticidad cuando oigo una serie de gritos espeluznantes procedentes del otro lado de la casa. Vienen de la puerta vidriera que lleva a la piscina. Atravieso la casa aterrorizada, imaginándome mientras corro que la tía Midge se está ahogando en la pisci- na, se ha pillado el pelo en uno de esos chorros de agua o corre cualquier otro peligro.

Así que cuando me paro de golpe en la puerta corredera y la veo de pie ilesa y tapándose los pechos con una toalla me siento muy aliviada. No sé qué ha pasado pero sigue teniendo las cuatro extremidades. No puede ser tan malo.

—¿Qué pasa? ¿Por qué gritas? —pregunto.

La tía Midge suelta otro chillido como respuesta, así que voy hacia ella, pero ella corre hacia mí y me empuja dentro de la casa.

—¡Cierra la puerta! ¡Con el pestillo! —dice—. ¡Ahí fuera hay un asesino pervertido con un hacha!

Eso sí que no me lo esperaba.

—¿Qué?

—Un hombre con una sierra mecánica. —Jadea y tiembla al mismo tiempo, así que intento ponerle el albornoz pero no es fácil con sus dramáticos ademanes—. ¡Ha salido de la nada! ¡Me estaría espiando mientras me bañaba! ¡Desnuda!

Estoy viendo a mi tía abuela desnuda en este momento, y algo de este escenario me suena raro.

—¿Estás segura? —pregunto—. Yo no veo a nadie.

—Ha salido corriendo cuando he empezado a gritar. —Me agarra por los hombros y me sacude con fuerza—. Creo que pensaba cortarme en rodajas con la sierra y ¡continúa ahí fuera! —Sigue un silencio más bien teatral.

Y entonces suena el timbre. *La cucaracha* de nuevo. Si seguimos viviendo momentos dramáticos como este tendremos que averiguar cómo se cambia.

—¡Debe de ser él! —grita la tía Midge—. ¿Dónde guardamos la escopeta?

La miro de soslayo.

No tenemos escopeta, eso lo sé seguro. Iré a ver quién es. Esto tiene que ser un gran mal entendido...

La tía Midge me agarra el brazo, con ojos aterrorizados.

—Ve con cuidado, Janey —dice, antes de anudar el cinturón del albornoz con fuerza como si fuera un cinturón de karate—. No abras la puerta si no es alguien que conoces. Si te amenaza, llama a la Policía.

Se va, cerrando las ventanas y las puertas de la casa a medida que pasa. Voy al recibidor, me preparo todo lo bien que puedo para la interacción humana, pero encuentro la puerta abierta de par en par y a Nean invitando a un chico rubio vestido con un mono, y con unas tijeras de podar en la mano, que parece tan peligroso como un cura. Está claro que está asustadísimo. Este debe de ser nuestro asesino de la sierra mecánica. Qué alivio.

—Caray, Nean —dice el chico, y me doy cuenta de que no es la primera vez que se ven—. Me ha dado un susto de muerte. Creía que me habías dicho que no habría nadie despierto en la casa.

Oh, vaya, debería haber imaginado que Nean estaba detrás de esto. Me escondo.

—¡Cuánto lo siento, J. J.! Normalmente no se levanta tan temprano —dice Nean; no puedo creer que sea tan mentirosa—. De haber sabido que estaría en la piscina, te habría avisado para que no vinieras.

¡La muy guarra...! Le quitaré los canutillos de canela.

—Estaba recortando los setos como me pediste —sigue J. J.—. Entonces he oído que había alguien en la piscina y he ido a decirle que estaba trabajando para no asustarla. Así que he cruzado al otro lado para saludarla. No tenía ni idea que estaría tan... desnuda. Por cierto, grita muy fuerte... —J. J. sacude la cabeza y no puedo evitarlo, se me escapa la risa pensando en ese joven bronceado y robusto cruzando inocentemente el seto, con las tijeras de podar en la mano, y encontrándose con una mujer de ochenta y ocho años dándose su baño matutino ante Dios y ante todos. La risa se convierte en un incontrolable carcajeo cuando recuerdo la cara de la tía Midge diciéndome que tenía una sierra mecánica, y descubren mi escondite. Nean y J. J. vienen hacia mí.

Nean me ve intentado reprimirme y también se echa a reír, y su risa fuerte y nasal me hacer reír todavía más, tanto que la tía Midge viene del salón para ver qué sucede. Echa un vistazo a J. J., con su cara atractiva y bonachona y su expresión aturullada, y pronto estamos las tres dobladas de la risa y con lágrimas en los ojos. No puedo parar de reír y de jadear hasta que me doy cuenta de que me voy a hacer pis encima y corro al baño para prevenir un accidente. Mientras estoy allí oigo que Nean presenta a J. J. a la tía Midge entre risas y bufidos, y a J. J. tartamudeando una disculpa muy sentida que solo las hace reír aún más fuerte.

Me divierte tanto la tontería de la situación que casi olvido tenerle miedo a J. J. Casi. Pero cuando abro la puerta del baño siento que aquella vacilación tan conocida vuelve y deseo, no por primera vez, poder ser como los demás. Sin sarpullidos, sin tartamudeos, solo una persona normal que conoce a otra por primera vez.

—J. J. te presento a Janey —dice la tía Midge entre risas cuando salgo. Me ofrece la mano y siento que los brazos empiezan a escocerme—. J. J. es nuestro jardinero. Me lo ha dicho Nean.

Dejo los brazos quietos a los lados y le ofrezco una gran sonrisa. Estoy sudando descontroladamente, pero es una mañana calurosa. A lo mejor nadie se da cuenta.

—Encantada de conocerte —digo con una voz increíblemente clara.

—Nean dice que estaba empleado por Hogar Dulce Hogar hasta que se sorteó la casa. Creo que deberíamos contratarlo. El jardín es demasiado grande para que lo cuidemos nosotras solas, y él ya lo conoce.

Todas las caras me miran expectantes y noto que la de Nean es especialmente luminosa. Ya ha invertido mucho para tener a J. J. cerca, lo que me hace desear decir que no, pero la idea de segar el césped es ligeramente menos apetecible que la de fastidiar a Nean.

—Claro —digo—. Pero en invierno, quizá no haya tanto trabajo que hacer. —Por no hablar de que estaremos arruinadas.

—No te preocupes —dice J. J. —Digamos que trabajaré hasta finales de agosto. Después ya hablaremos.

Nean sonríe y, maldita sea, su sonrisa es contagiosa.

—Me parece bien —le digo a J. J. y me disculpo para ir a mi habitación a ponerme una camiseta de manga larga y ungüento para el picor. La urticaria me está matando. Mientras me alejo oigo que la tía Midge le dice que no puede acercarse a los setos altos de seis a ocho de la mañana.

—Es cuando me baño todos los días —dice, y sonrío pensando en el increíble atrevimiento de Nean.

Esta tarde, después de que Nean y J. J. hayan dado buena cuenta de la bandeja de canutillos de canela y se hayan marchado a una playa cercana a mojarse los pies, la tía Midge empieza a darme la lata para que la lleva otra vez al pueblo.

126

Quiere ver a alguien del refugio para hablar de mi comida, pero el tema me hace sentir incómoda. Normalmente cocino para ocho, no para cien, y no me gusta la idea de que esa pobre gente solo reciba porciones diminutas de lo que sea que a mí me apetezca cocinar. En resumidas cuentas, me hace sentir demasiado presionada.

Pero no hay forma de disuadirla. Me rindo, aunque le hago prometer que dejará que me quede en el coche, y nos vamos en dirección norte por el largo cabo, entre pinos y pasando por el muro de piedra donde tuve mi pequeño episodio con Noah. Solo con pasar por ahí me pongo roja de vergüenza, y deseo fervientemente no volver a verlo nunca más. Sería más de lo que mi epidermis puede resistir.

Después de conducir unos veinte minutos, paramos en un pueblecito llamado Little Pond. No es tan pintoresco como Damariscotta, y, a no ser por la tía Midge, el GPS humano, lo habría pasado de largo por lo pequeño que es. Su diminuto centro es un cruce de caminos con una señal de stop y cuatro bares, uno en cada esquina. También hay un banco, un Pizza Hut y una pequeña tienda de alimentación con tres coches en el aparcamiento.

—Las mejores almejas fritas del mundo —dice la tía Midge mientras pasamos de largo.

¿Eh?

—Ese bar —dice, señalando un local que se llama El marinero borracho, que tiene una pinta asquerosa—. Tienen un rótulo en la ventana.

Miro con más atención y lo veo, LAS MEJORES ALMEJAS FRITAS DEL MUNDO: 3,50-4 $. No hay nada a la vista que apoye tal afirmación, tampoco hay coches en el aparcamiento que hagan pensar que alguien está disfrutando de las susodichas almejas.

—Soy escéptica —digo.

—Paremos. Es hora de almorzar y me muero de hambre. Y de sed.

Es verdad que es más de la una y hoy solo hemos comido canutillos de canela. Pero no me gusta comer fuera. Es una comida menos que cocino, y normalmente hay demasiada gente alrededor, aunque en este caso está claro que no es así.

—Puedo freír almejas —le digo a la tía Midge, aunque no lo haya hecho nunca—. Puedo comprarlas cuando pasemos por la pescadería que hay junto a la tienda de lanas.

—Tengo hambre ahora —dice—. Además, y sin ánimo de ofender, ¿estás dispuesta a preparar las mejores almejas fritas del mundo? Porque si no, sería una decepción, ¿no te parece?

Suspiro y paro en el aparcamiento de El marinero borracho. Dentro hay una sala sorprendente iluminada con manteles de vinilo a cuadros y falsas lámparas Tiffany de otros tiempos. Me animo. El local está completamente vacío.

—Siéntense donde quieran —dice una mujer que parece simpática desde detrás de la barra, así que nos sentamos en una mesa junto a la ventana. En cuanto mi trasero toca el asiento, grita—: ¡¿Quieren almejas?!

La tía Midge me mira y asiento.

—¡Dos de almejas! —grita—. Y té frío por favor. —Espera un momento que considera decente y añade—: El mío que sea un Long Island.

Pongo cara de exasperación pero sonrío con indulgencia.

—Tía, ¿piensas beber hasta matarte? —pregunto—. No te estás haciendo más joven precisamente.

Me mira con los ojos entornados.

—Soy tan joven como me siento. Además, nunca le he hecho ascos a una copa y mírame. Fuerte como un toro.

—No lo niego, pero quiero que sigas así treinta años más.

—¿Treinta años? —Sacude la cabeza—. En ese caso necesitaré dos tés fríos Long Island.

Estoy a punto de decirle cuántos tés fríos Long Island necesitaré yo para resistir treinta años más con ella cuando suena la campana de la puerta y entra nada más y nada menos que Noah Macallister. Con su metro ochenta y cinco, su atractivo y su ropa vaquera. Doy gracias en silencio por no haber empezado a comer almejas todavía. Pienso en lo fácilmente que las habría vomitado de habérmelas comido ya.

—¡Señoras! —dice, como si no hubiera deseado tanto ver a nadie en el mundo—. Qué agradable sorpresa.

—¡Vaya, hola, Noah! —dice la tía Midge—. ¿Vienes a comer las mundialmente famosas almejas?

Arquea una ceja al oírlo y después nos sonríe.

—Pues, creo que sí. ¿Puedo sentarme?

—Por supuesto. —La tía Midge está feliz como una perdiz. Empiezo a pensar que ella también está un poco enamorada de Noah Macallister.

—Hola, Noah —dice la mujer de la barra—. ¿Lo de siempre?

—No, Nancy, hoy tomaré las almejas, gracias.

Viene y se sienta al lado de la tía Midge. Frente a mí. Mis axilas expulsan un géiser de sudor.

—¿Qué os trae por este rincón de la civilización, chicas?

Veo que va vestido casi exactamente como la última vez que lo vi: vaqueros, camiseta blanca, camisa de manga larga abierta con las mangas remangadas. Me gustaría saber a qué se dedica para poder vestirse así en día laborable. También me gustaría saber por qué hace tanto calor de repente.

La tía Midge no está al tanto de mi pequeño incidente con el sudor, pero parece entender que no pienso hablar y me echa una mano.

—Hay un refugio y comedor social por aquí cerca. Íbamos a preguntar si necesitaban ayuda.

Esto parece sorprender a Noah y dejo de jadear y sudar un momento para preguntarme por qué.

—¿Ayuda en qué? —pregunta.

—Oh, bueno —dice la tía Midge—. Mi sobrina es una gran cocinera y yo soy una viejecita sin nada que hacer en todo el día. Necesito una misión y alimentar al hambriento es tan buena como cualquier otra.

Noah sonríe al oírlo y veo que su comportamiento vuelve a ser relajado, como siempre.

—Es un detalle —dice con voz de tipo duro—. Yo mismo os acompañaré encantado. Trabajo allí.

Tras esta confesión, vuelve la mujer de la barra.

—¡Los platos están listos! —grita.

Veo que ha dejado tres cestos de plástico rojo y tres grandes vasos en la barra, frente a ella, quizá a unos treinta centímetros de distancia. Por lo visto esto es un autoservicio. Voy a levantarme, pero Noah se adelanta y me indica que me quede sentada.

—Voy yo —dice, y galantemente va a buscar nuestras almejas.

En los dos segundos que tarda en volver, la tía Midge se inclina con unas servilletas de papel en la mano y me seca la frente sudorosa. Dios la bendiga, estoy tan ocupada asfixiándome de ansiedad que he olvidado lo horrible que debe ser mi aspecto.

—Respira hondo —susurra.

Inspiro con fuerza e intento no hiperventilar.

—Almejas, almejas y almejas —anuncia Noah al volver a la mesa, con los brazos llenos. Me esperaba almejitas, pero los cestos están repletos de amasijos enormes y resbaladizos, que brillan bajo el aceite y esa cosa limosa que excretan las almejas. No sé si podré comerme esto. Alcanzo mi té frío y le doy un buen trago.

La tía Midge, intrépida como siempre, pincha un pedacito de almeja y tira la cabeza atrás para metérselo en la boca. Después de masticar un buen rato, baja la cabeza y nos mira. Está sonriendo.

—Mmm... —dice y traga—. ¡Ñam! Está bueno!

Inclino la cabeza. ¿Lo dice en serio? Ante mis ojos coge otro pedazo, más grande.

—No es nada correoso —añade, y se pone a masticar.

—No son las almejas pequeñas normales —explica Noah—. Son una variedad de almejas largas y delgadas que se llaman *geoducks*. Nancy las parte en lo que considera un tamaño apto para masticar. —Señala los pedazos del tamaño de una pelota de tenis—. Luego deja que se deshagan en la freidora. Os puedo asegurar que son únicas.

—¿*Geoducks*? —pregunto, pensando que no lo he entendido bien.

—Sí. *G-E-O-D-U-C-K* —deletrea Noah—. *Geoduck.* Mejor que no las veas enteras, no te lo recomiendo. A su lado las anguilas parecen apetitosas. —Noah abre la boca y engulle un gran pedazo como si fuera un caramelo.

Se me revuelve el estómago. Empiezo a respirar todo lo hondo que puedo.

—Tienen un sabor... interesante —dice la tía Midge, concentrada en su cesta con una expresión de determinación—. Como un pedacito del sabor auténtico de Maine en nuestra mesa.

—En realidad —dice Noah, después de tragar—, son almejas de la Costa Oeste. Algunas partes se consideran exquisiteces, pero no son estas partes. Nancy las manda traer congeladas una vez a la semana. Supongo que calcula que los autóctonos no las pedirán y que los turistas no se enteran.

—¿En serio? —dice mi tía y aparta violentamente la cesta dejando caer la almeja que tenía en la mano como una patata caliente—. ¿Entonces por qué estoy comiendo esta cosa? Es asqueroso.

Noah ríe y ríe como un loco y ese sonido, esa risa burbujeante, y grave me mata. Suena como un baño caliente.

—Bueno. —Noah se inclina hacia nosotras con aire conspirador—. ¿Habéis notado que el bar está vacío, no?

La tía Midge mira en ambas direcciones, como si no lo hubiera notado.

—¡Pues sí! Pero tú has venido a comer...

Noah sacude la cabeza.

—No es verdad. Había venido a hablar de algo con mi amiga Nancy, pero entonces os he visto y... —me mira directamente—, de repente las almejas parecían deliciosas.

Me derrito en un charco de vergüenza bajo la mesa.

—Además —añade—, me ha sorprendido mucho que Janey estuviera dispuesta a comer almejas después de aquella gastroenteritis.

La tía Midge se vuelve lentamente a mirarme.

—¿Gastroenteritis?

Busco mi voz.

—No sé en qué estaba pensando —me oigo decir—. En cuanto las has traído a la mesa, las he visto y me he arrepentido de haberlas pedido.

—A la gente le pasa incluso sin haber estado enferma —dice Noah riendo—. Nancy y yo ya nos conocemos. Seguro que lo entenderá si pedís otra cosa..., bocadillos de queso fundido, por ejemplo.

—Oh, sí, por favor —dice la tía Midge, yo también asiento con cierto fervor. Noah se levanta y va a hablar con Nancy a la barra.

—¿No han podido con las almejas, eh? —dice, sin apartar los ojos de la teletienda—. Turistas.

Habla con mucho desprecio para ser una mujer que compra almejas por correo.

Se va a la cocina a preparar los bocadillos y suelto un suspiro de alivio.

Cuando llegan los bocadillos, Noah nos cuenta por qué ha venido. Es el «encargado de las verduras» del refugio, explica. Gestiona la granja comunitaria de Little Pond, cuyos productos van principalmente al banco de alimentos y a la cocina del refugio, y ha venido a intentar convencer a Nancy para que compre los excedentes para El marinero borracho. Lo ha intentado cuatro veces sin ningún éxito; al parecer en la carta actual no hay una sola verdura.

—Pero esta mañana he visto una montaña de apio en el huerto y he tenido una idea —dice, echándose hacia atrás con los ojos iluminados—. Alas de pollo picantes. Todos los restaurantes de moda sirven alitas picantes con apio de guarnición, ¿no?

Nancy aparece junto a la mesa. Su agudo oído merece mi respeto.

—Sigue, te escucho.

Noah sonríe, y sé que es exactamente así como pretendía despertar su interés.

—Piénsalo, Nancy. Apio. —Gesticula como si pintara una imagen para ella, al estilo de un vendedor de coches usados—. ¿Cuántas alitas pones por plato?

—Una docena —contesta.

Veo que tiene una mancha de grasa en la barbilla y me hago una composición del destino de las almejas que hemos devuelto.

—Ponle diez y añade una guarnición de apio, y tienes un plato más fino que te sale más barato —dice—. Te ahorrarás un diecisiete por ciento en alas de pollo, y tus aficionados al fútbol agradecerán el toque *gourmet* y la reducción en su acidez.

Nancy se ríe burlonamente.

—No lo creo, pero me gusta cómo piensas. Podría incluirlo en un «menú ligero».

Casi me ahogo tosiendo sobre el té frío.

—¡Perfecto! —exclama Noah. Entonces mira directamente a Nancy—. Te diré lo que haremos. Cómprame el apio un mes. Si para entonces no da beneficios, lo dejamos y no volveremos a hablar del apio en un año.

Nancy entorna sus ojos brillantes.

—Estoy segura de que solo cultivas apio un mes al año.

Noah abre los brazos y le dedica el encogimiento de hombros más adorable que he visto en mi vida. Me entran unas ganas locas de sentarme en sus rodillas.

—Me has pillado, listilla. Pero será un gran mes para la venta de alitas, eso te lo prometo. Y después podemos hablar de tomates...

—Bueno, bueno. —Nancy lo hace callar con una sonrisa y una sacudida de cabeza—. Menudo pillo estás tú hecho. Llévate a tu harén de jovencitas y déjame ver la tele.

La tía Midge se ruboriza encantada y sé que, a pesar de su dudosa carta, Nancy tiene una nueva cliente de por vida. Y, aunque intente evitarlo, se me ablanda el corazón con Nancy, aunque solo sea un poquito. Pienso en todos los desconocidos que he conocido últimamente: abogados, policías, dueños de bar, y, sí, a Noah. Parece que en el lugar más aislado que he estado en mi vida, mi mundo se ensancha.

NEAN

«Patos y pichones destacan por tener la pechuga oscura y sabrosa, abundantemente dotada de fibras musculares rojas ricas en mioglobina, gracias a su capacidad para volar cientos de kilómetros al día con pocas paradas.»

—HAROLD MCGEE
On Food and Cooking

Cuando Janey y la tía Midge vuelven del refugio de Little Pond viene decididas a cumplir una misión. Yo solo soy una inocente transeúnte, atrapada en el fuego cruzado de esa misión.

—Necesitamos pan —dice Janey, de pie frente al sillón en el que estoy descansando—. O mejor dicho, el refugio necesita pan. Cuatro barras al día.

Me mira expectante, como si esto debiera generar algún tipo de reacción en mí más allá de la línea de acción que ya he decidido tomar, que es seguir viendo reposiciones del concurso *Deal or No Deal* hasta que se vaya.

—Ah, bueno —digo. Espero que la concursante peluquera se quede con la maleta llena de dinero que le han ofrecido, pero por su mirada codiciosa deduzco que seguirá jugando.

—Tú eres la panadera de la casa —sigue Janey.

—Hice unas galletas.

—Y canutillos de canela, que se hacen con levadura. Como el pan.

—Venden pan en la tienda, ¿no?

Janey suspira como si hubiera insultado a su madre.

—Cuatro buenas barras al día costarían una fortuna. Además, hacer pan es divertido.

—Pues hazlo tú —digo. Acepta el trato, chica. Mentalmente insto a la mujer de la pantalla. No seas estúpida...

—No quiero hacerlo —dice Janey——. No me gusta la pastelería. Es tu trabajo.

—No quiero ningún trabajo —digo rápidamente y enseguida me doy cuenta del error que acabo de cometer.

Janey lo aprovecha.

—Es precisamente lo que digo. Quieres vivir aquí sin pagar nada, así que harás el pan. Y acompañarás a la tía Midge al refugio todos los días en coche para llevarlo, junto con lo que haya cocinado ese día. Si prefieres no hacerlo, ya puedes recoger tus cosas ahora mismo, te acompaño a la estación de autobuses.

Arqueo una ceja. Esta no es forma de hablar a una mujer que está profundamente traumatizada después de matar a su novio maltratador en defensa propia. No es que yo sea esa mujer, pero da igual. Enfurruñada, apago el televisor.

—Haré el pan. Caramba. ¿Cuándo te has vuelto tan mandona?

Janey sacude la cabeza y se va a la cocina, pero mi pregunta no era retórica. ¿Cuándo se ha vuelto tan mandona? Me gustaba más cuando era dócil y blanda.

En la cocina, Janey está sacando libros de cocina, perfectamente ordenados, de los estantes que están cerca de la mesa. Uno, titulado *La biblia del pan,* es más gordo que la Biblia de verdad, y parece igual de aburrido. Me lo planta delante de donde me he sentado, en un taburete en la isla.

—Lee y aprende —dice, y vuelve a sus libros como si yo no estuviera.

Abro el libro y miro algunas de las fotos voluptuosas de pan, luego lo cierro de golpe.

—¿Esperas que aprenda a cocinar con un libro?

Janey se da la vuelta de golpe.

—Cocinar no, hacer pan. Y sí. Todo lo que necesitas saber está en ese libro.

Suspiro. Primero, porque mi primera norma de vida es que cualquier libro con las tapas marrones será un tostón. Y segundo

135

porque me apetecía otra lección de cocina de Janey. Es una friqui social, sí, pero por lo que sea me gusta estar con ella. Cuando estamos solas en la cocina, es una especie de presencia tranquilizadora. Es como el señor Miyagi de *Karate Kid* pero con comida en lugar de patadas. Aparto el libro.

—¿Por qué no me enseñas una receta de pan que te guste y empiezo por ahí? Después, cuando esté lista para refinar mi técnica, recurriré al libro.

Janey me mira y después levanta los ojos al cielo.

—Porque estoy ocupada —dice.

—¿Ocupada en qué? No soy la única desempleada de la casa.

—Ocupada cocinando. Y cosiendo vestidos. Y buscando un empleo de verdad, que tarde o temprano encontraré.

Sonrío.

—Yo también. Tarde o temprano.

Janey me mira con el ceño fruncido.

—Mejor temprano que tarde, espero. No puedes quedarte aquí para siempre.

—Lo sé, lo sé... —digo, pero estoy pensando ¿por qué no?—. Pero todavía no. No es práctico, ahora mismo. No tengo coche y aquí estamos muy aisladas...

Janey se lo piensa.

—Sí que lo estamos, sí —dice lentamente, y de repente se me ocurre que está intentando justificar su vida ociosa, lo mismo que yo—. Bueno, empecemos por el pan, y ya nos preocuparemos de los trabajos más tarde. —Deja el libro que tenía en la mano (*American Cooking,* dice en el lomo), y viene a la isla donde estoy sentada—. Podemos empezar por un pan francés básico, solo se necesita harina, levadura y músculos. ¿Qué te parece?

Me deja ocupada con las balanzas y amasando una enorme pila de harina y sale de la cocina un momento. Cuando vuelve, tiene un pato en la mano. No, en serio, sujeta un ave muerta enorme, que no lleva puesto nada más que la piel de gallina, la tiene agarrada por el cuello, como quien sujeta un desatascador.

—¿Qué es eso? —pregunto, olvidándome de la harina.

—Un pato —dice, como si estuviera clarísimo.

—Ya veo que es un pato. —Bueno, la verdad es que al principio he pensado que era un pollo gigante—. Pero ¿de dónde lo has sacado?

Ladea la cabeza y sé que está intentando traducir mi pregunta humana a su lenguaje raro de chef.

—De la carnicería.

—De acuerdo, no está mal para empezar. Pero ahora mismo estabas aquí conmigo y te has ido cinco segundos y cuando has vuelto sujetabas un pato.

—¡Ah! —Finalmente lo entiende—. Lo he sacado del segundo congelador. ¿No lo sabías?

La miro de soslayo.

—¿Por qué habría de saberlo?

—Es verdad. Lo estoy descongelando. Al pato, no al congelador —explica y va al fregadero pequeño que está delante de mí en la isla y deja el pato dentro. La cabeza queda fuera y me mira acusadoramente—. Mañana comeremos un guiso de pato y judías blancas.

—Puaf, parece asqueroso —aclaro.

—Te encantará —dice, y la creo porque por ahora me ha encantado todo lo que ha cocinado para mí. Tapa el desagüe y saca una bandeja de cubitos del congelador y luego otra y las lleva junto al fregadero.

—¿Y esta noche qué comeremos? —pregunto, señalando el fregadero—. ¿Sopa de ornitorrinco?

—Muy graciosa. Aunque creo que tengo una receta para hacer eso en alguna parte...

—Esta noche cenaré fuera —digo rápidamente y Janey se ríe.

—Concéntrate en el pan —dice ella, y vierte el hielo en el fregadero; a continuación sumerge el pato en agua. Veo que añade suficiente sal para ahogar a un ciervo, después unas hojas de no sé qué y utiliza la cabeza del pato para agitarlo todo. No se puede decir que le deje mucha dignidad al animal.

Cuando se da la vuelta para lavarse las manos y trabajar en otra cosa, empiezo a amasar la harina. La mezclo con un poco de sal en un gran bol mientras Janey parece absorta en otro de sus libros de cocina.

—Me han dicho que Noah trabaja en el refugio —digo por fin.

Todo el cuerpo de Janey se pone rígido y sé que he acertado. Se gira lentamente.

—¿Quién te lo ha dicho?

—J. J. me ha dicho que Noah era de la otra clase de jardinero. De los de comida.

—La útil —dice con una sonrisa soñadora. Luego se incorpora un poco y vuelve a la realidad—. Parece que tú y J. J. habéis hablado mucho.

—Un poco —digo. Mucho, de hecho, pero no quiero que se desvíe—. J. J. dice que Noah apareció de la nada hace unos meses, a tiempo para plantar cosas.

—¿Te ha dicho de donde venía? —pregunta Janey, olvidándose de ser cauta otra vez.

—Nadie lo sabe —digo—. Al menos según J. J. Parece ser una autoridad en todo lo que sucede aquí. Nació en este cabo y por lo visto conoce a todos y cada uno. Dice que el sorteo de la casa es lo más emocionante que ha ocurrido en meses. Lo que es bastante triste, teniendo en cuenta lo aburridas que sois.

Janey no dice nada durante un segundo, y pienso que está distraída con su enamoramiento de Noah.

—No le dijiste nada personal a J. J. ¿verdad? —pregunta por sorpresa—. Sobre…, sobre las circunstancias que te trajeron aquí.

—¿Quieres decir que creía que había ganado la casa? Ni hablar. —Ni loca pienso dejar que sepa lo boba que soy.

Janey sacude la cabeza y parece realmente preocupada.

—No, me refiero a… lo que pasó antes de que vinieras. Con tu novio.

Oh, mierda. Me había olvidado por un momento de mi cuento. Tendré que ir con más cuidado con eso o adivinará que Geoff estaba vivo cuando lo vi por última vez.

—No, ni hablar —digo, con toda la vehemencia que puedo—. Creo que con toda la atención que despertamos aquí, debo ser muy cuidadosa.

Suelta el aire, y me conmueve un poco que estuviera tan preocupada por mí. Me conmueve y me hace sentir un poco culpable.

—Bien, sigue siendo cuidadosa. Nosotras vamos a lo nuestro —dice con retintín—, y nada más. ¿Cómo va el pan?

—Tengo los ingredientes secos aquí. ¿Ahora qué?

—Ahora Cuisinart —dice, y hace un gesto de vendedora hacia el robot—. Todo va ahí dentro, después el agua tibia con levadura, y luego el agua helada por el tubo. La máquina debe funcionar constantemente hasta que se mezcle todo.

Parece fácil. Me pongo manos a la obra.

—¿Hay algo entre tú y Noah, entonces? —pregunto, una vez que he añadido el agua con levadura al bol del robot.

—¿Qué? —dice, horrorizada, y sé que va a ponerse en plan negación total—. ¿Por qué piensas...?

Molesta por su resistencia a confesar, aprieto la tecla y ahogo sus palabras con el zumbido del motor del robot.

—¿Qué dices? —pregunto, cuando ha terminado de hablar y yo de pulsar la tecla—. Lo siento, el Cuisinart es demasiado ruidoso y no te oía cuando explicabas lo que había entre tú y Noah.

Hace una mueca.

—He dicho que no hay nada...

Vuelvo a pulsar la tecla. ¡He descubierto una nueva técnica de interrogatorio!

Aparto el dedo de la tecla.

—No, no, no te he oído. Tendrás que hablar más fuerte.

—¡He dicho —dice Janey, ahora gritando— que no hay nada!

Pulso.

Grita, dejo de pulsar.

—Dios, qué pesada eres —dice—. Me dijo que era preciosa.

Me giro, impresionada.

—¿En serio?

—¿Tan difícil es de creer? —pregunta.

—Sí —digo con entusiasmo, y me mira con desdén—. Pero qué cosa más bonita.

Suspira.

—Lo sé, pero es raro, ¿no? Porque no he dicho absolutamente nada que le haga pensar que estoy interesada, que no lo estoy. Y cada vez que lo veo me pongo a sudar y me atraganto, así que no creo que se haga una idea equivocada de mí.

—A lo mejor le gusta eso —digo, encogiéndome de hombros—, un estilo diferente.

—Sería un estilo francamente raro, la verdad.

Me lo pienso.

—¿Y vas a hacer algo?

—¿Disculpa?

—Con Noah, ¿te vas a enrollar con él?

—No, no me voy a enrollar con él —dice, muy indignada—. Apenas lo conozco. Y tampoco espero tener ocasión de volver a verlo.

La miro con exasperación.

—Por favor, es la excusa más tonta que he oído en mi vida. Llámalo. Porque vivamos en medio del bosque no significa que tengas que hacer vida de monja.

—No vivo como una monja —dice y tira al mostrador el trapo de cocina que estaba retorciendo—. Tú y la tía Midge, incapaces de no meteros donde no os importa. Qué contenta estoy de que ahora seáis dos para darme la lata.

Se está poniendo de mal humor de repente. ¿A qué vienen tantos aspavientos?

—Caramba, cálmate. Necesitas un polvo. ¿Cuánto tiempo hace?

—¡A ti qué te importa! ¡Por Dios! —dice, y ahora está enfadada de verdad—. ¿Por qué te parece tan interesante mi vida sexual? Yo no me meto en la tuya.

—No hace falta, estaba a punto de contártela.

Jadea con fuerza y se pone roja.

—¡Esta es mi cocina! —grita, y me doy cuenta de que es la enésima vez que me lo dice desde que llegó—. Aquí nadie puede molestarme.

Gesticulando, hace un círculo alrededor de su cuerpo como un campo magnético, como si hubiera un espacio sagrado alrededor de ella que nadie pudiera penetrar. Parece frenética, quizá incluso un poco demente.

—Nadie quiere molestarte, loca. —No sé si estoy enfadada o no, pero está claro que ella sí lo está y no entiendo por qué.

—¡Puede que no lo hagas aposta, pero me estás volviendo loca! —exclama—. Solo quiero cocinar un pato en paz, ¿entendido? Pero no hay manera de que me dejes tranquila. Tienes que preguntarme qué pasa con Ned, y porque no tengo sexo y...

—¿Ned? —pregunto—. ¿Quién es Ned?

—¡Ah! —grita, agarrándose los cabellos—. ¡Ned no es nadie! —Se le ponen los ojos vidriosos como si estuviera a punto de llorar, y no sé por qué pero no puedo dejarlo.

—No, quiero saber quien es Ned. ¿Es un guaperas que dejaste en Iowa? ¿Intentaste que viniera contigo pero no te pidió la mano e hizo de ti una mujer decente? ¿O te dejó por otra, una tonta que no sabe ni cocinar?

La cara de Janey está de un color fucsia que no existe en la naturaleza. Respira tomando grandes bocanadas de aire, como una moribunda.

—No vuelvas a decir una sola palabra más sobre Ned, ¿me oyes? —dice, con una voz grave que da miedo.

—¿O qué? —pregunto—. ¿Vas a vomitarme encima?

Janey grita. Grita y después se mueve tan deprisa que no sé lo que hace hasta que ha agarrado el pato congelado mojado y chorreante por el cuello y lo blande por detrás como un hacha *tomahawk*. Lo siguiente que veo es el pato volando por la cocina y pasando a dos dedos de mi cabeza, gracias a Dios, y estrellándose en la pared de azulejos de detrás de mí con un estruendo devastador. Miro los azulejos, rotos y agrietados por cien sitios, y después a Janey, que está quieta con los ojos muy abiertos mirando con estupor. Parece que sea ella quien ha estado a punto de recibir un patazo congelado en la cabeza. No, parece que la hayan golpeado con un pato congelado en la cabeza.

—Vaya —digo en medio del silencio—. ¡Casi me das con un ave acuática!

No dice nada por un momento. Solo me mira, y mira el lugar donde los azulejos se han roto, y después el pato, que ha rebotado y caído al suelo y está ahí, con peor aspecto después de su intento *post mortem* de volar. Por fin, habla.

—Sí, lo he hecho —dice, y no precisamente con remordimiento—, lo siento.

Va a recoger el pato y lo devuelve cuidadosamente al fregadero, y me doy cuenta de que no se disculpaba conmigo sino con el pato.

Después del incidente del pato volador, Janey se va arriba y cierra la puerta de su habitación como una adolescente con mal de amores. Yo me quedo en la cocina, dividida entre admirarla o archivarla como un caso de locura sin remedio. Todo esto me hace pensar por qué no podría tener el mismo nombre que una persona estable, y normal, y quizá mucho más divertida. ¿Por qué la otra Janine Brown no podría ser más como Cameron Díaz, por ejemplo? Ella y yo encontraríamos la discoteca más cercana y pasaríamos toda la noche bailando, con tops de satén y lentejuelas, y bebiendo champán. Al día siguiente ella quizá compraría un barco para pasar el día. Nos pondríamos biquinis diminutos y navegaríamos en busca de chicos. Además, seguro que Cameron Díaz compra el pan en la tienda, como todo el mundo en todo el universo. Excepto la otra Janine Brown.

Al final decido limpiar los pedazos de azulejo roto y terminar de hacer pan. Limpiar resulta ser relajante y pienso que con un poco de pegamento los azulejos parecerán, sino nuevos, sí aceptables. Pero sin instrucciones, soy una inútil cuando se trata de hacer pan. Intento descubrir en que paso estoy del proceso con una receta de *La biblia del pan,* pero no se habla de robots así que tiro la masa húmeda en una encimera salpicada de harina y empiezo a golpearla, imitando las fotos ilustrativas de manos empujando la masa de aquí para allá. Pero mi masa se pega mucho, y al cabo de dos segundos tengo las manos cubiertas de masilla comestible. Me las lavo y las vuelvo a untar de harina pero acabo igual que antes, dos manos cubiertas de caramelo de pan que se niega a despegarse. Al final pongo toda la masa que puedo en un bol untado de aceite, lo tapo y que sea lo que Dios quiera. Seguramente una tercera parte de la masa está pegada a mí o al mostrador y tardo veinte minutos en limpiarlo todo. Harina y agua. Estoy descubriendo que funciona bastante bien como cola.

Exasperada, dejo la masa para que suba y salgo a fumar un cigarrillo muy deseado. Pero cuando lo saco del paquete veo la figura inconfundible de J. J. que se acerca por la entrada empujando un carro lleno de suministros de jardinería. Suelta un mango para saludar, y su cargamento se ladea peligrosamente hacia la derecha. Escondo el paquete entre las barandillas del porche y le devuelvo el saludo. Cuando está lo bastante cerca para poder ver su sonrisa, me derrito un poco y bajo los escalones saltando como un cachorrillo para recibirlo.

—¡Ey! —grito—. ¿Cómo va?

Lo acabo de decir y ya me arrepiento. Lo he visto esta mañana, al fin y al cabo. Seguramente le «va» igual.

—¡Bien! —grita—. Por fin el tiempo es bastante fresco para cortar el césped. ¿Te parece bien?

—Por supuesto —digo con entusiasmo, porque no quiero tratarlo como si fuera su jefa. No podría tener menos poder en esta casa, y además no es *sexy*—. Quiero decir que me parece bien que hagas lo que creas conveniente. Tú eres el experto.

Arquea las cejas y me mira perplejo y me doy cuenta de lo aturullada que estoy.

—Muy bien. —Hace un gesto hacia el cobertizo del jardín.

—De hecho —digo, intentando pensar en alguna razón para que J. J. se quede y me distraiga hasta que el pan haya subido—, las demás están en la casa haciendo sus cosas. ¿Quieres dar un paseo? —Es floja como proposición, lo sé, pero no hay mucho que ofrecer para distraerse aquí, sin coche.

J. J. se lo piensa, todavía con expresión perpleja, hasta que empiezo a creer que es su cara habitual.

—De acuerdo —dice, por fin, encogiéndose de hombros.

Nos acercamos al cobertizo y él deja sus cosas dentro y luego me mira.

—¿Y el césped? —pregunta.

—Córtalo mañana —propongo esperanzada. Se encoge de hombros, como si le diera igual, y me complace encontrar al menos una persona en esta bahía con una ética del trabajo similar a la mía—. Tengo que volver dentro de una hora. ¿Adónde podemos ir?

—¿Qué te parece la granja? —dice.

Y aunque la idea de visitar una granja no sea más emocionante que mirar como sube la masa, seguiría a alguien tan adorable como J. J. a cualquier parte. Camino a su lado hasta la entrada y luego nos desviamos a la izquierda, alejándonos de los pocos puntos de civilización que hay en la carretera, a la derecha.

—De aquí es de donde sacamos los pollos —dice.

—¿Tienes gallinas?

—No, pero como pollo —dice con una sonrisa—. También venden huevos.

—Qué bien —digo. A lo mejor puedo llevar huevos frescos a Janey para que se olvide de su intento de asesinato con lanzamiento de pato—. ¿Puedo ir a buscar huevos cuando quiera? ¿Cuánto cuestan?

J. J. se rasca la barbilla donde podría tener una barba si no tuviera esa cara de niño.

—Un día normal podrías acercarte y conocer a los dueños, pero hoy están en el mercado de agricultores, creo. Mis padres los ven allí cada semana. Si necesitas huevos, puedes pasar cuando quieras y dejar unos dólares sobre la mesa. No es que la casa esté siempre cerrada.

—¿Esto qué es? ¿Un cuento de hadas?

—Más o menos —dice J. J. sonriendo—. En esta parte de la bahía la vida es muy tranquila. Ya verás en septiembre, cuando se marchen los veraneantes.

—No me digas que es más aburrido. Perderé el conocimiento —digo—. Entraré en coma y no me despertaré nunca más. No sé si hacer un testamento vital.

—Oh, venga, que tú eres de Iowa. No creo que sea mucho más animado.

—En Iowa tenía un poco más de movilidad —digo, aunque pensándolo bien me doy cuenta de que mi vida aquí es mucho mejor. Comidas regulares, personas con quien hablar, menos gritos, y ningún golpe. Pero me aferro a mi versión, como siempre—. Además, no vivía en medio de la nada, como aquí. En Iowa hay ciudades de verdad. —Al decir esto me doy cuenta de que hace diez minutos que caminamos por la calzada y no he tenido que apartarme por que pasara un coche ni una sola vez.

—Entonces, ¿por qué has venido? —pregunta.

No es una pregunta agresiva, pero tampoco es retórica.

Pienso una respuesta adecuada.

—Bueno, básicamente por la casa —digo por fin. Es una respuesta precisa que no revela demasiados detalles.

Pero J. J. es un chico curioso.

—¿A qué te refieres por la casa? Creía que habías dicho que era de tu prima.

Prima. Ya.

—Lo es —digo, vacilante—. Pero tenía que alejarme —más o menos—, y ella tiene mucho sitio... —Tendré que apuntarme todas las mentiras y tonterías que digo si quiero seguir viviendo en Maine—. Y le ayudo a cuidar de la tía Midge.

Nota mental. Empezar a ayudar a cuidar a la tía Midge.

Por suerte J. J. se olvida del tema y no tengo que seguir inventando cosas. Él tampoco es muy expresivo, algo que he descubierto esta mañana cuando hemos ido a la playa. Hemos hablado de muchas cosas, de vecinos, de la bahía, del mar, temas de los que él tenía un conocimiento enciclopédico. Pero no le saqué, por ejemplo, detalles tan íntimos como su apellido.

O si tiene novia.

No quiero ser tímida con eso; espero que él tampoco lo sea. Es mono y simpático y tiene una furgoneta. En resumen, es todo lo que busco en un amigo ahora mismo. Esto: amigo. ¿No acabo de decir hace dos segundos que la vida era mejor en Maine? Creo que es porque mis ex están en Iowa. No necesito volver, al menos mientras tenga un lugar agradable donde vivir.

Pero no importan las intenciones que tenga respecto a J.J. Si resulta que ya está pillado, su novia no me dejará ni loca ser su amiga (yo tampoco dejaría que mi novio fuera por ahí con alguien como yo), y mi vida será más aburrida todavía.

—¿Te quedarás una temporada? —pregunta, así sin más—. ¿O un día volverás a Iowa?

Buena pregunta.

—Me quedaré una temporada —contesto, esperando que si lo digo se haga realidad.

—Entonces te acostumbrarás a las cosas y te adaptarás. Y además, puedo llevarte a la ciudad un fin de semana y enseñarte las vistas. Hasta te llevaré a Reds a comer un bollo de langosta.

Bueno..., chillo en silencio.

—Suena bien —digo como si nada—. ¿Qué es un bollo de langosta?

J.J. se para de golpe.

—¿En serio?

—En serio.

—Tengo mucho que enseñarte —dice, y me da la mano y tira de mí hacia una entrada del lado derecho de la carretera y por un segundo pienso que me lleva al bosque a pasar un rato divertido. Entonces veo la granja—. Hemos llegado.

—Ya lo veo.

La granja consiste en un camino largo de grava que divide un gran claro con una casa a un lado y cobertizos para animales varios al otro. En el lado donde hay un gran gallinero rojo está escrito LA GRANJA en letras mayúsculas. Así, con «L» mayúscula y «G» mayúscula. ¿Esto la diferencia de las demás granjas? Las gallinas lo están pasando en grande en el patio, picoteando y moviendo sus alitas. Veo con cierta sorpresa que detrás de ellas hay como otro gallinero con pavos. Parece que no debemos preocuparnos por el día de Acción de Gracias.

—¿Quieres ver las llamas? —pregunta J. J., como si fuera su mejor baza para ligar.

Por suerte para él, quiero ver las llamas.

—No creo que haya visto nunca una llama —reconozco, asintiendo vigorosamente—. Sinceramente, ni siquiera estoy segura de saber deletrear «llama».

—Pues lo vas a pasar en grande. —Me lleva a otro cobertizo que parece hecho con el mismo material que el *tupperware,* con una claraboya y una gran puerta de estilo garaje, rodeado de una valla alta de alambre.

En cuanto llegamos a la valla por el lado de la puerta del cobertizo, J. J. silba. Dos bestias peludas salen saltando y meneando la cabeza al caminar. Sé al instante que son llamas, no solo porque J. J. me lo haya dicho, sino porque se parecen a la palabra «llama». Tienen los cuellos largos y cara de oveja debajo de una crin muy peluda y pestañas largas que les dan un aire de escepticismo. Tengo la sensación de que una abrirá la boca y preguntará sarcásticamente: «¿Necesita algo?».

—Esta es *Nana* —dice J. J., gesticulando hacia la llama más pequeña de detrás —y este es *Boo Boo.* —*Boo Boo* está más gordo y parece más cascarrabias. Me enamoro de él al instante—. Ve a buscar una golosina en ese cubo de basura —dice J. J. Lo juro. Me señala un cubo de metal como si fuera lo más normal del mundo, como si creyera que me dedico a hurgar en la basura ajena. Las moscas están investigando la zona, lo que significa que yo no debería hacerlo. Me pongo en jarras pero no me muevo y él se encoge de hombros y me pregunta—: ¿No quieres gustarles?

—Seguro que les gustaría más si les diera algo bueno salido de una nevera limpia.

—No lo creo —dice J. J.—. Ve.

Lo miro mosqueada pero voy a la basura e intento levantar la tapa que cierra herméticamente. Qué remedio, es esto o perder el concurso de popularidad de llamas.

Tiro de la tapa un rato sin éxito.

—Osos —dice J. J. al ver que me cuesta abrirla.

—Sí, ya —refunfuño—. Osos. —Por fin levanto la tapa y me viene un fuerte olor a cebollas. Dentro hay tallos llenos de hojas de todos los tamaños y formas—. ¿Qué saco?

—Cualquier cosa —responde J. J.—. Son cebollas mayoritariamente. Algunos puerros, creo. Huele, ¿eh?

Vaya, este chico sí sabe como conquistar el corazón de una mujer. Pero claro, tampoco tiene que esforzarse porque no puede ser más adorable.

—Un poco —digo, intentando no parecer remilgada. Saco un puñado de verduras y vuelvo a la valla.

—Toma, guapa —le digo a la llama más gorda, con la mano izquierda estirada, ofreciéndole una planta con la palma abierta.

—Es mejor que lo tires y dejes que lo recoja. Escupe un poco.

—A mí no me escupirá —digo.

Pues sí, la llama frunce los labios como si fuera a darle un besazo a mi mano y entonces sorbe la verdura y con la lengua aplasta toda la planta dentro de la boca. No es bonito, pero parece contenta y no me escupe. Me muevo un poco y comparto mi botín con la otra llama, que me deja la mano un poco húmeda, pero nada del otro mundo. Me la seco en los vaqueros y después acerco la mano poco a poco a su cara y la acaricio un poco.

Su pelo tiene un tacto de gatitos y perritos y pollitos a la vez.

—Vaya, qué suave —digo.

—¡A qué sí! —dice J. J.—. Básicamente vengo para darles de comer y poder tocarles el pelo. Es como de osito de peluche.

Una comparación interesante. Sonrío y acaricio un poco más a *Nana*.

—Qué pelo tan bonito.

—Lo utilizan para hacer jerseys, creo. ¿Haces punto?

—¿Qué quieres decir con si hago punto? ¿Tengo pinta de hacer punto?

—No lo sé —dice, y se encoge de hombros. —J. J. usa los encogimientos de hombros como puntuación. Es posible que cuando llegue a casa por la noche se pregunte por qué tiene los hombros tan doloridos—. Pensé que era posible.

—No hago punto —digo con indignación. Pero después, temerosa de parecer una ignorante de las artes domésticas, añado—: pero sé hacer pasteles. —Una pequeña exageración.

—¿Ah, sí?

—Sí. De hecho, tengo que volver pronto porque he dejado una masa subiendo en la cocina. —Nota mental, no permitir que J. J. entre en la cocina y vea el grumo que sin duda me espera. A lo mejor la masa ya ha tomado posesión de toda la casa.

—Ah, de acuerdo —dice, y me emociona ver que parece un poco desilusionado. Espero que sea por mí, y no por *Nana* y *Boo Boo*—. Vamos a por tus huevos, entonces, y volvemos.

Me lleva a una puerta lateral de la casa, que no es la tradicional casa enorme sino una casita bastante destartalada, y cruzamos un pequeño vestíbulo que da a una cocina amarilla y luminosa. Hay dos grandes frigoríficos ronroneando uno al lado del otro, y en uno se apilan hueveras de cartón.

—Estos seguramente son de hoy —dice J. J.— Alcanza una y deja..., no sé, ¿tres dólares? Pero el cartón tienes que devolverlo, ¿de acuerdo? Siempre dicen que no tienen suficientes.

—De acuerdo —acepto. Cuando abro la huevera veo huevos de todos los tonos de marrón y algunos muy oscuros, todos bastante pequeños. A Janey le va encantar, a lo mejor le gusta tanto que no me lanza más cosas congeladas a la cabeza. Eso espero.

Dejo cinco dólares en el mostrador junto a los frigoríficos —sé lo que valen los buenos huevos y estos parecen extraordinarios— y J. J. lleva los huevos mientras volvemos a la carretera. En todo el trayecto de vuelta tampoco vemos ningún coche, ni bicicleta, ni otra alma viviente. Pero empiezo a ver las ventajas de vivir aquí, en el quinto pino, con más llamas y gallinas que personas que me hagan compañía.

En la casa, J. J. me entrega los huevos y dice que se alegra de que me gustaran las llamas y explica que cree que las llamas saben juzgar el carácter de las personas y que no le gustaría tener amistad con una chica que no fuera del gusto de las llamas.

—Creo que les has gustado mucho, a las llamas —dice—. O sea que todo va bien.

JANEY

«Los guisantes desprenden una delicadeza que recuerda a la lluvia cálida de primavera.»

—JULEE ROSSO Y SHEILA LUKINS
The New Basic Cookbook

Mientras Nean está en casa, paso los dos días siguientes básicamente escondida en mi habitación cosiendo vestidos, intentando evitarla a toda costa. Me digo a mí misma que no la aguanto y quiero que se vaya, pero la verdad es que me avergüenza haberla atacado con un pato. Y más que esto, no quiero tener que explicar por qué me enfadé tanto por el asunto Noah/Ned. En Iowa todo el mundo sabía lo de Ned, cómo murió, toda la historia y recibía muchas miradas de «pobre Janey, que ahora está condenada a estar sola toda la vida». En Maine, tengo la oportunidad de empezar de nuevo sin que nadie sepa nada de mi compromiso o lo que me sucedió después: cómo empecé a trabajar en la tienda de novias para pagar el enorme depósito del traje de boda que nunca me pondría, o que Ned había contratado aquel seguro de vida y me había hecho beneficiaria. Que nunca volví a ser la misma después.

No quiero estropear ese anonimato explicándoselo todo a Nean, y no sé si sería capaz de no contárselo si me lo pregunta. Tiene sus trucos para hacerme hablar. Trucos fastidiosos. Así que me escondo hasta que se ha ido con la tía Midge a entregar un asado casi entero y dos bandejas de patatas rellenas, o lo que esté en la nevera, y entonces intento cocinar

150

mientras están fuera. Pero al cabo de un rato, siento como si todo estuviera perdonado y finalmente bajo la guardia, y me quedo en la cocina terminando una sopa fría de sandía al oír crujir la grava bajo las ruedas del coche.

Cuando Nean y la tía Midge entran por la puerta armando mucho jaleo, como siempre, estoy metiendo sandía de un rosa fuerte dentro de un pasapurés y echándomelo más por encima que dentro del pasapurés. Nean entra en la cocina y mete un dedo en el bol de zumo que está bajo el pasapurés y lo lame.

—Janey, tienes que acompañar tú a la tía Midge al refugio —dice.

—No —digo—, no, tú lo haces muy bien. —Sigo triturando la sandía, con la esperanza de que las salpicaduras la ahuyenten.

—Sí, sí, pero ahora quiere pasar un par de horas allí haciendo buenas obras y aburriendo mortalmente a todos contando historias de cuando era enfermera en la guerra de la Revolución y cuando inventó el televisor en color. No quiero pasar dos horas al día en Little Pond, esperando —sigue, y señala con el dedo a mi pobre y maléfica tía— a que haya satisfecho su necesidad de hacer el bien.

La tía Midge resopla.

—Ella, para que lo sepas —sigue, utilizando la tercera persona—, es perfectamente capaz de conducir.

Dicho esto, ambos pares de ojos se vuelven a mirarme expectantes, esperando que dé mi veredicto sobre el tema.

—¿Cómo es que de repente soy madre de dos hijas? —pregunto—. Debí de tener a Nean cuando tenía once años, y a ti —señalo a la tía Midge con el dedo—, cuando tenía... menos cincuenta y tres. ¡Es un milagro!

—Oh, venga —dice la tía Midge—. Estás irritable porque te has pasado días encerrada en tu habitación. Eres como unas sábanas de verano. Te sentirás mejor cuando te airees un poco.

Bueno, no le falta razón.

—Es posible —digo, dejando que se me ablanden los ojos y olvidando la sandía—. Veamos, empezad por el principio. ¿Ahora qué pasa?

—Empezaré a ayudar a servir el almuerzo —dice la tía Midge, mientras se sienta a la mesa del desayuno y picotea las moras del bol que he dejado encima—. Me aburro una barbaridad y necesito hacer algo útil. Tengo que ir a las once y terminaré sobre la una, solo los días laborables.

—¿Es un trabajo duro? —pregunto—. ¿Tienes que estar de pie las dos horas?

—Estaré bien —sigue la tía Midge en el tono refunfuñón que usa siempre que intento cuidarla—. No tienes que preocuparte por mí.

—Es verdad —interviene Nean; se sienta y alcanza un buen puñado de frambuesas—. Preocúpate por mí. ¿Qué se supone que voy a hacer durante todo ese rato?

—¿Buscar trabajo? —propongo, observando asombrada la cantidad de frambuesas que se mete en la boca a la vez.

—No le hagas caso —le dice la tía Midge, al tiempo que pone una mano sobre la de Nean, en un gesto de protección—. No tienes que hacer nada. No tienes que pagar tu estancia. Nos encanta que vivas aquí el tiempo que necesites.

Arqueo las cejas y consulto con el techo pero no digo nada.

—En fin —dice Nean, sin dejar de masticar—. Tengo un trabajo. El pan, ¿o no te acuerdas? A todo el mundo le encanta.

—¿En serio? —Pienso en los ladrillos de masa que sacó del horno hace unos días y me pregunto lo mal que deben estar los usuarios del refugio para comerse eso.

—No —contesta—, pero hoy por primera vez se lo han comido todo. O sea que pienso que estoy mejorando. Resulta que es más fácil hacerlo solo con las manos, sin instrumentos ni electrodomésticos especiales —dice, y echa una mirada intencionada al Cuisinart.

—Como casi todo —convengo, y no puedo evitar sentirme un poco orgullosa de que Nean se esté tomando el asunto del pan con tanto fervor, a pesar de que intentara matarla con un pato la última vez que estuvimos juntas en la cocina—. Tú sigue así. Y acompaña a la tía Midge —digo—. Eso también lo haces bien.

La mano de Nean se cierra en un puño.

—¿En serio? ¿No puedes acompañarla tú un día y yo otro?

—En serio. —Observo como mira a la tía Midge buscando una decisión alternativa, pero la tía Midge se encoge de hombros.

—Si fuera por mí, iría sola —dice—. Pero me gusta que me acompañes.

Nean suelta un dramático suspiro y sale fuera, probablemente para apestar mi porche con el asqueroso olor a tabaco. Voy a la mesa a la que la tía Midge está sentada, buscando un poco del consuelo que antes ha ofrecido a Nean.

—Sabes que Noah está en el refugio...—me dice cuando me siento.

Exasperada, me levanto y suelto el suspiro más grande del que soy capaz.

—No empieces tú también —digo.

—¿Qué? Creía que te gustaría saberlo —dice.

—Lo sabía... ¿o no te acuerdas? Dijo que trabajaba allí cuando lo encontramos aquel día en el bar de las almejas.

—No, me refiero...

—Sé a qué te refieres —interrumpo—. Si te acompañara al refugio, podría verlo a diario, ¿no? Y entonces quizá nos enamoraríamos y tendríamos seis hijos y no deberías preocuparte de que esté sola.

La tía Midge no dice nada durante un momento y al final suspira.

—Me preocupa que estés sola. Cuando yo muera —dice.

—Pues no te mueras —respondo, sentándome otra vez a su lado para poder pasarle el brazo por los pequeños hombros y dejarle claro que no estoy enfadada. Tampoco quiero que piense demasiado en su muerte, ella que está fuerte como una mula y tiene el doble de fuerza que una mula.

—Lo intento —dice, y de golpe oigo tanto cansancio en su voz que la preocupación se apodera de mí—. Pero tengo ochenta y ocho años. Tarde o temprano tendré que irme para estar con tu madre y con Ned, y dejarte aquí sola.

Se me llenan los ojos de lágrimas.

—No, no quiero hablar de eso —digo—. Estás llamando al mal tiempo.

La tía Midge me pone las manos a los lados de la cabeza y me mira a los ojos y veo el mismo miedo que siento reflejado en los suyos.

—Me quedaré —dice por fin, como si cediera ante la petición desesperada de un niño de diez años para que le compren un poni—. Me ocuparé de que estés bien cuidada.

—Ya lo estoy. —No sé si me refiero a la casa nueva o al dinero del seguro que tengo en el banco, o a la tía Midge sentada a la mesa conmigo con sus manos con manchas de la edad posadas tan cuidadosamente sobre mi cabeza—. Tengo todo lo que necesito. Estaré bien.

Se le contraen los labios.

—Pues claro que sí —dice; si está siendo sarcástica, no me importa.

La tía Midge empieza su voluntariado al día siguiente. Cuando Nean y ella vuelven a casa entran en la cocina buscándome y me informan de las emociones del día, y veo que esto se convertirá en una fastidiosa costumbre. Hoy la gran noticia es el pan de Nean. Anoche trabajamos un rato juntas en la masa; había una tregua tácita en el ambiente: ella no me hizo ninguna pregunta personal y yo no le lancé nada a la cabeza. La masa le ha estado saliendo muy pegajosa, así que le he explicado que las medidas de harina son una ciencia, y cambian dependiendo del lugar y del tiempo que hace en un día concreto, y que básicamente se deje llevar. Esta mañana se han llevado cuatro barras de pan que parecían pan de verdad. Por lo visto ha recibido críticas alucinantes en el almuerzo y ahora se pavonea como si hubiera crecido un par de dedos esta noche.

—Abriré una panadería —dice.

—Oh, qué bien. ¿Eso significa que te vas?

La tía Midge chasquea la lengua como si hubiera hecho una broma divertida.

154

—¿Qué haríamos sin ella, Janey? —pregunta—. Piensa en todo el pan que hace. Y llevó algunos de tus trabajos de costura a la tienda y volvió con otros encargos de vestidos para acortar, ahorrándote un viaje y una interacción humana.

—Qué suerte tiene... —digo, pero sé que no sueno ni remotamente amenazadora. ¿Cómo voy a serlo si estoy sinceramente agradecida?—. Hace un día precioso y he estado toda la mañana encerrada cosiendo. ¿Quieres salir al jardín a mirar el mar? —Hablo con la tía Midge; después de los inquietantes y sorprendentes comentarios de ayer sobre la muerte, tengo ganas de tenerla para mí sola, pero Nean salta de la isla donde estaba sentada y corre a la puerta de la cocina como un cachorrillo con la vejiga llena.

Se vuelve, como si quisiera que la siguiéramos.

—¡Corred! —dice—. J. J. está cortando el césped sin camiseta.

La tía Midge se levanta de la mesa a tal velocidad que me olvido de mis preocupaciones sobre su salud.

—¡Venga, lentorra! —me apremia, y me desato el delantal a rayas azules y las sigo fuera, parándome antes a recoger una bandeja llena de golosinas veraniegas que he preparado con este propósito exactamente.

Cuando llego con la manduca, Nean ha recolocado una hilera de tumbonas acolchadas en dirección al mar con la extensión de césped enfrente, donde J. J. aparece y desaparece empujando la cortadora en largas pasadas. Nos acomodamos en las tumbonas, Nean, la tía Midge en medio y luego yo, y contemplamos las vistas.

—Ah, esto es vida... —dice la tía Midge con un suspiro cuando J. J. aparece. La entiendo. Es un espécimen masculino de veinte y pocos años ideal en muchos sentidos: piel bronceada, cabellos rubios brillantes, ni un gramo de grasa y cantidad de musculatura juvenil ganada con su trabajo de jardinero. El sol, que brilla con fuerza, parece reflejarse en su cuerpo con la misma intensidad con la que chispea sobre el rompiente de olas en el agua.

155

—Es una gran vista —digo; me siento un poco tonta, pero disfruto de la camaradería de todos modos.

—¡A qué sí! —dice Nean con un suspiro lascivo.

—Nean —dice la tía Midge—. Tienes que pegarle un bocado a ese caramelo de hombre.

—Por Dios, tía Midge —digo, apabullada—. Eres una ancianita repugnante.

—¿Qué? —La tía Midge me mira con una expresión santurrona que se vuelve inmediatamente perversa—. ¿Lo querías para ti?

—¡No lo quería para mí! —exclamo.

—Yo lo quería, si alguien lo quería era yo —dice Nean—. Pero no lo voy a hacer. Seremos amigos y basta.

Incluso yo me quedo un poco sorprendida.

—¿Solo amigos? Eso sí es una pena.

Nean se ríe.

—¡Sabía que tenías sangre en las venas! Da gusto mirarlo, lo reconozco. Pero últimamente no he tenido mucha suerte con los hombres...

Las tres nos quedamos en silencio pensando en eso, el eufemismo del siglo.

—J. J. no parece muy... agresivo —dice la tía Midge con delicadeza.

—Es bondadoso como una llama —añade Nean.

—¿Eh?

—No importa, tonterías. A veces es bueno tener amigos. Ahora prefiero tener amigos.

—Me parece muy bien —digo, pensando en Noah. ¿Podríamos ser amigos?

—Puede ser... —dice la tía Midge—. Pero no sé si J. J. lo prefiere. —Gesticula hacia él mientras empuja la cortadora de césped y sin duda echa miraditas disimuladas a Nean, que sonríe.

—A lo mejor tendría que ponerme un biquini —dice.

—No te atrevas —digo yo.

—Tranquila, ni siquiera tengo biquini. ¿Esto es sangría?

—Sí. Y minitortillas hechas con los últimos huevos que me trajiste. —Le paso la bandeja.

—Fue un placer —dice Nean, se sirve un vaso de sangría y alcanza cuatro tortillas. La tía Midge y yo nos miramos. Haya estado donde haya estado y haya hecho lo que haya hecho, me alegro de que ahora coma bien; está claro que le hace falta. Ya ha engordado un kilo y ha perdido ese aspecto demacrado en la zona de la barbilla. No me extraña que J. J. esté cautivado—. Hablando de regalos que no paran de llegar —dice—, Noah ha traído algo de su huerto. Lo he dejado en una bolsa en la mesa de la cocina.

—¿Qué es?

—Verduras. —Nean se encoge de hombros—. En mi opinión, el peor regalo del mundo.

—No para Janey —dice la tía Midge.

—¿Qué verduras? —pregunto.

—No sé, algo verde —contesta Nean—. Puede que sean guisantes.

¿Guisantes? Me estremezco de emoción. Creo que nunca he tenido guisantes recién recogidos del huerto. Se supone que son dulcísimos si los comes enseguida. ¿Los utilizo para preparar una sopa o sería una pena?

Sea como fuere necesitaré menta.

—Vaya, eso sí es una gran sonrisa para una bolsa de verduras —dice Nean.

Una sopa fría de guisantes con yogur, pienso. ¡Fría!

—Espero que me alcancen... —digo en voz alta, pero hablando conmigo misma.

—Era una bolsa muy grande —dice Nean, y me estremezco de ilusión—. Veo que Noah te tiene calada. Dijo que mañana habría más.

—¿Qué más ha dicho? —pregunto tan despreocupadamente como puedo.

—Nada —dice después de encogerse de hombros.

Pero no se me escapa la mirada que le hace a la tía Midge. Una mirada conspiradora. A estas dos hay que separarlas.

—Pues mañana dale las gracias de mi parte.

—De acuerdo. O... si quieres, te dejo acompañar a la tía Midge y se las das tú misma.

—Qué generosa eres. No, gracias. —Se me ocurre una idea—. Pero le mandaré un poco de sopa de guisantes, para que pruebe el sabor de los frutos de su trabajo.

—Oh, qué romántico. Amor vía verduras.

—Es mejor que amor vía comerse con los ojos —dice la tía Midge y, mientras está hablando, Nean mira a J. J. e intercambian una mirada que solo puede definirse como «anhelante». Frente a nuestros ojos, apaga la cortadora de césped y viene caminando tranquilamente, como en un anuncio de colonia. Estoy todo el rato esperando que se eche el pelo hacia atrás.

—¡Ooooh! —dice la tía Midge, jadeando—. ¡Viene!

—Es el momento de marcharnos —le digo a la tía Midge, desmarcándome de la excitación.

—¡Ni hablar! —dice—. ¡Hola J. J.!

—Hola, señora... —busca un momento la manera de decirlo—, señora tía Midge.

Se me escapa una sonrisa. Qué mono. Apenas me produce urticaria.

—¿Te apetece un poco de sangría? —pregunta, mientras le sirve un vaso.

—¡Tía Midge! —digo, y le arranco el vaso de la mano—. ¡No le des alcohol! ¿Has cumplido los veintiuno? —pregunto a Adonis Junior.

—Veintidós —dice con cierto orgullo. Con un suspiro le alargo el vaso y él da un buen sorbo—. Hace calor aquí fuera.

—Sí que hace calor —dice la tía Midge, a la vez que se abanica con la mano como una dama sureña—. ¿Quieres descansar un poco y hacernos compañía?

—De hecho, nosotras ya nos íbamos —digo, agarrando a la tía Midge e intentando levantarla de la tumbona.

—No puedo —dice J. J.— Tengo que volver pronto. Disfrutad de la vista. —Dicho esto, levanta los brazos y flexiona los bíceps a la manera clásica playera. La tía Midge se troncha.

—¡Lo haremos, seguro! —dice.

Él se pone a actuar, volviéndose y moviéndose en una variedad de poses Míster Universo, añadiendo gruñidos exagerados para darle dramatismo.

Nean se pone a aplaudir como una loca. La tía Midge se muere de risa.

—¡Para, para! ¡Que soy una anciana! ¡No puedo con tantas emociones!

Al oírlo J. J. se arrodilla galantemente delante de su tumbona.

—¿Desde cuando se es viejo a los cuarenta? —pregunta, y le toma una mano y la besa en los nudillos. La tía Midge se desmaya. Yo levanto los ojos al cielo, pero estoy sonriendo.

—Y ahora, preciosas damas, debo dejarlas. —Blande un sombrero imaginario y se marcha de espaldas haciendo una pequeña reverencia. Cuando ha avanzado unos tres metros, dice—. ¿Nos vemos luego, Nean?

—Mmm... —tartamudea ella—, claro.

Y él vuelve a la cortadora de césped dejándonos aturdidas.

—¡Guau! —digo—. Buena suerte si quieres ser amiga suya.

Nean asiente.

—Lo tengo crudo —dice, y se zampa otra *frittata*.

NEAN

«El pan es el más maleable de los alimentos.»

—LYNNE ROSSETTO KASPER
The Splendid Table

No pasa mucho tiempo antes de que J. J. empiece a visitarnos cada día, con la excusa de una tarea de jardinería o cualquier otra que exige que se pasee mientras estoy en el porche leyendo o sacando un montón de compost para Janey. Estoy casi segura de que está enamorado de mí, lo que es agradable, pero dificulta un poco mi intención de «ser amigos». J. J. no parece el tipo de chico que espera eternamente que una chica se dé cuenta de lo que tiene delante. Lo que me parece bien porque esa clase de chicos son unos flojos. Él es más práctico. En la última semana me ha dicho cuatro veces que no tiene novia. También me ha llevado a la playa dos veces y al pueblo a ver una película sobre un cómic en el que es una autoridad indiscutible. Además, es increíblemente sincero, y me siento fatal cada vez que me pregunta algo personal porque me aclaro tan poco últimamente que no sé ni adónde voy ni de dónde vengo. Sé que tarde o temprano se cansará de que evite sus intentos de intimar y seguirá con su vida, pero hasta entonces procuraré disfrutar de lo que tenemos. Que es nada. Y aun así.

Janey y la tía Midge creen que mantengo a J. J. a distancia porque me dan miedo los hombres después de lo que pasó con Geoff, y no seré yo la que las desengañe. Sé que lo único que me mantiene aquí es la amenaza absolutamente inventada de que me meterían injustamente en la cárcel si me echaran, pero me da lo mismo. Me encanta vivir aquí. Janey está como un cencerro, aunque hace la mejor comida que he probado en mi vida, día sí día también. Es como vivir en un restaurante de cinco tenedores y no tener que pagar nunca. Y encima me estoy convirtiendo en una gran pastelera. Soy como una especie de idiota sabia con el pan: le pongo las manos encima y no sé cómo cada vez me sale mejor. Ahora todos los días hago de dos clases: dos barras de pan blanco esponjoso con una costra dura buenísima, a petición de los huéspedes del refugio, y dos con semilla de lino y toda la pesca para que sea más nutritivo, con el que salen unos bocadillos brutales. También sé hacer panecillos, y estoy practicando las barritas, pero todavía me salen demasiado densas y gomosas. Y he descubierto que, si echas agua caliente en el horno cuando metes el pan, sale un chorro de vapor impresionante, y la costra queda más crujiente y espectacular. J. J. estaba en la cocina cuando lo hice un día, y juro que vi como se le derretía un poco el corazón. Estoy casi segura de que ahora se le hace la boca agua cada vez que me ve, como uno de esos perros de Pavlov.

De momento mi plan es seguir perfeccionando el pan y hacer de chofer de la tía Midge, intentar no hacer enfadar demasiado a Janey (aunque sea tan tentador) y con un poco de suerte, con el tiempo, se olvidarán del motivo por el que dejaron que me quedara y me convertiré en un accesorio permanente, como la tía Midge, solo que más vivaz. Pasarán las semanas y no tendré que fingir que soy una fugitiva y la mentira se diluirá en las arenas del tiempo. A lo mejor encuentro una forma de ganar algo de dinero y ahorrar para comprarme un coche, y entonces podré buscar un empleo de verdad y pagarles un alquiler; estoy segura de que con esto me ganaría a Janey de una vez por todas. Hasta podría trabajar en una panadería, hay una en Damariscotta, lo sé, con unos escaparates llenos de *cupcakes* y listas de las docenas de panes diferentes a la venta. Sería increíble saber hacerlos todos. Sobre todo el pan de masa fermentada con chocolate. Suena de maravilla. Seguro que con esto retendría un tiempo más a J. J.

Pero de momento tengo que mantenerlo a distancia. No hay forma de que pueda contarle la trola que les colé a Janey y la tía Midge y dejarle creer que era una pobre víctima de malos tratos que se puso violenta; ya me siento bastante mal con el tema. Y tampoco puedo contarle la verdad, que Geoff está vivito y coleando y probablemente atizando a otra chica a estas alturas, porque pensaría que soy una persona horrible por haber mentido a mis únicas amigas.

Y no se equivocaría.

Maldita sea, ¿por qué no pienso las cosas antes de hacerlas? Ahora tengo un chico completamente opuesto a Geoff, mono, tierno, listo y considerado, babeando detrás de mí y no puedo hacer nada de nada. Me he pasado la vida esperando que apareciera un chico como J. J. y me rescatara, y ahora que ha aparecido ya no quiero que me rescaten. Quiero quedarme aquí, en la bahía, tanto tiempo como sea humanamente posible.

Y para eso tengo que mantener mi versión.

Resulta que Janey también tiene algunas historias que ha mantenido en secreto. La sórdida historia sale a relucir un día que hago hablar a la tía Midge mientras la acompaño al refugio. Hemos tomado la costumbre de conducir hasta la tienda de lanas, aparcar, y allí cambiar de asiento para que la tía Midge «no pierda la práctica de conducir». No es que lo de «práctica» se vaya a poder aplicar en ningún momento próximo a su forma de conducir, pero me gusta vivir peligrosamente. Cambiamos de asiento y observo, con los dientes ligeramente apretados, como arranca y sale marcha atrás sin apenas mirar, y entonces se acuerda de que tiene que ajustar el asiento, cosa que hace sin dejar de conducir. El coche se desvía peligrosamente hacia un todoterreno aparcado y después gira con una sacudida en el último momento. Es muy emocionante. No sé si se lo permitiría si Janey no se hubiera decidido por un coche con dos airbags.

Siempre hablamos mucho durante estos trayectos —la tía Midge no es el tipo de conductor capaz de poner el cien por cien de concentración en la carretera—, y han acabado siendo una de mis cosas preferidas de vivir aquí. Es hilarante y, aunque parezca una abuela, blasfema como un marinero y tiene un impulso sexual en consonancia. Me habla de cuando su marido se sentaba al piano y tocaba canciones de amor que ella cantaba mientras daba vueltas por la habitación hasta que, como dice ella, «teníamos que dejar de cantar y ponernos a componer, tú ya me entiendes». Los preliminares han cambiado, sin duda, desde que lo enterró hace treinta años. Desde entones ha estado con «muchos» más hombres, pero dice que su marido es el mejor que ha tenido nunca. Qué bonito.

Le pregunto si ha conocido a alguien desde que está en Maine, y me dice que se ha tomado un año sabático de hombres ahora mismo para «concentrarse en sus chicas». Al principio pienso que habla de sus pechos, pero entonces me mira con complicidad el rato suficiente para que el coche se salga de la carretera y nos dé un susto de muerte.

—¿Soy yo una de las chicas? —pregunto cuando hemos enderezado la situación.

—Por supuesto, cariño —dice—. Tú y Janey sois mi mayor responsabilidad ahora mismo.

Y me dan ganas de llorar. Seguro que está a punto de venirme la regla para que algo así me afecte tanto. No digo nada, intento serenarme y la tía Midge silba distraída. Reconozco la melodía de un musical que hicimos en secundaria, cuando estaba en una casa de acogida. «Niñas» de *Annie*.

Pobre señorita Hannigan.

—Espero que no te demos demasiados dolores de cabeza —digo por fin.

La tía Midge se encoge de hombros. Las ruedas se desvían a la izquierda y una furgoneta que viene de frente toca la bocina y se aparta de nuestro camino.

—Estoy preparada para asumir el reto. ¿Qué vas a hacer hoy mientras yo salvo el mundo con nuestros amigos del refugio?

La forma como dice esto me hace sonreír un poco. Hace unas semanas estaba a un pelo de vivir en ese refugio, y me gusta pensar que incluso si no hubiera contado mi terrible mentira, la tía Midge también me habría encontrado allí.

—Primero la tienda de ropa. Janey cose como una loca. Y luego iré a la ferretería a ver si encuentro una cola que pegue de verdad —digo.

—¿Cola? ¿Para qué?

—Para esos azulejos rotos de la cocina. Guardé todos los pedacitos y creo que con una buena cola y quizá una pasta del mismo color puedo hacer que parezca como que no ha pasado nunca.

—¿Qué no ha pasado nunca qué? —pregunta la tía Midge, y de repente desearía no haber dicho nada.

Janey y yo nos hemos fastidiado como hermanas celosas desde que nos conocimos, pero por algún motivo me hace sentir culpable delatarla. Demasiado tarde.

—Los azulejos se llevaron un golpetazo. De un pato —digo vagamente.

La tía Midge me mira juntando los ojos y veo que el coche hace una ese otra vez; agarro el volante para enderezarlo. Me deja conducir mientras me amenaza con un dedo.

—¿Un pato vivo? —pregunta.

—No, muerto.

Le da al gas y el coche se acelera de golpe, obligándome a agarrar con más fuerza el volante.

—Según mi experiencia —dice—, los patos ya no vuelan cuando están muertos.

—Uy, tía Midge. Nos estamos acercando a aquella señal de stop que te saltaste ayer.

Vuelve a prestar atención a la carretera y agarra bien el volante, y me alivia ver que esta vez tiene intención de frenar. Después de mirar a ambos lados exageradamente, recupera la velocidad anterior como si estuviera haciendo una carrera de coches trucados.

—¿El pato... se utilizó como proyectil? —pregunta, con vehemencia.

—Quizá —digo, manteniendo cautelosamente un ojo en la tía Midge y otro en la carretera.

—¿Tú estabas en el extremo lanzador o receptor del mencionado proyectil? —pregunta.

—Extremo receptor, pero me pasó muy lejos.

—Ya —dice.

No digo nada.

—Janey no es de las que va lanzando aves por ahí —dice, y asiento.

—Ya me pareció raro cuando sucedió.

—Alguien debió de enfadarla mucho para que hiciera algo así.

Vaya, ahora soy yo la que me la voy a cargar.

—Sí que debió, sí —convengo. Estamos entrando en el pueblo, y si me muestro suficientemente obtusa, quizá pueda evitar explicar lo que pasó.

—¿Por qué querría alguien hacer enfadar tanto a Janey? —pregunta la tía Midge.

—Seguro que ese alguien no lo hizo intencionadamente —digo—. Oh, mira, el desvío.

Pone el intermitente y aprieta el freno a la vez. Nos deslizamos hacia el desvío y lo tomamos a tres kilómetros por hora más o menos.

—Bueno. Después de hacer mis recados volveré y leeré hasta que termines —digo, de repente ansiosa porque baje del coche.

—Bien. —Para en el aparcamiento del refugio—. Nos vemos dentro de un par de horas. —Me da un billete de diez—. Para la cola —dice—. Y lo que sobre para una novela romántica. Una que nos guste a las dos. —Como si no supiera a lo que se refiere, añade—: Picante, ya sabes.

—Ya sé, ya —digo y me despido de ella pensando que tengo posibilidades de que se haya olvidado de esta conversación cuando termine el almuerzo y tenga en su regazo una novela rosa jugosa con mucho sexo.

Pero dos horas después estoy cargando en el maletero del coche el ramo de flores de vivos colores que Noah me ha dado para Janey cuando la tía Midge me da un susto.

—Volviendo al pato —dice.

Suspiro y me siento al volante.

—¿A tu edad no se supone que te olvidas de las cosas? —pregunto cuando ha terminado de abrocharse el cinturón en el asiento del copiloto.

—Solo me olvido de cosas cuando me conviene —dice—. ¿Qué le dijiste a Janey para que te lanzara un pato?

—No te lo puedo decir.

—Pero me lo dirás. ¿Algo de Noah?

—Puede ser.

—Veamos, señorita, es de mi sobrina de quien estamos hablando. Deja de ser escurridiza.

Suspiro.

—Le pregunté por qué no se enrollaba con Noah.

—Mmm...

—Y se enfadó conmigo por sacar el tema, se enfadó mucho. Y debería haberlo dejado, pero me moría de curiosidad. Porque el chico parece simpático y es mono y todo eso, y Janey está soltera que yo sepa...

—Más o menos —dice la tía Midge misteriosamente.

—¿Te refieres a Ned? —pregunto.

Se vuelve en el asiento para mirarme.

—¿Te habló de Ned?

—No, en realidad no. Pero cuando estaba como una moto se le escapó el nombre. Creo que quería decir Noah, pero después se puso roja cuando le pregunté quién era Ned. Parecía un tomate. Un tomate asesino. Y entonces fue cuando me lanzó el pato.

—Ya —dice la tía Midge, y después se calla, reflexionando—. ¿O sea que no te contó quién era Ned?

—La verdad es que no. ¿Quién era?

La tía Midge hace una pausa dramática.

—Era su prometido —dice, y reconozco que me quedo con la boca abierta.

—¿En serio? ¿En Iowa estaba prometida?

—Hace mucho tiempo —dice, con esa voz que adopta un tono lejano y que usa cuando habla de su difunto esposo o de la piscina interminable—. Se conocieron en la universidad. Él estudiaba una ingeniería técnica y ella se estaba sacando el título de profesora.

Me quedo de piedra.

—Imposible. ¿Cómo creía que podía ser profesora? Si le da urticaria cada vez que conoce a alguien. Y luego cree que puede disimularlo con mangas largas y pañuelos anudados de forma rara.

—No siempre ha sido así —dice la tía Midge—. Siempre ha sido tímida, pero tímida funcional. Hubo épocas, cuando estaba con Ned, que era muy sociable.

La miro otra vez con incredulidad.

—Tú créeme —dice—. Al principio salieron de manera informal, Ned y Janey. Pero entonces su madre, mi sobrina, murió, pocos meses después de que ellos dos se conocieran y tras el suceso se creó un vínculo muy fuerte. Ned no la dejaba lamentarse demasiado, pero siempre estaba a su lado, dispuesto a prestarle su hombro si lo necesitaba. Siempre pensaba en formas divertidas de pasar el tiempo, para distraerla de su pena. Paseos, acampadas, viajes para comer en los lugares más insólitos y desconocidos.

La tía Midge suspira.

—Le gustaba llevarla de excursión en bici a un bar de mala muerte en el camino del río donde servían los mejores filetes de todo Iowa. Filetes grandes como un plato sobre un panecillo diminuto que parecían hombres gordos con bombines. Janey volvía de esas excursiones con suficiente amor dentro de ella para abarcar al mundo entero y me hablaba de lo mucho que deseaba casarse con Ned y enseñar a alumnos de sexto y tener tres hijos. Yo le decía que debería llamarlos a todos con mi nombre, como ese hombre tan raro, George Foreman, el fabricante de parrillas, que les puso George a sus cinco hijos.

—¿Qué pasó? —pregunto, esperando que no nos vayamos por las ramas, a los aparatos de cocina, ahora que la cosa se ponía interesante.

—Al cabo de seis meses, se fueron a vivir juntos, y entonces, seis meses más tarde, fueron a hacer una de sus excursiones en bici y volvieron prometidos. Les hice una gran fiesta de compromiso con el tema de los libros de cocina, y todas las personas que conocíamos vinieron y trajeron toda clase de felicitaciones preciosas y todos esos libros que tiene en la cocina. Después, estuvo demasiado ocupada para salir, con los estudios y su trabajo de camarera, y luego planificando la boda. Pero tenía a unas buenas amigas dispuestas a hacer de damas de honor e iba a fiestas de vez en cuando, y venía a mi casa a cocinar para mis amigas cuando teníamos noche de Scrabble. Y Ned era muy apreciado, siempre tenía un amigo cerca. Era un chico muy espontáneo y de una familia muy unida; en el futuro quería hacerse cargo de la vaquería familiar. Al final, invitaron casi a cien personas a la boda, con unas invitaciones azules preciosas, relucientes y con letras rosa oscuro.

Pienso en la Janey que conozco frente a cien personas diciendo «sí, quiero». No sería capaz, estoy segura.

—¿Y lo hicieron? ¿Casarse, quiero decir?

—No. Ned trabajaba para una compañía de telefonía móvil, haciendo reparaciones en las torres y cosas así, a tiempo parcial, para pagarse la universidad. Hubo un accidente, cayó y murió en el acto.

Esto me sienta como si me cayera encima una tonelada de ladrillos, pero la tía Midge lo dice con tanta normalidad que intento despejar el ambiente.

—No me extraña que Janey deteste la tecnología moderna.

—¡No seas bruta! —dice bruscamente la tía Midge, y me encojo avergonzada.

—Lo siento, es terrible. No sé por qué hago chistes.

—Porque —dice— aprecias a Janey y te duele saber que le pasó una cosa tan triste.

Me encojo de hombros.

—Puede que tengas razón —digo.

—Por supuesto que la tengo. En fin... —Me mira a su manera imperiosa—. Ned murió dos semanas antes de la boda. Janey se encargó del funeral, la pobre madre de Ned estaba destrozada, y después de que se marcharan todos los asistentes, se mudó a un pisito no lejos de mi casa y dejó de contestar al teléfono. Abandonó los estudios y se empleó como costurera en la tienda de novias donde había comprado su vestido; todavía debía mucho dinero de los créditos para la boda y tenía que ahorrar para poder pagarlos sola. No quería ver a ninguna de las personas que conocía de antes de la muerte de Ned, ni hablar de él, ni dejarse ayudar. Solo quería estar sola, y ya sabes que puede ser tozuda.

Lo pienso y se me encoge el corazón. Y me enfado, porque tozuda o no, ¿no debería haberle ayudado alguien? ¿Y la familia y los amigos de Ned? No podían esperar que la tía Midge lo hiciera todo.

—¿Qué hiciste? —pregunto.

—Bueno. —Mira la carretera y se estruja las manos en el regazo—. No sabía muy bien qué hacer —reconoce—. Debería haberme puesto dura con ella, pero estaba tan destrozada y perdida. Pensé que necesitaba tiempo y tranquilidad para serenarse, e intenté dárselo. Es un error que no he vuelto a cometer con ella.

Eso seguro, pienso.

—Al final, fui egoísta. Siempre estuvo a mi lado, siempre contestó mis llamadas y vino cuando necesitaba un poco de compañía. Me llevó mucho tiempo darme cuenta de que yo era la única persona con la que hablaba, y para entonces casi parecía normal. —La tía Midge calla un buen rato—. Pero ahora creo que hablará contigo.

Esta afirmación me parece tan estrafalaria que casi paro el coche, pero sería una tontería porque la entrada de la casa está a la izquierda, a pocos segundos.

—¿Me tomas el pelo? No hablará conmigo de nada que no sea hacer pan y cómo saber que un pollo está hecho. —Entro en el paseo y apago el motor.

—Pues hablaréis de pan y de pollo —dice la tía Midge, con una voz severa de repente. Se desabrocha el cinturón, pero no hace ningún gesto para bajar. En lugar de eso se vuelve y me lanza su mirada terrorífica y cierra la mandíbula como un tigre a punto de atacar—. Escúchame bien, jovencita.

Su mirada ya me asusta bastante, pero es el tono grave y frío que usa el que me deja paralizada, con las manos todavía sobre el volante y el estómago encogido. Esta no es la voz bromista habitual de la tía Midge. Esto es grave. Me la voy a cargar.

—Sé utilizar Google como cualquier hijo de vecino, y sé que no ha habido ningún homicidio en Cedar Falls, Iowa, en los últimos dos meses.

Trago saliva.

—Venga, cálmate —dice—. Me alegro de que no mataras a nadie, y no te preocupes que no te voy a echar. Al menos por ahora. Pero hay una condición: tienes que ser una buena amiga para mi sobrina, ¿está claro? Hace años que necesita a alguien como tú para abrirse, y ahora que estás aquí, te conviene no estropearlo, ¿entendido?

Glups. La mujer de ochenta y ocho años sentada a mi lado da más miedo que la película de gángsters más terrorífica que se haya hecho en este mundo.

—Entendido —digo, preguntándome de dónde habrá sacado la absurda idea de que puedo ser buena para alguien, pero estoy demasiado asustada para decirlo.

—Me alegro de haberlo aclarado —dice, abre la puerta del coche y baja—. Le llevarás las flores, ¿verdad? —pregunta, de repente llena de dulzura y animación, pero antes de que conteste, me ha cerrado la puerta en las narices, dejándome sentada en el coche, estupefacta, maravillada y completamente aturdida.

JANEY

«A los mejillones a veces se les llama "ostras de pobre", lo que solo indica que hay varias definiciones de pobreza.»

—IRMA S. ROMBAUER
Joy of Cooking

Un día, mientras preparo la cena, Nean vuelve de su viaje diario al refugio con cara de haber visto un fantasma. Bueno, no exactamente. Parece que hayan atropellado a su perro y haya regresado como un fantasma, y además le haya mordido en la pierna. Lleva un gran ramo de flores envuelto en papel de periódico, que es lo que más me interesaría si no fuera porque no veo a la tía Midge por ninguna parte.

—¿Dónde está la tía Midge? —pregunto.

Tartamudea algo ininteligible.

—¿Qué?

—Mmm... —intenta explicarse—. Creo que ha ido a dar un paseo.

Qué raro. En la última semana por lo menos, todos los días han entrado las dos en la cocina cuando han vuelto del refugio para charlar y cotillear. Hasta el punto de que he cogido la costumbre de poner cuatro cosas para picar, como una madre que espera el autobús escolar de sus hijos con la merienda preparada.

—¿Te encuentras bien? —pregunto. No ha hecho ningún movimiento para acercarse a las palomitas calientes con sirope y chipotle que están en un gran cuenco en medio de la mesa de la cocina.

171

—Ah, sí. Muy bien —dice, sigue inexplicablemente parada en el umbral—. Esta tarde creo que me quedaré contigo, si no te importa.

Me parece raro por dos motivos: uno, que quiera estar conmigo, y dos, que me pregunte si me importa. Pero no voy a desanimarla porque lo que estoy haciendo es aburrido.

—Claro, estoy preparando mejillones a la belga, y luego pensaba freír patatas para hacer *frites*. ¿Me ayudas a limpiar los mejillones?

Mira la bolsa de red de mejillones que he levantado para ilustrar mis palabras y se estremece. Sí, sabía que pasaría esto.

—¿Y si preparara un pastel..., para los postres? —pregunta.Va donde están los libros de cocina, saca *Pastelería de mi casa a la tuya* y se sienta en la isla.

Su ofrecimiento me sorprende.

—Sería estupendo. Prepara algo nuevo, J. J. viene a cenar esta noche.

Nean me mira.

—¿De verdad? ¿Esta noche?

No parece contenta.

—Sí, de verdad. —Su reacción no ha sido exactamente la que esperaba. No sé qué le pasa, pero no voy a interrogarla. Ni loca pienso ser tan fisgona como ella, por raro que sea su comportamiento—. Me dijo que nunca había comido mejillones. ¿Te lo puedes creer? Viviendo todos estos años en Maine... Así que los estoy cocinando especialmente para él.

—Vaya... —dice—. Yo tampoco he comido nunca mejillones. Son un poco asquerosos.

—Te encantarán —respondo.

Se encoge de hombros, en un gesto de duda.

La ignoro, porque sé perfectamente que se comerá cualquier cosa que se quede quieta el tiempo suficiente.

—Haré ración doble, para que haya de sobra para los cuatro y quede para una cena en el refugio mañana. Los mejillones no se conservan bien en la concha, pero estoy pensando que podemos quitarle la concha a los que sobren, (me apostaría lo que fuera a que harían un gran compost), y ponerlos en una cazuela con un poco de crema, patatas y tocino, y montamos un potaje marinero.

Nean me mira como si no supiera de qué le hablo y vuelve a encogerse de hombros.

—Pasas demasiado tiempo con J. J. y se te ha pegado lo de encogerte de hombros —digo.

Se sonroja ligeramente y vuelve a encogerse de hombros con mucha comicidad. Me río.

—Oye, tengo una idea. Por qué no haces algo de postre que podamos freír ahora. Así cuando hagamos las *frites,* el aceite tendrá más sabor.

—¿Qué son *frites?* ¿Y por qué necesitas aceite usado?

—*Frites* son... bueno, cuando se come patatas fritas con mejillones, se las llama *frites.* Y confía en mí en lo del aceite. Las patatas adoran el aceite viejo. Pero no demasiado viejo.

—¿Si quieres patatas fritas, no sería más fácil ir al McDonald's? Me río con desdén.

—Oh, vaya, no se me había ocurrido ir al McDonald's. Es una idea genial. La cantidad de trabajo que me vas a ahorrar.

Esto la hace sonreír un poco y me alegro de verla más espabilada.

—Ya me darás las gracias más tarde —dice—. Mientras tanto... —Empuja el ramo, que yo he ignorado a propósito todo el rato, por encima de la isla y dice—: Adivina de quién son.

—¿Me has comprado flores? No era necesario. —Miro el ramo y veo un bonito amasijo de dedaleras, madreselva y tres grandes delfinios en medio. Mi corazón se esponja—. Qué bonitas. No me puedo creer que las haya mandado. —Mientras lo estoy diciendo, soy consciente de que le estoy dando a Nean una oportunidad de preguntarme por Noah otra vez, pero sorprendentemente no la aprovecha. Empiezo a pensar que la tía Midge la ha drogado o algo así.

—Son bonitas —dice, con admiración—. ¿Quieres que las ponga en un jarrón?

Esto sí que no me lo explico. Nean está siendo educada y amable. No me fío ni un pelo.

—Oye..., ¿te encuentras bien? —pregunto.

Me mira con el ceño fruncido, desconfiada.

—¡Estoy bien! Solo quería ayudar.

—Bueno, de acuerdo. Hazlo. En la casa hay un jarrón que sería perfecto; está en el porche de atrás.

Va a buscarlo y yo vacío la tercera bolsa de mejillones en un gran colador en el fregadero y pienso: ¿qué le pasa a esta? No es ella, y por agradable que sea esta nueva personalidad, prefiero la antigua. Esta Nean demasiado simpática me pone nerviosa. Sé que no durará.

Vuelve con el jarrón justo cuando he decidido que tiene que estar relacionado con J. J. y no debería preocuparme. Probablemente solo quiere estar ocupada y pensar en algo que no sea un hombre durante un rato. Lo puedo comprender.

—Mira —dice, y cuando me giro tiene un jarrón lleno de flores, que están dispuestas con gracia—. Esta noche podríamos comer en el porche y poner esto de centro.

—Bien pensado, Martha Stewart —digo, y su nuevo interés en asuntos domésticos me confirma mi teoría de J. J.-. ¿Dónde has aprendido a hacer esto?

—En la escuela de geishas —dice, con una pequeña sonrisa.

—Ya. Bueno, Loto en Flor, cuando termines con eso, ven aquí y aprende cómo se sabe si un mejillón está vivo —digo.

Junta las manos como si rezara y se acerca.

—¿Estas cosas están vivas?

—Sí, si les das un buen golpe o las tocas suavemente, se encogen. ¿Ves? —Fastidio a un pobre mejillón con un cuchillo de mantequilla y se encierra lentamente en la concha.

—Vaya. Dame —dice, me quita el cuchillo y se pone a acosar a varios mejillones. Curioso que dar la lata con un cuchillo reviva a Nean de esta manera.

—Vale, vale. Creo que ya lo has entendido. Déjalo antes de que alguien llame a la protectora de animales. A menos que quieras ayudarme a sacar toda esta mugre de las conchas.

174

—No hace falta —dice, y deja el cuchillo y el mejillón en el fregadero con cara de asco—, pero gracias.

Abro el grifo de agua fría otra vez y me pongo a frotar unos mejillones con otros para dejarlos bien limpios.

—¿Qué postres se fríen? —pregunta, mientras observa como trabajo.

—¡De todo! —digo, gritando para que me oiga con el grifo de agua abierto—. Se puede freír casi todo, según el Canal de Cocina. Buñuelos de manzana, dónuts, cualquier pasta de hojaldre. Barras de caramelo e incluso la tarta de queso.

—¿Qué más?

—A ver qué te parece esto —digo, sin dejar de frotar mejillones—. ¿Y si preparas pequeñas crestas de cereza y luego las fríes? ¿Qué te parece?

—Oh, Dios mío, sí.

—¿Sí? —digo—. Y tenemos montones de cerezas en el frigorífico. —Cierro el grifo y me seco las manos con el trapo que tengo metido en el bolsillo de los vaqueros—. Veamos, el primer paso es la masa del hojaldre. Espera. La mejor receta es la de *Joy of Cooking,* ese de allí. —Señalo el gran lomo blanco, inconfundible en cualquier estante de libros de cocina—. Busca masa quebrada.

La oigo ir al estante y abrir el libro.

—¿De dónde has sacado tantos libros? —pregunta—. Tienes por lo menos mil.

—Son regalos —respondo, sin ganas de dar más explicaciones.

—¿De quién? —pregunta, incrédula—. Que yo sepa no tienes amigos.

Ah. He aquí la Nean que conozco y que me fastidia.

—Más amigos que tú. Antes de hacer nada, mide la mantequilla y métela en el congelador para que esté bien dura.

Refunfuña, pero saca una pastilla de mantequilla del frigorífico.

—Noah me ha dicho que haces la mejor comida que ha probado en su vida.

—Debería probarla caliente —digo, un poco orgullosa de mí misma.

—¡Claro que sí! Se moriría e iría al cielo.

—Bueno, no diría tanto —digo, atusándome las plumas.

—Mira, siempre parece un poco triste cuando voy al refugio a buscar a la tía Midge. Creo que espera que un día de estos vayas tú.

Sigo frotando, pero siento que se me remueven las entrañas.

—Ándate con cuidado —advierto—. Tengo dos kilos de marisco vivo aquí mismo.

—Quiero decir que estaría bien darle una oportunidad al pobre. Parece muy simpático y a ti te gustan sus verduras.

—Ahora no busco amor —digo.

—Lo sé. —Buena alumna como es, ya está partiendo la mantequilla en cuadraditos y metiéndolos en el frigorífico y empezando con el resto de la masa—. Pero Noah podría ser un buen amigo. Y seguramente se siente solo, todo el día trabajando en el huerto. Una visita sería una buena manera de darle las gracias. ¿Te acuerdas de cuando te envió aquellos guisantes?

Me acuerdo. Tenían un sabor muy verde y ligeramente dulce. Se me hace la boca agua, solo de pensarlo. Y luego el día que me mandó los últimos espárragos y yo los envolví con jamón y puse un huevo frito encima y espolvoreé todo con parmesano.

—¿Te acuerdas de los espárragos? —pregunta Nean, leyéndome el pensamiento—. El pis me olió raro durante dos días.

—Sí, y no veas la gracia que te hizo. Perdona que no fuéramos a olerlo.

—No pasa nada —dice, distraída—. No tardé mucho en darme cuenta de que vuestro pis también olía raro. —Se concentra en la lectura del libro, siguiendo la receta con el dedo y moviendo los labios.

Vuelvo al fregadero y miro los mejillones limpios pensando lo buenos que estarán cuando se hayan cocido con aceite de oliva y vino blanco y las cebolletas blancas y verdes que

Noah le dio ayer a Nean. Pienso servírselos a mi familia postiza, y cada vez mayor, en boles grandes, con vasos de zumo forrados de periódico llenos de *frites* para acompañar y un gran cuenco de conchas vacías en el centro, que vaya creciendo junto con nuestros estómagos.

Pase lo que pase con Noah, sé que estas personas volverán y comerán en mi mesa otra vez. Sobre todo después de probar las *frites*.

—De acuerdo —digo, decidida—. Acompañaré a la tía Midge. Mañana.

—¿Sí? —Nean parece absolutamente incrédula.

—Sí, para darle las gracias en persona. Solo una vez.

—Es maravilloso —dice—. Se emocionará. —Vuelve al frigorífico y saca otra pastilla de mantequilla—. Es mejor que haga ración doble.

La cena es un éxito. Cuando nos sentamos a la mesa, Nean ya vuelve a ser la misma pesada sarcástica de siempre, y J.J. se lo zampa todo y cuatro crestas de propina. Nos bebemos dos botellas de vino y todos vienen a la cocina a ayudarme a preparar el guiso de mañana, achispados pero con ganas de colaborar. A pesar de la insistencia de Nean para que ella y J.J. corten la cebolla juntos, nadie pierde un dedo. Al día siguiente pruebo el plato cremoso agridulce antes de guardarlo y lo encuentro sorprendentemente delicioso, teniendo en cuenta que lo hicieron cuatro borrachos.

Una vez que la comida está envasada, y la caja de pasteles llena de las crestas sobrantes atada con cordel especialmente para Noah, me pongo nerviosa. ¿Y si Nean mentía al decir que él quería verme? No sería la primera vez que me gasta una broma. A lo mejor voy, me mira de refilón y se va. O a lo mejor voy a darle las gracias y vuelvo a vomitar, en el aparcamiento del refugio. Es una idea aterradora.

Pero ya no hay escapatoria. La tía Midge baja la escalera a su manera lenta y metódica y sé que no subirá a ese coche con nadie que no sea yo. Cuando entra en la cocina me lanza una mirada prolongada y dura, evaluando el vestido azul de verano que llevo y el jersey de algodón blanco que me he anudado a la cintura, por si hiciera falta tapar la urticaria.

—Cuando lleguemos al pueblo, te quitarás el jersey, ¿de acuerdo? —dice—. Aparte de eso, estás fabulosa. Te pareces a mí cuando tenía tu edad. Aunque seas menos fresca.

—Gracias —digo—. ¿Estás lista para irnos?

—Pues claro que sí. ¿Y tú? —pregunta con intención.

No contesto porque, diga lo que diga, el resultado será el mismo.

En el coche hablamos de cosas sin importancia, de las personas que ha conocido en el refugio y de que las normas de manipulación de alimentos exigen que se ponga una red en el pelo y eso no es bueno para su permanente, que es como llama ella a los rizos marcados que se hace día sí día no con Aqua Net y rulos de plástico. Me concentro en respirar hondo y vigilar mi piel, que de momento no muestra señales de urticaria. Ensayo conversaciones mentalmente, imaginando lo que le diré a Noah. Esto es lo que tengo por ahora:

—Hola, Noah. Hoy he venido para darte las gracias por todas esas verduras y por las flores. Bueno, adiós.

Quedará deslumbrado con mi ingenio. Pero cuando paramos en el aparcamiento, está vacío. Ni señal del Honda de Noah.

—Es temprano —dice la tía Midge—. Ayúdame a llevar todo esto.

Cargo el pesado guiso y el pan del día, pero no se ve a Noah por ninguna parte. La tía Midge no parece percatarse de su ausencia y me despide.

—Normalmente Nean se va a hacer recados o almorzar —dice, sacándome de la casa—. Vuelve a la una, ¿de acuerdo?

—De acuerdo —digo, y voy sintiéndome aliviada y rechazada al mismo tiempo. Menudo jaleo por nada. Vuelvo al coche, bajo todas las ventanillas, y saco un libro que he leído y releído tantas veces que tuve que poner cinta adhesiva para pegar las tapas: *Home Cooking* de Laurie Colwin. Siempre leo sus artículos por orden y voy por el capítulo de las espinacas cremosas; me pierdo en su pequeña cocina de Nueva York en cuestión de palabras. Voy por los pimientos rojos cuando veo que una sombra me tapa el libro. El corazón empieza a latirme acelerado antes de levantar la cabeza, porque sé quién es.

—¡Janey! —dice Noah, y su voz transmite una emoción que me deja desbaratada.

Levanto la cabeza y veo que está apoyado en la ventanilla del acompañante como si esperara un pedido en un restaurante con servicio para coches.

—Hola, Noah —digo, moviendo los ojos de aquí para allá, desde la visión de sus cabellos castaños cayéndole sobre los ojos a mis brazos para asegurarme de que no necesito ponerme el jersey. Tengo piel de gallina, pero no me pica. Sonrío. —Hola, Noah —repito.

Su sonrisa me desarma del todo.

—Hoy estás muy guapa. ¿Me invitas a almorzar? —pregunta.

Me da vueltas la cabeza y estoy aturdida.

—Hoy he venido —suelto sin más— para darte las gracias por las verduras y esas flores tan bonitas.

Abre la puerta del coche.

—Y qué mejor manera de decir gracias que comer conmigo. —Mientras vacilo ya se ha abrochado el cinturón—. Conozco el sitio perfecto.

Cierra la puerta, pero yo no hago nada, solo lo miro. Da... gusto mirarlo. Me hace pensar en *ravioli* rellenos de alcachofas y queso ricota, y melocotones de verano, y vino, delicioso vino tinto que sabe a cerezas y chocolate. Y me siento como si hubiera tomado tres copas de ese vino.

Me mira un poco perplejo y sé que debería poner el coche en marcha y salir del aparcamiento y almorzar con él, pero es como si hubiera olvidado cómo se hace exactamente. Tengo la boca seca.

—¿No tienes hambre? —pregunta, dándome una oportunidad para salir de esta, una oportunidad que no quiero para nada, pero que estoy considerando seriamente aprovechar.

—Me muero de hambre —digo después de un pequeño debate conmigo misma, a pesar de que mi estómago me dice que comer no es una buena idea—. ¿Adónde vamos? —Por Dios, qué natural sueno. Ánimo, Janey.

—Vayamos a un local pequeño que conozco, está un poco más abajo —dice—. Al salir del aparcamiento dobla a la derecha y sigue recto hasta el cruce.

Enciendo el motor, sintiéndome borracha pero recordándome que conducir bajo la influencia del enamoramiento no es ilegal teóricamente, y sigo sus indicaciones. Después de la señal de stop, seguimos un par de kilómetros y conduzco un poco más despacio de lo normal, pero él no hace ningún comentario al respecto.

—Ya hemos llegado —dice animado cuando nos topamos con un local que parece un restaurante y se llama Bambi's—. Entra aquí y aparca donde puedas. —Es verdad que el aparcamiento está lleno y se lo comento—. Verás por qué está lleno dentro de poco... —dice con ilusión, mientras doy vueltas para aparcar en el aparcamiento vecino y encuentro una plaza entre dos furgonetas.

Bambi's es solo un cobertizo con una docena de taburetes en la barra que no están todos ocupados, pero también tiene una sala llena de gente de pie detrás, con las llaves del coche en la mano y mirando a la camarera de detrás de la barra con cara hambrienta mientras ella prepara los pedidos para llevar. Fuera hay muchas mesas de picnic, llenas de comensales felices que comen cosas envueltas en papel de cera.

—¿No eres vegetariana, verdad? —me pregunta Noah con cierto temor, y sacudo la cabeza, pensando que aunque lo fuera no sería capaz de desilusionarlo reconociéndolo—. Uf. ¿Por qué no vas a buscar una mesa fuera, con una buena vista, y yo me encargo de la comida?

Salgo y empiezo a dar vueltas por las mesas, porque no tengo muy claro qué considera él una buena vista. Las mesas frente al local dan a la carretera y el aparcamiento, y las de la derecha están rodeadas de campo. Elijo el lado del campo y espero con ansiedad.

Cuando Noah sale, lleva una bandeja roja de cafetería llena de lo que sea que contengan esos papeles de cera, y dos copas altas con sendas pajitas.

—Prepárate —dice, al dejar la bandeja. Con un gesto teatral me da la copa, que está llena de una condensación escarchada—. No estaba seguro de si eras mujer de chocolate o de vainilla, así que te he pedido un blanco y negro.

—Ñam —digo, y el estómago se me relaja ante la idea de un batido, y me siento muy agradecida. Doy un buen sorbo y se me llena la boca de deliciosa malta de chocolate y crema de helado de vainilla—. ¡Guau! —Está tan bueno que todo el cuerpo se me suelta—. Es como el sedante Xanax pero líquido.

Noah asiente.

—Pues espera. —Entonces desenvuelve uno de los papeles de cera y veo un perrito caliente diminuto, cubierto de mostaza y salsa de pepinillos brillante. Me lo ofrece como si fuera un diamante—. ¡Buen provecho!

—Es un perrito caliente pequeño —digo como una idiota.

—Es un increíble perrito caliente pequeño —dice Noah, llevándose ya uno a la boca—. En Bambi's sirven dos cosas: perritos calientes con mostaza y perritos calientes con mayonesa. Te he pedido tres de cada.

—¡¿Seis perritos calientes?! —exclamo.

—Si no tienes bastante siempre puedo volver a por más.

Me río y miro la salchichita que tengo entre las manos. Mide unos ocho centímetros de longitud, está metida dentro de un bollo de color marrón claro, que parece que se puede comer en cuatro bocados. Primero lo mordisqueo y después, cuando Noah me mira con un gesto socarrón, le pego un bocado. Sabe de maravilla; la salchicha tiene una piel fuerte y crujiente como un *frankfurt* de Chicago y un sabor jugoso de ternera por dentro. Pero lo realmente asombroso es la mostaza y la salsa de pepinillos, que se combinan formando un manto de agria exquisitez que lo cubre todo.

Noah no deja de mirarme, observando mi reacción.

—Vaya —digo cuando termino de masticar—. Es un perrito caliente asombroso.

—Ahora prueba el de mayonesa —dice—. Es mi preferido.

Desenvuelvo otro perrito —este en papel de cera rojizo— y lo pruebo. Entiendo por qué el condimento es tan importante: tiene un sabor completamente diferente, cremoso y un poco sensual, y la salsa de pepinillos no parece picante; es brillante y lisa. Encantada con el contraste, pruebo otra vez la mostaza y después la mayonesa.

—Mostaza —anuncio, después de zamparme cuatro perritos calientes—. El de mostaza es el mejor.

—Qué va —dice Noah, y para que quede claro, se mete un perrito caliente de mayonesa entero en la boca. Es a la vez asqueroso y tonto, y me río.

—¿Qué haces? —pregunto medio riendo, aunque ya es demasiado tarde para que vuelva atrás.

Se le salen los ojos de las órbitas y lo observo masticar con ahínco, intentando engullir el perrito caliente entero. Le está costando y durante un rato largo me pregunto si va a tener que escupirlo todo y avergonzarnos a los dos. Pero se porta como un campeón.

—Mmm —consigue decir al final. Veo que traga una vez y después con la boca todavía indecentemente llena de perrito caliente, murmura—: Así sabe mejor —y entonces se atraganta un poco. Después de un acceso de tos, vuelve a tragar—. Concentra el sabor. —Está muy rojo y me doy cuenta de que está un poco avergonzado por lo que acaba de hacer; me hace sentir mucho mejor saber que no soy la única que sabe ruborizarse.

—¿Ah, sí? —pregunto, y pego un bocado enorme; no todo entero, pero sí todo el que me cabe en la boca. ¡Ñam!

—Así me gusta —dice, traga otra vez y después bebe un buen sorbo de batido.

—Sabe mejor —digo, cuando puedo volver a hablar.

—¿Verdad? Y si crees que esto está bueno, espera. Seguro que puedo hacerlo con dos.

—¡No me lo demuestres! En serio.

—Pero ¿qué dices? Me lo reservo para después. Es el toque final de mi técnica de seducción.

¿Técnica de seducción? Aquí fuera hace calor sin duda, pero al oír esto la piel de gallina se expande por toda mi epidermis y siento un escalofrío en la columna. Noah habla de seducirme. ¿Me gustaría que Noah me sedujera? Puedo pensar en cosas peores... Pero ¿todavía soy capaz de empezar una relación?

Y de golpe pienso que sí, que quizá podría. Al fin y al cabo, me he hecho amiga de Nean. He hablado con toda clase de personas nuevas desde que vinimos a vivir aquí. Quizá, con la motivación adecuada, podría intentar salir de nuevo al mercado. Y si Noah no es una motivación, no sé qué lo será.

Ojalá ahora supiera qué decir para llenar ese silencio incómodo. Pienso en Nean, buscando algo lo suficientemente frívolo e insinuante.

—¿Qué hora es? —le pregunto al final. En mi mente, Nean se cruza de brazos y sacude la cabeza decepcionada.

—Mediodía. ¿Tienes que volver? —pregunta Noah.

—Todavía no, pero pronto. Tengo que acompañar a mi tía a casa después de su turno —digo—. Hoy he ocupado el lugar de Nean.

—¿Ah, sí? ¿Y eso por qué?

Para verte, pienso.

—Porque..., mmm.... —digo.

—¿Para verme a mí? —pregunta Noah con la pajita en la boca. Trago saliva.

—Bueno —empiezo a tartamudear—. En parte sí... —Pienso en mi discurso preparado—. Quería traerte unos pasteles —digo—. Y darte las gracias por toda la comida que has compartido con nosotras.

Noah sonríe, con esa sonrisa que le ensancha la cara y hace centellear sus ojos verdes. Centellear, lo juro. Es algo irreal.

—Ha sido un placer. No tienes que seguir enviándome cosas. Me encanta todo lo que me has mandado, pero...

—¿Te gusta de verdad? —pregunto sin poderlo evitar.

—¿Si me gusta qué?

—La comida. Cómo cocino, quiero decir.

Noah gime y después inspira tan fuerte que me da un poco de miedo que se haya enfadado conmigo por preguntar.

—¿Estás de broma? Es la mejor comida que he probado. Me muero, expiro aquí mismo y asciendo a los cielos.

—Gracias.

—De nada, de nada. ¿Dónde aprendiste a cocinar así? —pregunta.

—Con libros —digo—. Tengo muchos libros de cocina.

—¿Sin nadie que te enseñe? ¿No aprendiste el arte culinario en las faldas de tu madre?

—No se puede decir que mi madre cocinara. Me daba de comer, eso era todo. Comí muchos macarrones con queso Kraft y latas cuando era pequeña. Pero cuando...

Me detengo porque me doy cuenta de que no sé como he tenido la peregrina idea de contar cosas muy personales de mi vida a este casi desconocido. Cosas como por qué acabé teniendo tantos libros de cocina y por qué la primera vez que los utilicé fue para cocinar para los cientos de asistentes que vinieron a enterrar a mi prometido. Que la primera gran comida que preparé fue jamón en lonchas y cinco kilos de ensalada de patatas, servida en platos de papel a personas vestidas de negro que daban vueltas por la casa de los padres de Ned, diciendo cosas bonitas de él y olvidando mi nombre.

Por suerte la sensación pasa y me riño a mí misma por tener una idea tan tonta. Noah no necesita saber nada de un antiguo drama que acecha en mi pasado.

—Cuando tuve mi propia cocina, aprendí sola —digo con contundencia.

—Es impresionante —dice—. ¿Qué es lo que más te gusta cocinar?

—Sinceramente no tengo ni idea —digo, frunciendo el ceño un poco ante la pregunta—. No lo había pensado nunca.

—De acuerdo —contesta—. Esperaré aquí mientras te lo piensas.

¡Ostras! Repaso frenéticamente mi archivo mental de recetas, sabiendo que tengo que decir algo, pero me he quedado en blanco. Me gusta cocinar de todo. No puedo pensar en lo que más me gusta cocinar. Intentar elegir parece pueril, como elegir un color favorito.

Pero entonces se me ocurre.

—El *sauerbraten* —digo con orgullo y con gran alivio—. El plato que más me gusta cocinar es el *sauerbraten*. Tiene un millón de ingredientes y se tarda tres días como mínimo en hacerlo. Tiene más aromas que ningún otro plato del mundo, uno de ellos es el de enebro, que hace que toda tu cocina huela como la Selva Negra. Y se sirve con *spaetzle,* que se puede hacer de mil millones de maneras diferentes. *Spaetzle* de rábanos, *spaetzle* de mostaza y *spaetzle* de hierbas, *spaetzle* de queso... Cuando acabas, tienes un montón de ternera tierna, que se deshace en la boca y bolas de patatas cubiertas de salsa, y te llenas con dos bocados.

—Me está entrando hambre, y acabo de comerme siete perritos calientes.

—El poder del *sauerbraten* —digo—. También me gusta hacer tamales, pero no me salen bien.

—Me gustaría probar ese *sauerbraten* tuyo —dice Noah—. Si algún día te apetece cocinarlo para mí.

Hasta ese momento, me he sentido cada vez más relajada, hasta el punto de que era casi como comer con la tía Midge, si la tía Midge fuera muy guapa. Pero cuando dice esto retrocedo un poco. No puedo evitarlo; no estoy preparada. No quiero que venga a mi casa y coma en mi mesa. Apenas lo conozco. ¿Por qué me presiona?

Debe de ver la resistencia en mi cara.

—Quería decir cuando nos conozcamos mejor —añade.

Esto me tranquiliza un poco, pero sigo sintiéndome apabullada.

—Quizá sí —digo e intento buscar una forma de cambiar de tema. Recurro a la regla de oro de los hombres, al menos según las revistas de boda que teníamos en la tienda de novias: preguntar algo sobre ellos.

—¿Desde cuando llevas el huerto del refugio?

Noah ladea un poco la cabeza y sé que se ha dado cuenta de que esquivo deliberadamente la idea de la cena.

—No hace mucho —dice—. Me mudé aquí a principios de primavera, justo cuando había que poner casi todo bajo tierra.

—¿Te mudaste aquí por el trabajo? —pregunto.

Calla y arruga la cara.

—No exactamente. Fue una casualidad.

No da más explicaciones y no insisto.

—¿Te gusta?

—Sí. El terreno no es mío, pero con el refugio ya tienen la demanda garantizada, y las personas que comen las cosas del huerto parecen apreciarlas sinceramente. Mientras sigan llegando las subvenciones para mantenerlo en marcha, tengo un buen trabajo —dice, y cuando acaba de hablar me doy cuenta de que reconozco ese espíritu práctico con respecto al trabajo duro que conozco de casa, de los agricultores a los que compraba en mercados cada semana. De repente me avergüenza no haber encontrado un empleo a jornada completa. Si él lo supiera, seguramente pensaría que soy una holgazana.

—¿Y te gustaría tener algún día tu propio terreno para cultivar? —pregunto, desesperada por mantener la conversación vocacional centrada en él, y también intrigada por sus ambiciones.

Sonríe un poco.

—Ya tuve una granja una vez, en el norte de Nueva York. Cultivaba rúcula. Rúcula orgánica. —Sacude la cabeza, un poco triste—. Ni siquiera me gusta la rúcula. No sabía ni lo que era antes de conocer a los distribuidores.

—¿Qué pasó con la granja?

—La vendí —dice—. A un urbanita que quería escapar de la ciudad los fines de semana. Es una larga historia, pero básicamente no ganaba dinero desde hacía tiempo, así que tenía que dejarlo y dedicarme a otra cosa. Fue duro. No creo que me apetezca volver a vivir con aquel estrés otra vez.

Pienso en el estrés, y recuerdo algo en lo que no había pensado desde hacía mucho tiempo.

—Yo iba a ser profesora —digo sin más—. Quería dar clases en una escuela secundaria.

—¿En serio?

—Sí, pero entonces me di cuenta de que no podía hacerlo.

—¿Por qué?

—Soy tímida —digo, como si no se viera a la legua.

—¿No hay profesores tímidos?

—No como yo. Es imposible que pudiera ponerme frente a una clase y enseñar algo. No sé en qué estaba pensando para querer sacarme el certificado de educador.

—Puede que pensaras que tenías algo importante que decir.

Sacudo la cabeza.

—No.

—Es lo que dices tú —se queda pensativo—. ¿Y qué haces en lugar de enseñar?

Glups. Ahora me ha pillado.

—Coser para una tienda de novias. O lo hacía, cuando vivía en Iowa.

Noah arquea las cejas.

—¿En serio? Cocinas y coses y tienes el título para enseñar. Vaya...

—¿Qué? —pregunto—. ¿Vas a preguntarme si también sé preparar un buen martini?

—No exactamente —contesta, un poco demasiado rápido, dejándome con la curiosidad de qué tiene en la cabeza—. Eh, ¿sabías que hay una tienda de novias en Damariscotta? Seguro que necesitan otro par de manos ahora que vienen tantas chicas de ciudad a casarse. Los proveedores no han parado de llamar a mi puerta todo el verano pidiendo lechugas raras y bayas. Seguro que hay demanda. Nunca sabré dónde estaba esa demanda cuando yo intentaba vender rúcula orgánica.

—De hecho, ya coso para ellos, desde casa. Cosas que puedo hacer a mano o en mi máquina. Pero no a jornada completa.

—¿Así que estás todo el día tumbada en esa gran casa?

—Tumbada, no —digo—. Cosiendo. Y cocinando.

—No lo puedo permitir. Te saldrá moho. Solo debe de haber veinte casas más en la bahía, y La Granja. Necesitas relacionarte con más personas y no solo con un puñado de veraneantes y unas gallinas.

Sonrío maliciosamente.

—Entonces me alegro de estar comiendo contigo —digo, y me doy una palmadita mental por esto.

Sonríe y asiente.

—Sin duda. Sin duda. Tendrás que seguir viniendo a verme si no quieres acabar viviendo bajo tierra.

Por un momento mi colegiala interior baila en un círculo y canta: «Le gusto, le gusto». La hago callar.

—Puedo dejarme convencer.

—¡Bien! —Pone ambas manos sobre la mesa y me mira—. El lunes que viene. Así tendrás cuatro días para ilusionarte con volver a verme. —Baja y sube las cejas—. ¿Quedamos?

Quedar. Con alguien que está vivo, con un hombre. Quizá con alguien que me dirá cosas bonitas, escuchará mis esperanzas y miedos, me dará la mano por encima de la mesa y me besará al final de la noche. Alguien que me exigirá que le dedique tiempo y se peleará conmigo, y tendrá secretos y se quejará de lo mucho que gasto en comida.

Y, seamos sinceros, alguien que puede irse en cualquier momento y no volver.

El estómago se me contrae otra vez, pero no puedo decir que no.

—Quedamos.

NEAN

«[La langosta] tiene la incómoda distinción de ser uno de los pocos alimentos que cocinamos vivos.»

—PAM ANDERSON
The Perfect Recipe

Janey está enamorada. Es la cosa más repulsiva que he visto. En las últimas dos semanas ha ido al pueblo con la tía Midge más y más a menudo, dejándome aquí atrapada a kilómetros de distancia de todo y volviéndome loca de aburrimiento. Cada segundo que J. J. está en otro trabajo de jardinería y no puede distraerme es una eternidad. Pero Janey no se entera de mi angustia. Cuando vuelve de Little Pond canturrea como Blancanieves. Estoy siempre esperando que entren ardillas en la casa y le arreglen el pelo.

Y está empezando a fallar en sus obligaciones como cocinera, que es lo que más me preocupa. El otro día vino a casa con un cubo de pollo frito de un bar de mala muerte de la carretera, al norte de aquí. Y nos lo sirvió como si fuese comida normal. Fue la cosa más absurda que se pueda imaginar: Janey Brown dejando un cubo de cartón en la mesa y diciendo: «La cena está lista». Eso sí, preparó ensalada de col desde cero, o sea que no es como si le hubieran hecho una lobotomía. Pero es una cuestión de principios.

Lo peor es que no quiere hablar de su enamoramiento con nadie. Se ve que está colada por ese chico, está más claro que el agua. Pero no me dice nada, por mucho que la fastidie, que es todo el tiempo. La tía Midge dice que tampoco sabe nada. Parece molesta porque yo estoy a oscuras en el asunto y sé que estoy fallando en mi misión de confidente de Janey. ¿Y si la tía Midge se cansa de mi ineptitud y me dice que me largue? Lo dejó bien claro: estoy aquí para ser amiga de Janey, y se acabó. Si deja de necesitar mi compañía, estoy acabada.

Tengo que encontrar el modo de que hable. A lo mejor escondiéndole el cuchillo de chef.

Estoy planeándolo cuando veo que J. J. se acerca a la casa. Lleva los pantalones agujereados y la gorra de béisbol que es su uniforme para trabajar en el jardín, o sea que sé que no ha venido solo a verme. Pero aun así, mi corazón da ese saltito, como siempre que lo ve. Intento ignorarlo. Es irritante lo mono que llega a ser.

Lo saludo y le cuento lo que estaba pensando: la reticencia de Janey a hacer confidencias. Levanta mucho, pero que mucho, las cejas.

—A lo mejor todavía no sabe lo que siente, y necesita tiempo para aclararlo en privado —conjetura, y me pregunto si está hablando de Janey o de sí mismo.

—Razón de más para hablar con su confidente, *moi*, de ello. Además me debe una explicación de por qué acapara todos los viajes al pueblo.

—Creía que habías dicho que no querías tener que acompañar todos los días a la tía Midge —dice.

—De verdad que deberías plantearte experimentar con más drogas ilícitas —digo—. Con una memoria como esa nunca te durarán los amigos.

Hace una mueca.

—Mmm... O sea que no tenías ganas de ir al pueblo todos los días, pero ahora que estás aquí atrapada conmigo, ¿te lo has pensado mejor?

Si estuviera aquí atrapada con él, con él, con él, no tendríamos problemas de aburrimiento. Pero estoy en el purgatorio de los chicos juguete. Veo al niño hombre rubio descamisado y puedo hablar con él durante horas, pero no puedo lamerle los pliegues de su estómago musculoso. Ay, qué ironía.

Tras un breve tira y afloja, J.J. me dice que piensa que debería dejar en paz a Janey, especialmente porque esto es culpa mía. Tampoco muestra ninguna simpatía cuando me quejo de no tener coche o un empleo que me mantenga ocupada. Pero está dispuesto a llevarme a algunos sitios. Ayer me preguntó si quería salir a cenar. No estaba segura de si me pedía salir salir, o solo salir. Pero dije que sí. Si al final de la noche intenta besuquearme siempre puedo hacerme la tonta. Oh, J.J. No tenía ni idea de que tus sentimientos hacía mí fueran románticos. ¡Cuánto siento haberte dado una impresión equivocada!

—Bueno —dice cuando el tema de la vida sexual de Janey está resuelto, al menos para él—. ¿Estás ilusionada con lo de esta noche?

No sé cuál es la respuesta acertada. Por supuesto que estoy ilusionada por una variedad de razones. Pero ¿quiero que crea que estoy ilusionada?

—Psee... —digo con una sonrisa—. ¿Adónde vamos a ir?

Sonríe.

—No te lo digo, pero que sepas una cosa: habrá baberos.

—Tú sí sabes cómo hacer feliz a una mujer.

J.J. me muestra una sonrisa totalmente perversa.

—Oh, créeme —dice—. Lo sé, y los baberos no tienen nada que ver.

¡Vaya por Dios, John Junior, no tenía ni idea de esta faceta tuya! Me baja un escalofrío por la columna y luego sigue por otras zonas que hace tiempo que están cruelmente ignoradas. Tú, calla, le susurro mentalmente a mi vagina.

J.J. sonríe, demasiado orgulloso de sí mismo.

—Y dicho esto, tengo que irme. Los arbustos no se riegan solos.

No quiero que diga la última palabra —o haga la última gracia— y lo despido con la mano.

—Bueno, ya nos veremos —digo, como si nada, cuando se da la vuelta para marcharse—. Creo que me pondré el biquini y me acercaré a la playa.

Se gira y me ofrece exactamente la clase de reacción que estaba buscando: una mezcla de ojos asombrados y boca abierta, con el punto justo de lengua colgante, mientras yo vuelvo a entrar en la casa tan seductoramente como puedo.

Por suerte para mi ego, recientemente me he agenciado un biquini. Lo sacó la tía Midge de una de sus cajas; es un biquini que se hizo ella misma en lo que ella llama su «apogeo». Es de macramé, de un cordón grueso de color crema, y está forrado de tela color carne para mantener el pudor de la portadora sin que parezca ni una pizca pudorosa ante los ojos del observador. También tiene abalorios marrón rojizo colgando de los cordones que anudan la parte de abajo, cosidos en forma de triángulo en cada mitad de la parte de arriba. Cuando la tía Midge lo sacó del papel fino donde lo tenía envuelto, me pareció enorme, y creí que era imposible que me valiera, pero por lo visto mi trasero se ha expandido en este último mes de campamento para gordos a la inversa.

Lo anudo y me miro; me asombra y me emociona ver que tengo pechos de verdad. No son enormes, pero diría que al menos son una copa B. Ahora que tengo un poco de grasa, parezco más normal y saludable. Seguramente soy la única mujer de Estados Unidos que se siente así, pero ¿y qué? Tengo hambre, o sea que a la mierda, *Vogue*.

Vestida solo con el biquini, voy a buscar algo para picar que llevarme al patio y me sorprende encontrar a otra persona ya con la cabeza metida en el frigorífico, aprovechando el frío mientras cambia de sitio contenedores de pollo y quien sabe qué cosas más.

—¿Tía Midge? —pregunto, porque reconocería ese pandero expandido en cualquier parte—. ¿Por qué no estás en el refugio?

Cierra el frigorífico y se vuelve rápidamente.

—Es sábado. No tengo turno el sábado —dice, cosa que sabía perfectamente. Pero no tenía ni idea del día que era hasta ese momento—. Necesitas un empleo urgentemente si no eres capaz de saber qué día de la semana es.

Puede que tenga algo de razón.

—Pero he visto a Janey marchándose en coche a la hora de siempre —digo—. ¿Ha ido solo a comprar comida?

La tía Midge me mira a los ojos.

—¿A comprar? O puede que fuera a Little Pond a ver a alguien, ¿tú qué crees?

—¿Un sábado? Esto es más grave de lo que creía —digo.

La tía Midge gruñe.

—¿De qué me sirves si no estás pendiente de ella? —pregunta.

—¡Ostras! No soy su madre —digo bruscamente, a pesar de que sus palabras solo confirman mis temores. Si no me necesita para sacar a Janey de su cascarón, ¿para qué sirvo exactamente? —En fin —explico, tanto para mí misma como para ella—, todas mis técnicas de interrogatorio habituales han fracasado. No sé qué más hacer aparte de torturarla con ahogamiento simulado.

La tía Midge se ablanda y sonríe

—Es una chica dura, ¿eh? —reconoce—. Bonito biquini, señorita Bardot. Salgamos a ponernos morenas y llevemos algo de comer.

Encuentro unas lonchas de jamón y queso Muenster ocultos en el frigorífico y corto unas porciones finas de mi última creación, pan de aceitunas y romero, y sigo a la tía Midge a las tumbonas. Intenta arrastrar una más cerca del borde del acantilado, yo dejo la bandeja en la mesita que hay entre las dos y coloco su tumbona y luego la mía. Hoy la vista es increíble, el sol está alto en el cielo y el mar parece una mina de diamantes.

—Ha canturreado mucho —dice la tía Midge cuando está cómodamente sentada—. Creo que el canturreo es una señal.

—Evidentemente —digo—. Está loca por él. Que es lo que me preocupa.

—¿Por qué habría de preocuparte?

Bueno, no porque me preocupe que ya no me necesite. Eso no.

—Es tan vulnerable —digo—. Y apenas lo conoce.

—Eso seguro —dice la tía Midge, con un entusiasmo un poco exagerado.

—¿Qué quieres decir con esto? —pregunto.

—Oh, nada —dice, mintiendo claramente—. Pero no creo que debas preocuparte. Parece un buen hombre.

—Bueno, todos parecen buenos a distancia —digo.

—Mmm... ¿Eso incluye a J. J.?

—Por supuesto que sí. Parece simpático y listo y divertido y todo, pero con un hombre nunca puedes estar segura hasta que ha pasado el tiempo y lo conoces bien. —Y lo has visto borracho, añado para mis adentros, pensando en Geoff por primera vez en todo este tiempo.

La tía Midge se encoge de hombros.

—Con Albert lo supe enseguida.

Albert era su marido, el que tuvo durante treinta y tantos años y luego le dio un patatús cuando no había ni cumplido los sesenta.

—¿Cómo? —pregunto.

—¿No te lo he contado nunca?

Niego con la cabeza, tan sorprendida como ella. En los trayectos de ida y vuelta al refugio hemos abarcado mucho en la historia vital de la tía Midge. Y aunque sepa que quería a su marido, muchas de sus anécdotas han sido sobre «los otros hombres que he conocido y amado». Supongo que no hemos llegado a retroceder tanto.

Se acomoda más en su tumbona y respira hondo antes de lanzarse.

—Mi mejor amiga entonces, una mujer horrible que se llamaba Roberta, y yo fuimos a ver *Casablanca*. Roberta estaba loca por Humphrey Bogart, pero yo no lo había visto nunca. La foto de *El halcón maltés* parecía la de una película muy masculina. Bueno, créeme, desde entonces la he visto cuarenta veces. Nuestro Señor que estás en los cielos, he sido una buena mujer. Cuando muera, solo quiero a Humphrey Bogart y Matt Damon dándome uvas, todo el santo día. No, uvas, no. Bombones. Los que parecen pezones, con sirope de arce dentro...

—Céntrate, tía Midge —le recuerdo.

—¿Que me centre en qué? Ah, sí. Pues esa noche, cuando Bogart salió en la pantalla, lo miré y me enamoré. Oh, aquel sombrero. ¿Quién más podía llevar algo tan poco favorecedor como un viejo sombrero de ala y una gabardina y estar tan irresistible que te haga pensar que se te saldrán los ojos?

Asiento, aunque no tengo ni idea de qué habla. Nota mental: buscar *Casablanca* en Wikipedia.

—Cuando terminó la película, nos levantamos y estábamos a punto de irnos, pero era un programa doble, y la película de después... ¿qué película era?, no me acuerdo... Bueno, hubo un intermedio, eso sí; el cine todavía tenía un organista que tocaba en los intermedios un par de piezas, como cuando yo era pequeña. Pero aquella vez las luces se encendieron y no había pianista. Silencio total. Bueno, algunas personas probablemente se preguntaron dónde estaba, pero la mayoría ni nos dimos cuenta de que no estaba —era un remanente tonto de la época de las películas mudas— hasta que la puerta del cine se abrió de golpe y un hombre con un sombrero marrón y una gabardina —la voz de la tía Midge se vuelve apremiante— exactamente el sombrero y la gabardina que llevaba Humphrey Bogart en *Casablanca,* bajó por el pasillo, corriendo de esa forma un poco patosa que provocan las rampas demasiado empinadas, pasando de largo todas las hileras de asientos en dirección al piano. Y se sentó en la butaca chorreando, sin quitarse la gabardina, solo la apartó hacia atrás y se puso a tocar. Oh, ojalá recordara lo que tocó aquella noche. Cometió muchos errores, aturullado y empapado como estaba. Pero a mí me sonó de maravilla. De maravilla. Tocó unos diez minutos y entonces sonó la música de la siguiente película y se apagaron las luces. Se levantó, se estiró un poco y subió por el pasillo para marcharse. Ni siquiera le vi la cara cuando pasó por mi lado. Me levanté y le dije a Roberta que tenía que ir al servicio y entonces seguí a esa gabardina fuera del cine bajo la lluvia y nos enamoramos el uno del otro en cuanto le toqué el hombro y dije: «Disculpe». Nada del otro mundo, solo «disculpe», y ya no hubo nada que hacer.

Estoy cautivada.

—¿Y luego qué?

195

—Fuimos a casa de su madre a comer tarta —sigue la tía Midge, como si fuera la respuesta más normal—.Y recuerdo que me pasé la noche intentando que volviera a ponerse el sombrero.

—¿Y luego qué? —pregunto, esperando que al menos estemos llegando al primer beso.

—¿A qué te refieres con «y luego qué»? Luego nos casamos. ¿No estabas escuchando?

Me hundo en la tumbona y suspiro.

—Da igual. —Pero estoy encantada.

Compartimos un momento de silencio cómplice. Intento imaginarme cómo le quedaría un sombrero de ala a J. J.

—El amor no siempre se presenta así, ¿sabes?

—Lo sé —digo.

—Por ejemplo, a veces se presenta cuando una jovencita se ha quitado las bragas a diestro y siniestro con cualquiera que le hiciera caso, y entonces conoce a un chico interesante, pero ella está metida en un lío tan grande que no puede contarle la verdad por miedo a alejarlo.

—¡No me digas!

—Pues sí, pasa muy a menudo.

—Así sin más, ¿eh?

—Así sin más.

—¿Y en cuántas de esas situaciones el chico en cuestión resulta ser un jardinero *sexy?*

La tía Midge aprieta los labios como si estuviera absorta en sus pensamientos.

—Yo diría que una tercera parte de las veces —dice, sonriendo—. Podrías intentar decirle la verdad.

—Quizá más adelante —digo.

—Ensaya conmigo —dice, demasiado rápido para que no crea que está manipulando esta conversación desde hace rato—. Cuéntame qué te pasó realmente antes de venir.

—No pasó nada —digo—. Participé en el concurso y por eso vi el programa el día que anunciaban al ganador, y de verdad creía que había ganado, así que vine y entré en la casa forzando una cerradura. Me inventé esa tontería de que había matado a alguien para que dejarais que me quedara.

—¿También te arrancaste los cabellos tú misma para convencernos? ¿Y te cortaste los nudillos?

Cuando lo dice me miro las cicatrices que tengo en la mano de cuando rompí la taza de café en la cabeza de Geoff. Ahora parecen muy antiguas, aunque solo haya pasado un mes. Las que tengo en la palma de la mano son más largas y tienen una blancura lechosa, y sin pensar sigo una con el dedo índice, como si leyera en ellas mi porvenir. Mi dedo se detiene en una quemadura pálida de cigarrillo: un recuerdo del novio anterior a Geoff.

La tía Midge me pilla y suspira ruidosamente.

—Un poco de sinceridad no te mataría, ¿está claro? Tampoco tienes por qué acostumbrarte.

La miro con mi mejor expresión despreocupada de Nean Espíritu Libre.

—No hay nada más que decir —digo, y levanto de la tumbona el trasero que apenas me tapa el biquini y entro en la casa.

Horas más tarde, todavía estoy pensando en las preguntas de la tía Midge: «¿Te arrancaste los cabellos tú misma? ¿Te cortaste los nudillos?». Pero estoy decidida a no dejar que ningún rastro de desasosiego contamine el tiempo que paso con J. J. Janey no ha vuelto todavía y voy a hurgar en su cajón de ropa interior con la esperanza de encontrar un sujetador de encaje para tapar mis tetas en flor. Al fin y al cabo, teóricamente no es una «cita», pero una chica merece sentirse *sexy* de vez en cuando, ¿no? Por lo visto, Janey no comparte mi filosofía. Lo único que encuentro son bragas de algodón perfectamente dobladas y la clase de sujetadores que se venden a pares. No quiero un sujetador para dieciocho horas. Quiero un sujetador de treinta minutos. Es normal que la chica para quien todo es tabú no posea nada que sea realmente tabú.

197

Acabo poniéndome el mismo de siempre, y encima un bonito vestido amarillo que he encontrado en otra caja a medio deshacer. Tiene tirantes regulables y un elástico debajo del busto, o sea que lo ato lo más bajo que puedo y espero parecer más una conejita que una pionera.

La tía Midge me ve antes de salir y asiente encantada.

—¡Qué vestido tan bonito! —grita, mientras bajo saltando los escalones del porche hacia la carretera.

—¡Gracias! —grito—. Es tuyo.

La oigo reír hasta que doblo la curva de árboles al final de la entrada. J. J. y yo hemos quedado en el embarcadero que está a medio camino, pero no he dado ni dos pasos cuando veo su furgoneta acercándose por la carretera. Toca la bocina y me sobresalta.

—¿Te llevo? —pregunta y tengo la tentación de decir que no solo para ver qué dice. Pero subo a la cabina y empiezo a bajar la ventanilla antes de saludar.

—Estás guapa —dice J. J., y utiliza esa maldita voz neutral que siempre intento usar con él—. Solo somos amigos y un amigo puede hacer un cumplido sin que signifique nada más.

Me vuelve loca que me diga esto ahora, cuando me he puesto estupenda a propósito.

—Tú también —digo, sin mirarlo—. ¿Adónde vamos?

—Es una sorpresa —responde.

Frunzo el ceño. Me mira a mí y a la carretera, y cuando me vuelve a mirar yo sigo con el ceño fruncido.

—Es un restaurante de marisco —dice—. Al borde del mar.

—¡Ooh! —digo con mi mejor voz de dama de clase alta—. ¿Es Chez Finolis? Me muero de ganas de ir desde que leí la crítica en el *Globe*.

J. J. se ríe y me dice que sí, que vamos a Chez Finolis, y que conseguir mesa es una locura.

—Tú te has arreglado, ¿no? —digo, fijándome por primera vez que no solo lleva una camisa y unos pantalones de algodón, sino también una corbata de rayas rojas y doradas.

—Sí.

—Bonita corbata.

—Gracias —dice—. Me la ha dejado mi padre.

Esto hace que vuelva la cabeza sobresaltada.

—¿Tu padre vive con vosotros? —Hasta ahora solo ha mencionado a su madre en la conversación. Había dado por descontado que, como yo y la mayoría de las personas con las que he pasado un tiempo, no tenía padre.

—Pues claro —dice, y se ríe—. ¿Qué te creías?

Me ruborizo, y no de una forma coqueta. Me da mucha vergüenza.

—Perdona, no lo sabía. Me había imaginado... —No sé cómo terminar la frase, así que la dejo a medias. Supongo que me había imaginado que por ser jardinero y pueblerino, sería como yo en la mayoría de las cosas. Espero no haberle ofendido.

Pero no parece darse cuenta del motivo de mi error, y se queda tan feliz.

—Mis padres están casados desde el principio de los tiempos —añade amablemente—. Soy el pequeño.

—Vaya —digo, incapaz de pensar en algo más inteligente. Empiezo a darme cuenta de que quizá nuestras vidas domésticas han sido más que un poquito diferentes. De entrada, por el hecho en sí de tener un hogar.

—Deduzco que tus padres ya no están casados —dice.

Bueno, esto es un eufemismo donde los haya.

—No —digo, y decido no aclarar el malentendido de que no estuvieron nunca casados. Me gusta pensar que yo solita me he labrado mi actitud barriobajera, pero mi madre muestra los mismos atributos de falta periódica de alojamiento y mal gusto con los hombres. Por suerte, no compartimos el amor a consumir cristal.

J. J. parece notar que esta última línea de conversación me ha angustiado. Se apiada de mí y cambia de tema.

—¿Y qué? ¿Has probado alguna vez la langosta hervida?

—Nunca he probado la langosta.

J. J. aprieta los frenos y los neumáticos chirrían debajo de nosotros.

—Por favor, dime que estás bromeando.

—Los hay que pensamos que las latas de atún son suficiente, millonetis.

—En eso te equivocas. —Sacude la cabeza disgustado—. Esto lo explica todo.

—¿Qué explica exactamente?

—Todo. Por qué estás tan delgada, para empezar. Y por qué pareces tan poco convencida de quedarte en Maine.

—¿Parezco poco convencida de quedarme en Maine?

—¡Sí! No podrías estar menos comprometida si lo intentaras. Siempre pienso que un día llegaré y te habrás vuelto a Iowa.

No le digo que esta idea me da miedo. O que ese escenario es muy probable que sea real tarde o temprano.

—Supongo... —mentalmente empiezo a bailar claqué—, que he estado esperando a ver cómo me iba por aquí. Pero Maine me gusta.

—Di que te encanta —dice J. J. poniendo el coche otra vez en marcha.

—Yo no iría tan lejos.

—DILO.

—Bueno, me encanta. Me encanta el mar y este acento tan tonto, y el olor a abedul por la mañana. ¿Contento?

J. J. pone el coche a la velocidad normal y asiente feliz.

—Sí, señora, contento. Sabía que acabarías entendiéndolo. Y si ahora crees que te encanta, espera a probar la langosta hervida.

Paramos en una amplia entrada y subimos a un gran edificio rodeado de bosque por todos lados. El letrero dice DARCY'S EN EL MAR en una letra florida. Cuando entramos, veo un comedor enorme y elegante lleno de mesas de roble oscuro y borgoña. Suena música clásica de fondo. Doy gracias por llevar mis chancletas buenas. El lugar se parece a aquella escena de *La asesina* en la que Bridget Fonda empieza su nueva vida como sicaria. A ver si me piden que me cargue a alguien durante los postres.

—Una reserva para dos —dice J. J. muy tranquilo y relajado a pesar de la majestuosidad del local. Ha estado antes aquí, eso seguro. Noto con alivio la ligera vacilación en su voz cuando añade—: Pedí una mesa fuera.

Nos acompañan a una puerta pequeña de cristal en el fondo del restaurante, y al otro lado hay un porche grande de madera lleno de mesas y comensales. Ahí fuera, el ambiente es informal y algunas personas realmente llevan baberos. Pero incluso con vaqueros y baberos desprenden un halo de riqueza, como si comieran langosta a diario y no le dieran ninguna importancia. Veo grandes diamantes centelleando y bolsos salidos de *Sexo en Nueva York* colgados de los respaldos de las sillas.

—¿Te gusta? —pregunta J. J. mientras me empuja la silla y luego va a sentarse al otro lado de la mesita redonda.

Miro hacia el océano oscuro y al firmamento inmenso frente a nosotros —prácticamente la misma vista que vería en casa— e intento olvidar el elegante mantel blanco y el despliegue de copas de vino y velas y vajilla de encima. Es como si comieras bocadillos de jamón en el patio con la tía Midge, me digo, y asiento.

—Me gusta.

Voy a abrir la carta encuadernada en piel, pero J. J. me interrumpe.

—Pide lo que quieras, pero te recomiendo la langosta hervida. Solo la hacen en verano y solo si cenas fuera. Es demasiado jaleo para el comedor.

De acuerdo entonces. Cierro la carta y le digo que tomaré langosta hervida. Pero antes he echado un vistazo a los precios de los entrantes. Jesús, María y José.

Pide una botella de vino (no quiero ni saber cuánto puede costar) y la langosta hervida para dos, y entonces me levanto y voy al servicio, intentando que no se me note el pánico. Él me ha invitado a este sitio, por tanto, le toca pagar, ¿no? En este momento tengo diecisiete dólares cincuenta a mi nombre y estaba bastante satisfecha hasta que he descubierto que los ahorros de mi vida no llegan ni para pedir un cóctel de gambas en este restaurante. Hasta el servicio es lujoso. Hay tampones sobre la encimera del lavabo para quien los necesite,

201

de los buenos, encima con aplicadores de efecto satén. Me gustaría llevarme un puñado, pero si en este sitio tienen sistema de seguridad verán lo zafia que soy.

Un momento. ¿Qué más da si me ven? Los guardias de seguridad no irán a la mesa a decirle a J.J. que me he llevado un montón de tampones. Envalentonada, me meto unos veinte en el bolso y después un frasco de crema de manos y dos puñados de caramelos de menta, por si las moscas. Me lavo y vuelvo a la mesa, recordándome que tengo todo el derecho de estar aquí, y que J.J. no elegiría un sitio donde no se sintiera cómodo. Y si él está cómodo, yo también debería estar cómoda. Solo es J.J.

Animada, me siento y empiezo a relajarme y a pasarlo bien. Esta noche J.J. está muy gracioso, y se levanta cuando llego a la mesa y me empuja la silla. Me pregunto si ha estado viendo aquella escena de la cena en *Pretty Woman* varias veces seguidas, como hacía yo cuando era pequeña y todavía creía que saber qué tenedor usar para los caracoles me llevaría donde quisiera en la vida. Le pregunto si es así cómo ha aprendido modales y se ríe y me dice que espera hacerlo tan bien como Richard Gere en una cita con una mujer bonita.

—Bueno —digo—, era una prostituta.

—Hablaba de ti, tonta —dice J.J. y me ruborizo de un rosa brillante.

Esto es una cita, ¿no? Porque vaya sitio, con las flores en la mesa y la vista. Tendría que ser idiota para no darme cuenta de que esto es una cita.

Pero cuando estoy pensándolo llega el camarero a nuestra mesa con un par de baberos gruesos de plástico. Me anuda el primero al cuello y le da el otro a J.J. para que se lo ponga él mismo y, cuando termina, veo que tiene una foto gigante de dos langostas bailarinas felices en el pecho. De repente ya no es una cita. Me suelto un poco.

—Me queda muy bien, creo. —Tiro de los bordes del babero hacia abajo, para que la langosta se vea mejor.

—Sí, te queda muy bien —contesta J.J.—. De hecho, me gustaría verte solo con el babero.

Levanto la cabeza y lo miro atónita. No me cuesta mucho, porque estoy realmente perpleja de que haya dicho eso.

—¡J. J.! —digo, con el ceño fruncido, preguntándome si tengo que reñirle o si todavía estamos en el territorio inocente del flirteo—. ¿Estás siendo descarado conmigo? —Lo digo con toda la gazmoñería ansiosa de una bibliotecaria severa y aprieto los labios para rematarlo. No te pases, me digo.

—Puede que sí. Toma un poco de vino. —Empuja la copa por la base hacia mí. Ni me había dado cuenta de que nos habían servido. Todo el tiempo el vino ha estado ahí, amarillo y brillante, en su copa de cristal y yo he estado demasiado ocupada con J. J. para enterarme. Le pego un buen trago para reconciliarme con él. Más fortalecida, me lanzo a explicar la historia que la tía Midge me contó ayer sobre cómo conoció a su marido; al fin y al cabo, creo que las personas mayores enamoradas deberían ser una buena distracción para la tensión sexual que intento ignorar con todas mis fuerzas. Le explico que no he visto nunca *Casablanca* —él tampoco—, pero que sale un tipo con un sombrero de ala de color marrón, y que ese sombrero ha sido muy importante en la vida de la tía Midge.

—¿Y si hubiese sido un fez? —pregunta J. J.—. Al fin y al cabo, *Casablanca* está en Marruecos, ¿no? ¿Te imaginas lo diferente que habría sido el marido de la tía Midge? Se habría casado con un masón.

Me río.

Perdemos un montón de tiempo explorando los diferentes destinos relacionados con sombreros que podría haber tenido la tía Midge. J. J. está elaborando una teoría sobre lo elegante que habría sido Rick el personaje de *Casablanca* de haber llevado un sombrero de copa (si la tía Midge se hubiera casado con el tío Gilito, ¿sus hijos se considerarían primos?) cuando llega la comida: dos grandes bandejas, cada una con papel de cera debajo de una langosta entera, algunas almejas, media mazorca, y unas patatitas, sin más, nadando entre el marisco como bolas harinosas de una máquina del millón. En el centro de la mesa el camarero deja un hornillo con una vela encendida debajo. J. J. me dice que está lleno de mantequilla.

Alucinante.

Me pongo manos a la obra con entusiasmo. J. J. me enseña a atacar la langosta, y hago lo que puedo para extraer hasta el último pedacito de carne brillante, saboreando su cremosa dulzura y, no nos engañemos, el sistema de suministro de mantequilla que lo acompaña. No se ríe demasiado cuando abro la cola con excesivo vigor y pongo la mesa perdida de langosta verde. Es muy educado limpiándome un poco de los cabellos. Y se come todas mis almejas cuando, después de tragarme una, reconozco que esa textura..., sudorosa, es más de lo que puedo asumir.

Luego, cuando ya no hay comida y la reserva de mantequilla ha disminuido hasta casi la extinción, J. J. se queda muy callado. Me preparo, sabiendo que está a punto de llegar la declaración de amor y no puedo hacer nada por impedirlo. Mi cabeza se llena de excusas para justificar que no podemos estar juntos. Preparo mi cara para expresar sorpresa y halago, a la vez que desánimo. Se aclara la garganta y entonces habla.

—Dices que Janey es tu prima, ¿no?

Vaya, esto no es lo que esperaba.

—¿Qué quieres decir con eso? —Puede que sea por el vino o porque estoy un poco decepcionada con el giro de la conversación. Sea como fuere, me pongo inmediatamente a la defensiva.

—El día que nos conocimos me dijiste que Janey era tu prima. ¿Entonces la tía Midge no tendría que ser también tu tía? Pero cuando nos conocimos, aquella mañana que fui a recortar los setos, dijiste que era la tía de Janey.

Callo porque sé que hay muchas excusas para esto.

—Es de un lado diferente de la familia de Janey —digo, y después lleno mi copa de vino, terminando la botella.

—¿Qué lado exactamente? ¿El paterno?

Doy un buen trago. Ahora el vino me sabe demasiado seco, y tengo la boca como si hubiera lamido un árbol. Intento recordar el último mes de conversaciones. ¿Le ha dicho alguien que Janey no conoció a su padre, o es algo que solo sé yo? ¿Sabe que la tía Midge solo tenía una hermana?

—¿Por qué quieres saberlo? —pregunto por fin. Me gustaría tener una de esas bombas de humo que los ninjas siempre utilizan para escapar de situaciones peligrosas.

J. J. no se amilana.

—Es que me parece que si formaras parte de la familia, como tal, habrías oído la historia de la tía Midge sobre cómo conoció a su marido antes de esta tarde. A mí me la ha contado dos veces.

Trago saliva.

—¿Ah, sí?

J. J. se echa hacia atrás y se quita el babero.

—Sé que crees que te he traído aquí para ligar contigo, pero no podrías estar más equivocada.

Oh..., cómo duele.

Sigue, ignorando mi mueca.

—Lo que busco realmente es una historia verdadera. Una que resista cierto escrutinio. Me fastidia que después de vernos todos los días del último mes, aún no confíes en mí para decirme, por ejemplo, tu nombre completo.

Miro la bandeja donde están los restos de mi maltratada y destrozada langosta. Ahora da asco, se me revuelve el estómago y por un momento creo que voy a vomitar. ¿Es así como se siente Janey cuando habla con desconocidos? ¿Como si estuviera totalmente acorralada, sin poder huir y esconderse? Si es así, no me extraña que se quede sola todo el día en la cocina. La reclusión absoluta es preferible a esto.

Intento pensar algo divertido que decir, una respuesta sarcástica o una forma de desviar esta conversación hacia él. Pero mi yo ingenioso me ha abandonado. No puedo pensar en nada más que en la batería de mentiras que he dejado a mi paso. Intento seguir un hilo hacia atrás hasta un lugar donde recupere cierto parecido con la verdad, pero simplemente se enlaza con otra mentira, y después otra. Sigo desenredando y desenredando hacia atrás, buscando una verdad consistente que pueda decir a J. J., algo verdadero para que vuelva a creer en mí y pueda olvidarme de esta tontería y volver a la parte divertida, a hablar de sombreros y flirteos inocentes y abrir patas de langosta y extraer largas tiras de carne deliciosa. Desafío a la langosta que tengo delante a recomponerse.

Al final es poco lo que tengo que decir.

—Me llamo Janine Diana Brown, y es verdad que vivía en Iowa.

J. J. suelta aire con fuerza. ¿Sabe que digo la verdad?

—De acuerdo —dice, echándose hacia delante en la silla como un periodista de televisión con un entrevistado reticente—. Janine Brown de Iowa. Es un comienzo. —Parece comprensivo y dispuesto a escuchar; demasiado incluso, como si esperara que contara una historia de mi vida penosa y de algún modo le apeteciera oírla—. Sigue.

—Es todo, ¿entendido? —Tiro la servilleta sobre el cuerpo retorcido de la langosta. Tengo que salir de aquí ahora. Ahora, antes de que haga una escena. Antes de que se enfade conmigo y se marche primero, y me deje con la cuenta—. Lo siento, pero no me apetece confesarme ahora mismo. —Me levanto y se cae el bolso de la silla al suelo haciendo mucho ruido.

Se sale lo que llevo en el bolso. Primero unos billetes cogidos con un clip, el cambio que he ido sisando de los recados que me manda la tía Midge. Luego, junto con los desechos de mi vida —tabaco, cerillas, pintalabios de baratillo y dos pilas AA— caen lo que parecen cientos de tampones y caramelos de menta, y se esparcen por todo el porche, cubriendo de papel rosa y celofán azul el espacio disponible entre nuestra mesa y la barandilla. Se hace el silencio cuando todos giran la cabeza hacia mí y después hacia el surtido de cosas que, sin duda, saben que he robado. Por fin el gran frasco de crema de manos —una marca cualquiera, ahora me doy cuenta avergonzada, algo que podía haberle pedido a Janey que me comprara de haberlo querido— sale rodando y se dirige a la barandilla entre dos mesas de comensales estupefactos. Rueda por debajo de la barandilla y cae a la rocas de abajo silenciosamente. Me entran unas ganas inmensas de rodar hacia fuera de la misma manera.

—A la mierda —digo, sin aliento, pero es como si lo gritara. Sé que todas las personas que están en el porche me miran, han visto los inconfundibles movimientos de mis labios formando las palabras aunque no las hayan oído. Me agacho y recojo el dinero, el precio de un cóctel de gambas, y lo lanzo a la mesa frente a J. J. Después me voy caminando hacia las colinas.

El trayecto caminando a casa es más fácil de lo que imaginaba. La bahía se cierra en sí misma, de modo que manteniendo la luna llena sobre mi hombro derecho —recuerdo donde estaba anoche vista desde el jardín— sigo el rumbo al mismo tiempo que me mantengo lo bastante alejada de la carretera pera evitar que J. J. me atropelle como a un perro, que es lo que soy. Como castigo por mi horrible comportamiento, intento imaginar la cuenta del restaurante. Todos se habrán puesto a susurrar en cuanto he salido del porche, y después el camarero se habrá acercado a la mesa discretamente para asegurarse de que J. J. no imita mi huida y habrá dejado una de esas carteras de vinilo frente a él con una tosecilla educada. ¿Le habrán cobrado también todas las porquerías que he robado? No los culparía por hacerlo. La vergüenza por haber dejado a J. J. con una cuenta tan grande me pesa en el pecho como un niño gordo de cinco años.

Pero ya no lo puedo remediar. Y francamente no debería haberme acorralado de esa manera. Me ha engañado, me ha hecho creer que le gustaba, cuando lo único que quería era descubrir cosas de mí. Como un puzle que compras en un mercadillo y después te enfadas cuando te das cuenta de la cantidad de piezas que le faltan. No soy un puzle comprado en la calle, me digo, y hasta que no sustituyo la vergüenza por indignación virtuosa no soy capaz de seguir caminando, en lugar de echarme en medio de la carretera.

Cuando por fin llego a la casa, su furgoneta está allí, así que sigo caminando. Recuerdo muy bien el camino a la granja, incluso a oscuras. Camino por la carretera y pienso en lo que le estará contando a Janey y a la tía Midge. Ahora sí que me han pillado. Es imposible que la perfecta Janey Brown lo deje pasar. Al principio se pondrá furiosa y le dirá a la tía Midge que es la gota que colma el vaso y que tengo que irme. Después, una vez decidido, los tres descorcharán una botella de vino y se reirán de lo loca que estoy y regarán la tarta que he hecho esta mañana con salsa de fresa y se la zamparán. Espero que les siente como un tiro.

En el desvío de la granja empiezo a caminar con más cuidado. Todavía no conozco a los propietarios, a pesar de que me he colado aquí más de una vez en días de mercado para ver a *Nana* y *Boo Boo*. No hay ninguna luz encendida en toda la casa excepto el parpadeo delator del televisor en el lado derecho. Parece ser que es noche de cine. Estarán distraídos y no notarán unos pasos de llama.

Con los brazos llenos de cebollas voy a la casa de las llamas y susurro para engatusarlas. *Boo Boo* es la que sale primero y viene directamente hacia mí, soltando una especie de balido que me paraliza por un instante. La televisión sigue parpadeando y me relajo y le doy la recompensa que busca. Deja que la acaricie y suspiro profundamente con el tacto de su pelaje. Sí que es como tocar las nubes. Pero más cálido, y con algo más que un olor ambiental. En voz baja empiezo a contarle lo que ha pasado esta noche. Con *Boo Boo* me resulta fácil ceñirme a los hechos. Le explico que lo peor de todo ha sido darme cuenta de que J. J. no está tan locamente enamorado de mí como me había convencido a mí misma de que estaba. De hecho, lo más probable es que ya no le guste. *Boo Boo* baja la cabeza mientras se lo cuento.

No sé cuánto rato llevo conversando con *Boo Boo* cuando oigo pasos sobre la grava. Mi mirada va rápidamente a la izquierda y después se me encoge el estómago. Es J. J., por supuesto. ¿Quién iba a ser, si no? Parece muy enfadado, y no me extraña. Apoyo la cabeza un momento en el largo y grueso cuello de *Boo Boo* y suspiro. ¿Por qué no puede haber más llamas voladoras en este mundo cruel? Escapar de Maine en una llama voladora sería de lo más agradable ahora mismo.

—No tienes derecho a estar aquí —dice J. J., en un susurro apremiante.

—Y tú eres un imbécil —digo, en el mismo tono de voz. Se encoge de hombros, maldito sea.

—¿Cómo está *Nana*?

—Es *Boo Boo*.

Calla y lo miro más de cerca.

—Pues sí. Hoy no nos aclaramos mucho con cuestiones de identidad, ¿no? —Oigo en su voz que sonríe, pero no impide que tenga ganas de pegarle un puñetazo en la entrepierna.

—Lo siento —dice, después de un largo silencio que he ocupado considerando la posibilidad de esconder un cadáver en un cobertizo de llamas.

—¿Por qué? —pregunto. Es una pregunta apropiada: aparte de ser un imbécil, no ha hecho nada mal, solo ser testigo de mi humillación.

—¿Por invitarte a langosta y pedirte que fueras sincera conmigo? —intenta, dejando claro que sabe que no debería tener que disculparse por esto, pero se disculpa de todos modos.

—Estás perdonado —digo en plan santurrón. Muevo la mano en un rápido círculo sacerdotal como diciendo que puede ir con Dios. En vista de que no se va, añado—: ¿Qué les has dicho a Janey y a la tía Midge?

—Les he dicho que habíamos cenado muy a gusto y que te había dejado en la carretera para que pudieras ver las estrellas sin la contaminación lumínica de la casa.

—Vaya —digo. Esta mentira maestra me impresiona lo bastante para ablandarme un montón—. ¿Se lo han creído?

—Janey se lo creería todo. —Es cierto—. Pero la tía Midge ha puesto esa cara que pone ella. Me ha dicho que hoy estabas, y cito, «inaguantable».

Pongo cara de exasperación, esperando que no esté demasiado oscuro para que J. J. lo vea.

J. J. me agarra cariñosamente del brazo y me asombra ver que estamos tan cerca.

—Mira, Nean, no debería haberte presionado así y lo siento, de verdad. No tienes que contarme nada que no quieras. Pero no me mientas más, ¿de acuerdo?

Trago con dificultad.

—Janey no es mi prima. Lo único que tenemos en común es el nombre.

—Lo sé.

—Las conocí poco antes de conocerte a ti. Ella y la tía Midge me dejan vivir en la casa porque son buenas personas. No las conozco de nada.

—Ya.

—Pueden echarme cuando les apetezca. Si lo hacen me quedaré sola.

—Ajá —dice, con naturalidad.

Intento recordar las trolas que le he dicho desde que nos conocemos.

—Nunca fui modelo de manos. No tengo hermanos. Mi madre no tiene pies de pato.

J. J. me mira a los ojos, una sonrisa le baila en los ojos.

—Bueno, eso es un alivio. ¿Algo más?

Me devano los sesos, porque sé que es imposible que eso sea todo.

—Y no he estado nunca en Syracuse.

—Suerte para ti.

—He mentido mucho a todo el mundo. No solo a ti —digo—. También a Janey y a la tía Midge.

—Puedes arreglarlo. Si dejas de mentir ahora.

Parece poco pedir.

—¿Alguna vez no has sido sincero conmigo? —pregunto.

—Claro —dice, pero no da más explicaciones. Después añade—: Diría que ahora estamos en paz. —Me guiña un ojo—. Vamos, tenemos que irnos antes de que los Parkberry terminen de ver la película. —Me da la mano y el efecto es exactamente como quitarse unas botas pesadas y unos calcetines mojados y acercar los pies al radiador y recuperar la capacidad de sentirlos mientras mueves los dedos. Mi corazón mueve sus dedos.

Volvemos a la carretera, pero en lugar de pasar por la casa, doblamos a la derecha y caminamos hacia la oscuridad. Sé que no hay más casas después de esta. La entrada de la granja es la última antes de que la carretera dé la vuelta y regrese a la bahía por el otro lado. Caminamos hasta el final y entonces J. J. me guía por un sendero en el bosque, un camino que no había visto nunca de día y ahora se ve perfectamente. Tira de mí dentro del bosque hasta un terraplén en pendiente, después llegamos a un pinar que ha dejado un manto suave de borrajo en el suelo, aplastado capa sobre capa.

—Resbala —dice, y me aprieta más fuerte la mano.

Dejo de caminar.

—Y es blando —digo, y él se gira y me mira a los ojos.

No puedo evitarlo, algo instintivo dentro de mí hace que me muerda el labio. Es insignificante, pero ahora es suficiente, con la luz de la luna y las olas que rompen. J. J. pone la mano debajo de un tirante de mi vestido amarillo y lo desabrocha y después el otro. Sus manos están calientes y dejan rastro sobre mi piel. El vestido cae al suelo y después la corbata de rayas de J. J cae al lado. El algodón suave de su camisa se convierte en una sábana sobre el suelo del bosque, con solo sitio suficiente para nuestros cuerpos estrechamente abrazados. Y no nos decimos nada más, ni verdadero ni falso, durante un buen rato.

JANEY

«Reprímete un poco, pero no demasiado.»

—JASPER WHITE
Cooking from New England

Una chica de dieciséis años se ha apoderado de mi cerebro. Y no tengo la capacidad de retener un solo pensamiento en la cabeza sin desviarlo de algún modo hacia Noah. Me levanto por la mañana, me pongo algo y pienso: ¿le gustaría a Noah? Si la respuesta es no, me cambio. Mientras tomo café, me pongo a elucubrar sobre qué estará desayunando Noah. Mientras conduzco hacia Little Pond ensayo mentalmente temas para hablar con Noah. ¿Cómo estás?, pregunto. ¿Cómo va el huerto?

A la hora de comer, que es cuando solemos vernos, ya llevo horas hablando con él, he agotado todos los temas de conversación y le he contado todo lo que he hecho o pensado hacer en la vida. No se me ocurre nada más que decir. A veces me repito, esta vez para un público vivo, pero otras veces ni me tomo la molestia. Por suerte no parece desanimado por mi silencio. Está a gusto en un silencio apacible.

Noah —o más bien, el enamoramiento brutal que siento por Noah— me ha obligado a cenar fuera periódicamente. Mi hermosa cocina está sin utilizar horas y horas durante la semana mientras yo voy a restaurantes y bares de mala muerte. Incluso una vez que a Noah se le habían acabado las ideas, y yo no habría podido comer otro perrito caliente diminuto ni que me fuera la vida, fuimos al McDonald's.

La comida era execrable, que quede claro.

¡Pensar que prefiero comer un bocadillo en cuyo nombre entra la palabra «sabroso» que estar en casa preparando algo que sea realmente sabroso! Pero resulta que no me importa. Estar con Noah es fácil. Más fácil incluso que estar sola. Con gran sorpresa he descubierto que, cuando hablo, me gusta explicarle cosas de mí. Me gusta su reacción cuando le cuento algo. Tiene una forma de asimilar sin juzgar, como si no pudiera contarle nada de mí que no haya oído un millón de veces antes. Es como ir al médico con una erupción vergonzosa y que te diga, primero, que se curará sola en unos días y, segundo, que las ha visto peores. Toda esa angustia se disipa tan de prisa que casi sientes el latigazo que da al marcharse.

En uno de esos brotes de locura confesional le he contado a Noah el alcance real de mi timidez, las urticarias y el tartamudeo y los problemas que tuve en mi último trabajo por eso. Se muestra comprensivo y amable en el momento de la revelación, pero saberlo no impide que siga presentándome a alguien nuevo siempre que puede. Lo llama «terapia de inmersión». Para demostrarlo, está realizando un estudio científico en el que evalúa mi urticaria después de cada nuevo encuentro. Es cierto que disminuye cada semana que pasa. Empiezo a pensar que no tardaré mucho en poder salir a la calle sin jersey. Y estoy muy, pero que muy, contenta.

Pues eso, que me estoy enamorando. Al fin y al cabo me está liberando de la manga larga en verano.

Quedo con Noah esta tarde en el mismo sitio de siempre, el aparcamiento del refugio. Hoy me pregunta si puedo esperar para comer.

—Tenemos que hacer un recado —dice. Sonríe de oreja a oreja.

No es raro que Noah sonría un poco porque sí. La semana pasada se me pinchó una rueda volviendo del almuerzo, y vi que bajaba del coche y ponía la rueda de recambio sin dar ninguna muestra de fastidio, a pesar de que llovía, y volvió a subir al coche chorreando y cubierto de barro de la carretera.

Pero cuando hoy habla de ese recado no veo su centelleo habitual. Es una sonrisa tonta de oreja a oreja que me hace sonreír a mí también, como si ese viaje a la tienda o adonde sea que vayamos fuera en realidad unas vacaciones con todo pagado a Belice.

—¿Adónde vamos? —pregunto—. ¿A un sitio divertido?

—Ah, sí —contesta—. Mucho.

—¿Qué hay en la bolsa? —pregunto, señalando la bolsa de papel que ha dejado entre las piernas.

—Botas y jabón —dice por toda respuesta.

Me lleva calle principal abajo pasando frente a los bares y el banco y después por una lateral residencial. Son casas modestas y no todas se mantienen en buen estado, pero está claro que están habitadas, y salen niños de algunas con triciclos, patinetes y burbujas de jabón. Veo una niña vestida, inexplicablemente, con un vestido largo azul de rayón, con una diadema en la cabeza y alas cosidas a la espalda. Da vueltas en la entrada de su casa con tanto vigor que me mareo un poco mirándola.

—Ahora a la izquierda —dice Noah, y entro en un aparcamiento de un edifico en forma de caja de ladrillo blanco, con un pequeño letrero de plástico que dice CENTRO RECREATIVO LITTLE POND.

—¿Dónde estamos? —pregunto, esperando que no diga en el «Centro Recreativo de Little Pond».

—Janey, ¿sabes lo que es un gusano del tabaco?

Paro el coche y niego con la cabeza.

—Un gusano del tabaco es una oruga muy mala que puede descontrolarse en un abrir y cerrar de ojos. Come tomates y pimientos más deprisa de lo que tardas en decir DDT. Lo creas o no, estamos en el corazón de Ciudad del Gusano del Tabaco —dice, y salta del coche antes de que pueda preguntarle qué significa esto.

Perpleja, lo sigo hasta una puerta lateral donde nos espera una chica joven que parece simpática. Tiene veinte y pocos años, imagino, y parece muy a gusto con un pañuelo a la cabeza y unos vaqueros llenos de barro. Tengo celos de ella al instante, aunque no sé por qué.

214

—Hola, Noah —dice—. Tengo los frascos.

—Y yo el jabón —contesta él—. Y he traído a una ayudante de confianza. Melinda, te presento a Janey. Melinda es profesora en la escuela de verano en el pueblo y este año sus alumnos están preparando su propia salsa orgánica, están aprendiendo sostenibilidad y botánica y toda clase de cosas de provecho. Janey también tiene el título para dar clases, Melinda.

—Entonces, ¿eres profesora? —pregunta, mirándome con sus ojos azules brillantes de cierva.

Me ruborizo y digo que no con la cabeza. Me escuece la piel, pero no sé si es por un principio de urticaria o por la vejación de que Noah me imponga otra persona nueva sin avisar.

—No, eh. Fuiste más lista, entonces —dice con un guiño y, sin esperar que le responda, sigue—. Al principio a los niños no les apetecía trabajar en el huerto. Creo que tenían miedo de que les obligara a plantar coles de Bruselas. Y lo hice. Plantar los ingredientes para la salsa fue idea de Noah. Pimientos, tomates, cilantro, cebollas. Todo perfectamente factible y apto para niños. Al final de la temporada aprenderemos a hacer conservas. Tengo una miniunidad sobre botulismo a punto.

Empiezo a sentir que la que tiene botulismo soy yo. Miro a Noah, intentando comunicarle mi creciente ansiedad con los ojos.

Quizá lo ve.

—Ve a buscar a los niños, Mel, mientras Janey y yo nos preparamos.

En cuanto sale, Noah me mira. Me agarra las dos manos. Se me seca más aun la boca.

—Diez niños de secundaria tan ruidosos que no podrías meter baza ni queriendo —dice—. Melinda, que estará demasiado ocupada con ellos para no percatarse de nada. Y yo, tan aburrido como siempre.

—No hay nada aburrido en ti —digo en voz baja.

—Deberías oírme hablar de tomates tradicionales —contesta. Pero se equivoca, podría escucharle todo el día hablando de tomates—. En fin, solo tenemos que liquidar a unos gusanos del tabaco y después nos podemos ir.

Resulta que los alumnos de Melinda son ruidosos y descarados, pero también graciosos y fáciles de tratar. Los gusanos del tabaco están haciendo agujeros enormes en sus tomateras, y los niños parecen desolados ante la situación y agradecidos cuando Noah les dice que erradicarlos sin productos químicos no es tan difícil como creen. Solo es lento.

Por lo visto, tienes que ir arrancando los enormes bichos verdes a mano, uno por uno, y sumergirlos en tarros de agua jabonosa. Hasta que no quedan gusanos.

Al principio permanezco atrás, observando cómo los niños escuchan con entusiasmo las instrucciones poco agradables de Noah. Las niñas lo miran como si acabara de salir de una novela de *Crepúsculo*. Lo veo a través de sus ojos: alto, desaliñado, fornido y seguro de sí mismo. Y a través de los míos: todas esas cosas y encima está dispuesto a pasar su hora del almuerzo enseñando a los hijos de otros cómo cultivar tomates. Podría quedarme todo el día mirándolo, con su forma paciente de facilitar la tarea a todos los alumnos, sus efusivos ánimos ante el más mínimo progreso, sus manos hábiles comprobando la humedad del suelo y arreglando la estaca de una pimentera al mismo tiempo.

Pero en cuanto veo chicas adolescentes arrancando orugas enormes y resbaladizas de las plantas con las uñas pintadas de azul solo para impresionar a Noah, me doy cuenta de que es hora de que participe.

Alcanzo un frasco, le echo un chorro de jabón y un poco de agua de la manguera y respiro hondo. Noah me enseña cómo buscar las hojas de debajo de las plantas, donde se está más fresco, y a utilizar las uñas para desprender los bichos y meterlos en el frasco jabonoso, evitando que te muerdan. Ahogo a mi primera oruga, Noah me ofrece su primera sonrisa rompecorazones, levanta el pulgar triunfalmente y se va ayudar a un alumno.

—Eso exige paciencia —dice—. Y persistencia.

—Tiene su gracia cuando se supera el factor asco —dice Melinda.

Tiene razón. Me concentro en atrapar, arrancar, ahogar.

—¿Por qué agua con jabón? —pregunta un niño, mientras estoy especialmente absorta en el ritmo del proceso.

—Tal vez porque el jabón penetra a través de la capa impermeable que tienen muchos insectos en sus cuerpos —dice alguien—. La capa sería insoluble en agua, es decir, que en un día lluvioso no se marcharía. Pero el jabón se pega a cosas que el agua no puede, como platos sucios de grasa o aceite sobre ropa, y facilita el lavado.

Miro sobresaltada. No era alguien el que ha hablado ahora. He sido yo. He hablado antes de tener tiempo de sentir pánico ante la posibilidad de hablar. He contestado instintivamente la pregunta de un alumno. Como haría una profesora.

Noah me mira pasmado. Sé instantáneamente que es consciente de lo que ha pasado, de lo que he hecho.

—Eso —dice, después de un segundo—, solo con agua no se ahogan. Se necesita más munición.

El momento pasa. Acabamos la sesión de caza de insectos del día y Melinda se lleva a los niños dentro. Nos lavamos las manos, volvemos al coche y vamos a almorzar; hablamos de alumnos de secundaria y plagas de huerto y de la mejor salsa que hemos comido. Noah no menciona mi logro en el centro recreativo y yo tampoco.

Pero no puedo dejar de pensar en lo que significa para mí —lo que podría significar— si siempre pudiera hablar frente a una clase como he hecho hoy. O en que, gracias a Noah, crea que algo así es posible.

A medida que avanza el verano, Nean, J. J., la tía Midge y yo hemos instaurado la costumbre de hacer un *brunch* los domingos, lo que Nean denomina «momento familiar», aunque no es ningún secreto que lo que ella y J. J. hacen por debajo de la mesa no es a menudo apto para familias. Después del *brunch* de torrijas crujientes hechas con el último pan de Nean —un *challah* bastante impresionante— y tocino caramelizado, la convenzo para que venga conmigo a la sala tres estaciones para un Bellini *posbrunch*. J. J. se ha ido a su casa, donde sin duda comerá otra vez tanto como lo que acabamos de comer aquí, y la tía Midge está en el salón roncando después de su café irlandés. Sus resoplidos resultan un ruido agradable mientras Nean y yo contemplamos el mar en un silencio apacible.

Que, por supuesto, dura apenas unos segundos.

—Solo para que lo sepas, he perdido total y completamente el interés por saber lo que hay entre Noah y tú —anuncia Nean—. Así que no volveré a preguntarte nada.

—¿Ah, sí? ¿Ah, no? —Sería una noticia maravillosa si pudiera creérmelo.

—Sí, ayer me di cuenta de que soy mucho más, pero que mucho más, interesante que tú. Así que cada vez que sienta curiosidad por saber qué pasa entre Noah y tú, simplemente reviviré mi propia vida mentalmente. Como ahora. Estoy pensando en el asombroso sexo que J. J. y yo tuvimos anoche. Y probablemente volveremos a tener mañana. —Cierra los ojos y deja caer la cabeza hacia atrás en fingido éxtasis.

Por supuesto que tiene un sexo asombroso. Tal vez debería pedirle consejo sobre cómo llevar las cosas con Noah al siguiente nivel.

—Entonces, ¿supongo que te has olvidado de lo de «ser amigos»?

—Diría que sí —dice alegremente—. No como Noah y tú. —Me dedica una sonrisa arrogante.

—Estoy en ello —digo.

—Me da igual, ya no me importa tu vida amorosa.

—¿Se trata de una especie de psicología inversa? —pregunto, preocupada.

Nean sube y baja las cejas.

—¿Por qué? ¿Sientes la necesidad de contarme algo?

Me encojo de hombros.

—Puede.

Miro hacia las grandes puertas vidrieras, a través de las que se ve el cielo oscureciendo y poniéndose gris por primera vez que recuerde desde que llegamos a Maine. Los días nublados no me ponen triste, para variar. Me hacen sentir segura, como me sentía segura cuando Ned y yo íbamos de acampada y juntábamos las cremalleras de nuestros sacos en un capullo gigante. Es como si la madre naturaleza me dijera que baje la cremallera y me acurruque en esta casa, cómodamente con los míos.

¿Esto significa que Nean es uno de los míos?

Deja la copa alargada de champán con un ruidoso clinc de cristal sobre la mesa y se pone de pie.

—Creo... —dice, mientras viene a sentarse en una de las sillas de mimbre, más cerca de donde estoy yo—, creo que te sentirías mejor si lo contaras. ¿Qué sucede? ¿Sois oficialmente pareja, vosotros dos? ¿Ha sembrado la semilla de su pasión en el jardín de tu amor? No sé si me entiendes.

La miro con una mueca para mostrarle hasta qué punto me repugna.

—Te entiendo. Una niña de siete años escolarizada en casa te entendería. Caramba, Nean, ¿solo piensas en el sexo?

—Ahora mismo, sí. Deberías ver a J. J. desnudo. Mira, te daré una pista visual. Imagínatelo segando el césped, pero sin pantalones. —Su sonrisita retorcida crece hasta proporciones de concurso de belleza y me hace reír.

Pero entonces se vuelve en la silla.

—Un momento ... —dice, y puedo ver girar las ruedecitas en su cabeza—, algo no me cuadra. ¿Estás saliendo con ese granjero desaliñado y *sexy* y puedes pensar en algo más que en el sexo? ¿Están mal tus partes femeninas?

—Mis partes funcionan perfectamente —digo—. Las suyas no lo sé.

Nean se queda boquiabierta.

—¿Quieres decir que no... chuta?

—¡No! —grito, consternada de haber insinuado algo así aunque sea sin querer—. Es que no..., no he hecho..., esto, bueno, que no hemos...

—Ah. —Nean se apoya en el respaldo de la silla y dobla las piernas por debajo del cuerpo—. ¿El cortejo está yendo un poco demasiado lento?

Meto los labios hacia dentro intentando asimilar lo que dice. Cortejo, ¿quién dice eso hoy en día?

—Sí, no me está cortejando tan rápido como me gustaría. —Apoyo el trasero en el alfeizar de la ventana, dando la espalda a la tormenta que se está fraguando para centrarme en Nean.

—¿De cuánto cortejo estamos hablando?

—No mucho. ¿Un tercio de cortejo quizá?

—Un flirteo.

—Eso. Algún beso, algún comentario romántico. Nada más.

—¿Qué clase de comentarios románticos?

—Bueno, decirme que estoy muy guapa, o que tengo una manera preciosa de expresarme. Cosas así.

—No es precisamente una línea caliente.

—Seguramente sea mejor así, teniendo en cuenta que solo estamos juntos en lugares públicos.

Las cejas de Nean se levantan.

—No jodas. ¿No estáis nunca solos? ¿Ni un paseo por la costa de la mano?

—Nunca. Tampoco nada después de que se ponga el sol. Solo almuerzos. Es como un vampiro al revés.

—Vaya.

—Exacto. —La miro expectante. Ahora le toca a ella decirme cómo hacer hervir la sangre de Noah. Qué decir, cómo peinarme. Lo que sea.

Nean suspira profundamente.

—Déjame adivinar, quieres que te diga qué tienes que hacer para que él haga algo. Lo sé. No has querido mi ayuda durante semanas, pero ahora estás en plan: «Ayúdame Obi-Nean Kenobi. Eres mi última esperanza».

—¿Quién es Obi-Nean Kenobi? ¿Qué significa?

—¿En serio?

Asiento.

—Por el amor de DIOS —dice exasperada—. ¿No tuviste infancia? Pasé la adolescencia en casas de acogida en las que no se creía en la electricidad y aun así tengo más cultura popular que tú.

Esta ínfima e inesperada confesión me hace olvidar de golpe mi vida amorosa.

—¿Estuviste en casas de acogida? —digo, intentando disimular la simpatía que me embarga. Vivir sola con mi madre a veces era solitario, pero era un hogar auténtico y permanente.

Nean arruga la cara.

—Desde los diez a los catorce años —dice—. Estaban como cabras. Pero deja de intentar desviarme del tema en cuestión: tus necesidades femeninas.

—¿Adónde fuiste cuando cumpliste los catorce? —pregunto; me gustaría saber si hace diez años Nean estaba tan flaca y era tan dura como cuando la vi por primera vez a los veinticuatro.

—Entonces fue cuando encontré trabajo cantando y bailando en el Coro de Tomorrowland, en Disneylandia. Treinta niños de todo el país haciendo dos funciones al día. Fue muy emocionante. Pero también era mucho trabajo.

—¿En serio?

Suspira ruidosamente e inclina la cabeza hacia el techo.

—No, en serio no. —Alcanza la copa de champán, ahora vacía, con ambas manos—. Estúpido J. J. y su gran campaña a favor de la verdad. Con lo divertido que es mentir —refunfuña—. Cuando tenía catorce años mi madre volvió. Nos fuimos a vivir a la caravana de su novio. No era precisamente Disneylandia, pero tenía tele. —Se vuelve para irse—. Si vamos a hablar de esta mierda, necesitaré más alcohol. —Se va con las dos copas en una mano.

Mientras sirve las copas, empiezo a pensar en la vida de Nean antes de que viniera a Maine. Me doy cuenta de que en los últimos meses me he inventado una historia para ella, basada en los estereotipos utilizados en un *reality* policial de una hora. En mi imaginación, se enamoró locamente de su héroe del fútbol en el instituto, vivieron felices unos años, y un día él empezó a beber y se volvió más y más posesivo, hasta que empezaron los malos tratos.

Me avergüenza descubrir que esta no es la historia de la vida de Nean, sino el argumento de una película para la televisión de 1993 con la protagonista de *Aquellos maravillosos años*. Cuando vuelve Nean con las copas llenas, me esfuerzo por resistir el deseo de disculparme con ella sin más ni más.

—¿Te pegaba? —me oigo decir en lugar de eso—. El novio de tu madre, quiero decir. —No me puedo creer que sea tan fisgona. Quiero callarme, pero también quiero saberlo.

—¿Por qué? ¿Has leído en alguna parte que las mujeres que se quedan con hombres maltratadores normalmente han sido maltratadas en la infancia? —pregunta con una voz seca.

—Pues, bueno, sí.

Ladea la cabeza, y deja caer los hombros.

—Sí, yo también lo he leído. —Bebe un sorbo de champán—. Supongo que es verdad en parte. Era un poco tocón, pero no estuve el tiempo suficiente para que sucediera nada dramático. Mi madre se largó cuatro meses después. Él me dijo que podía quedarme, pero tenía las manos muy largas, así que... —Se le quiebra la voz.

—¿Así que qué?

—Eh, dejaré que rellenes los puntos suspensivos —dice—. Pero te daré una pista, le robé la tele. —La miro, y está sonriendo, sin rastro de autocompasión o arrepentimiento en su cara—. En fin, estábamos hablando de Noah *vis-à-vis* con tu vagina, ¿o no te acuerdas? Céntrate.

Por primera vez en seis semanas, me he olvidado completamente de Noah. Miro el suelo de madera un momento para recuperar el hilo de pensamiento, y después miro a Nean.

—¿Sabes que eres una persona asombrosa?

Nean frunce el ceño.

—¿Ahora me vas a dar un beso?

—También eres bastante zorra.

Nean se ríe y hace una pequeña reverencia.

—Lo has resumido en muy pocas palabras —dice sin dejar de sonreír.

—El caso es que vivir contigo, bueno, no está tan mal como pensaba.

Me mira un momento con intensidad. Como si buscara una réplica ingeniosa. Entonces se le ablanda la expresión.

—Creo que hasta podríamos ser amigas.

—Podríamos —acepto. Lo que hay que ver.

Miramos un momento el agua. Está oscuro como la noche en el mar, pero más cerca de tierra algo de sol consigue iluminar las nubes por detrás.

—Qué pena que Noah no venga esta noche —dice Nean—. Este sería el tiempo perfecto para hacer el amor. La lluvia cayendo sobre el tejado, nada qué hacer que no sea quedarse en la cama...

—Mi tía abuela mirando la tele en la habitación de al lado...

—Oh, te acostumbrarás, créeme. Llámalo, a ver si quiere venir a jugar al Scrabble. —Pone comillas imaginarias a Scrabble.

—No puedo, ni siguiera tengo su teléfono.

Nean se queda atónita.

—¿En serio? ¿No tienes su móvil?

—No tiene móvil, que yo sepa —digo—. Y no tengo ni idea de dónde vive. Nunca habla de su casa, ni de su vida fuera del trabajo que hace en el refugio.

Nean juega distraídamente con su pelo mientras se lo piensa. Sé lo que piensa: hay algo raro en todo este asunto de Noah. Yo también lo pienso. Pero ¿el qué?

—¿Está casado? —pregunta Nean sin más.

—Imposible —digo, pero ahora que lo dice tiene más sentido—. Bueno, no creo que lo esté... Pero claro, ¿cómo iba a saberlo?

—Exactamente, no te lo dicen hasta que te tienen pillada.

La miro de soslayo.

—Pareces una autoridad en el tema. ¿Estaba casado?

—¿Quién?

—Él —digo con sentimiento—. El que... murió.

—Ah, él —dice Nean—. Oye, hablando de él.

De repente Nean se pone seria y me entra un miedo espantoso. ¿Y si estaba casado y su esposa sigue por ahí preguntándose qué ha sido de su marido? ¿Por qué no ha vuelto a casa? ¿Y si tenían hijos?

—Oh, Dios mío —digo—. ¿Mataste a un hombre casado?

Nean sacude la cabeza violentamente.

—¡No, no! —responde muy rápido—. No estaba casado. Éramos solo él y yo. No había nadie más.

Suelto un gran suspiro de alivio.

—Menos mal. Oh, Nean. —Le agarro la mano antes de que pueda apartarla, la retengo un momento, la aprieto y la suelto—. Perdona que me haya precipitado. Ya es bastante malo lo que has pasado sin que yo piense lo peor de ti. Tengo que dejar de hacer eso.

Nean se mira el regazo y veo que está sorbiendo un poco por la nariz. Arruga la cara y cierra los ojos con fuerza un momento. Cuando los abre otra vez, me mira y tiene los ojos brillantes y húmedos, pero ya no le caen las lágrimas.

—No te preocupes —dice rápidamente.

—Lo siento —repito, intentando sin éxito mantener el contacto ocular.

Tose.

—Noah no está casado —dice, forzando un cambio de tema—. Es demasiado asquerosamente honesto para engañar. Estás buscándote una excusa para no dar el paso.

—¡Nean!

—Bueno —Se encoge de hombros—. Solo digo las cosas como son.

—¿Qué quieres que haga? ¿Que me lance encima de él mientras comemos en medio de la gente en El marinero borracho?

Nean se lo piensa un momento, pero antes de que conteste se oye una voz familiar que grita desde la sala.

—¡OH, POR EL AMOR DE DIOS, QUE NO HACE FALTA SER UN GENIO!

—¿Tía Midge? —Me levanto y voy al salón. Nean me sigue de cerca—. ¿Estás despierta?

—Es difícil dormir con tanta estupidez —dice, incorporándose un poco y atusándose los rizos—. Sois unas aficionadas. Esto es lo que tienes que hacer. Dile que hace tiempo que quieres probar una receta de no sé qué. ¿Le gusta el no sé qué? ¿Sí? Ah, bueno, entonces puedes llevarlo para almorzar el próximo día. Pero está mucho más bueno caliente. Estaría bien..., bueno, si le apetecería ver la casa ahora que ya estamos instaladas..., ¿sí? Estupendo. No, no hace falta que traiga nada solo que venga. De acuerdo, pues, bien. ¡Hasta mañana!

Levanta las manos en un gesto que dice *¡voilà!* y me mira con superioridad.

—¿Entendido?

Vaya, teniendo en cuenta que viene de la tía Midge en realidad es una gran idea. Es tan fácil que puedo hacerlo incluso yo.

—¡Entendido! —digo, feliz, levantándome para darle un fuerte abrazo—. Eres un genio. Voy a buscar libros de cocina.

La tía Midge suspira y capto una mirada sarcástica entre ella y Nean.

—Claro que sí, cariño. Tienes que cocinar el plato perfecto para ganarte su amor.

Callo un momento y sacudo la cabeza mirándolas a las dos.

—¡Sé que estás siendo sarcástica! —grito, marchándome a la cocina—, pero me da igual. Os demostraré, oh, incrédulas, el poder de una comida perfecta. Lo tendré comiendo en la palma de mi mano antes de servir el postre. —¿Es posible que sea verdad? ¿La solución ha estado siempre en mi cocina?

—¡Esa es la idea! —grita Nean—. Aunque no es tu mano exactamente lo que quieres que...

La tía Midge y Nean se desternillan con una risa depravada. No las escucho mientras saco libro de cocina tras libro de cocina, pero media hora después, cuando he señalado al menos treinta recetas, me doy cuenta de que me duelen las mejillas. He estado sonriendo todo el rato.

NEAN

«Abrir una ostra es estrictamente una cuestión de hacer palanca.»

—JASPER WHITE
Cooking from New England

La siguiente semana es un borrón de catas. Cada vez que paso por la cocina veo a Janey dentro, manchada de comida y hablando sola. El momento no podría ser mejor para mí. Le ha hecho prometer a J. J. que cenaría en casa todos los días hasta la Gran Cita, para tener más paladares a su disposición que juzguen sus platos. Así que, sin tener que recurrir a conspiraciones o planes, tengo al objeto de mi afecto al alcance de la mano constantemente. Lo que es perfecto porque soy una yonqui de J. J. Me encanta besarlo y hablar con él y no hacer nada con él. Y el sexo es fácil, relajado y enrollado. Sin juegos mentales, sin fingir que quiero lo que no quiero, sin hacer ese ronquido falso para que crea que ya me he dormido. Es el paraíso. No sé cómo pero me ha tocado la lotería. Bueno, el gordo de John Junior. Está claro que no merezco a un chico así, y no lo digo solo porque tenga la autoestima baja. No habré ganado esta maldita casa, pero soy la Persona Más Afortunada de América.

Aunque es uno de los hechos probados de la vida que cinco minutos después de afirmar que eres la Persona Más Afortunada de América algo irá mal y te hará sentir mucho menos afortunada.

Estoy en la cocina, ayudando a Janey a preparar una ensalada de berros con queso de cabra y melocotones cortados en tiras muy finas cuando oigo el timbre de la puerta. Ni siquiera me inmuto. Si la tía Midge no va a abrir pronto, J. J. entrará; ahora solo cerramos la puerta por la noche, o cuando no hay nadie en casa. Pero la tía Midge está cerca, y oigo que saluda a J. J.

—¡Vaya, vaya, esta noche estás muy elegante!

Esto me hace levantar la cabeza e intentar echarle un vistazo cuando entre, sin que se note demasiado, por supuesto. No puedo verlo, así que me rindo y tres segundos después me he olvidado de todo. Estoy demasiado ocupada viendo a Janey intentando abrir unas ostras. Es evidente que es la primera vez que lo hace, y me divierte ver cómo sigue la ilustración dibujada a mano en uno de sus libros. Para mí, las ostras son una versión rubia de un mejillón, pero está claro que son muy diferentes. No para de hablar sola mientras trabaja, y le brilla la cara por el sudor, como a una boxeadora profesional.

—Creía que las ostras solo se comían en meses que tienen «r». ¿Desde cuando agosto tiene «r»? —pregunto, y ella murmura algo ininteligible y deja el extraño cuchillo que tenía en la mano.

—Eso solo es para las ostras crudas —dice, fastidiada—. Y estas las voy a freír, por si no te habías dado cuenta. —Apunta con el cuchillo a la ostra que tiene en la mano junto a la cazuela de aceite calentándose que está en el fuego con los ingredientes para empanar al lado—. Si consigo abrirlas algún día. ¿Puedes mirar el termómetro y decirme a qué temperatura está el aceite?

—Parece muy caliente —digo, solo para ver cómo se indigna. Resopla y me inclino para echar un vistazo—. Casi doscientos grados, marca.

—¡Mierda! —grita; creo que es la primera vez que la oigo decir una palabrota en la cocina—. No tenía que estar por encima de los ciento noventa. ¿Cómo iba a saber que esas malditas cosas serían tan difíciles de abrir?

Miro el montón de ostras con las que se está peleando: solo hay tres conchas abiertas y el resto siguen herméticamente cerradas, tan herméticamente que por mucho que meta el cuchillo dentro y haga palanca arriba y abajo como una loca continúan cerradas.

—Déjame probar —digo, y tiendo la mano.

—Adelante. —Primero me obliga a ponerme un guante de piel gruesa, luego me deja trabajar a mi aire, que es lo que hago, metiendo la punta curva del cuchillo entre las conchas más o menos un milímetro y buscando algo dentro de la ostra, lo que sea. Parece que no haya forma de enfilar más adentro el cuchillo. Al final pruebo la fuerza bruta, y doy un giro brusco a la mano en una dirección para hacer que la hoja gire mientras está dentro de la ostra. Funciona, oímos el chasquido de la bisagra de la concha y la cosa se abre en mi mano. A continuación el cuchillo resbala hasta el otro lado y entiendo instantáneamente la utilidad del guante.

—¡Lo has conseguido! —grita Janey, e inmediatamente empieza a alejarse de las ostras—. Sigue con lo que haces y yo prepararé el aceite.

—Ah, no. ¡No me dejes sola con esto!

—Confió en ti —dice, riendo.

—Pero ¿qué hago cuando se abran todas?

—Pasa el cuchillo por el interior de la parte de arriba e intenta levantar la tapa. La ostra debería quedar abajo...

Abro la ostra como una Oreo, y sí, encima de la concha hay una bolita de carne babosa.

—Puaf. Parecen partes femeninas.

Janey hace una mueca.

—Creo que es por eso que se supone que son afrodisíacas —dice.

Con los ojos desorbitados me giro.

—¿Por eso quieres servirle esto a Noah? ¿Porque se parecen a tu vagina?

—¿Qué se parece a la vagina de Janey? —pregunta J. J., que ha elegido el momento perfecto para entrar en la cocina.

Observo a Janey de cerca, un poco preocupada por si decide atacarnos con una cazuela de aceite hirviendo. Se pone de un rojo muy oscuro, pero no llora, no tiene erupciones, no ataca. Esta chica está madurando.

228

—Estoy haciendo ostras fritas y no diré nada más. J. J., ¿quieres abrir el vino?

Hace un gesto hacia una encimera, donde hay tres botellas a punto.

—¿Cuál? —pregunta él.

—Todas. —Se arremanga y alcanza las seis ostras que tengo preparadas para ella—. Esta noche hacemos una cata para que sepa cuál va mejor con la cena de Noah.

—¡Guau!, esto se está poniendo fuerte —dice.

—Ya lo creo —digo yo—. Y a ti te toca pelar.

—Qué mal suena —dice él y viene a besarme.

J. J. no besa como cualquiera. No te mete la lengua demasiado pronto ni abre la boca un millón de kilómetros como hacen en las películas, que te deja un anillo de baba alrededor de los labios. Lo que hace él solo puede describirse como un beso a cámara lenta. Inclinarse, rozarme los labios con los suyos, apretarlos encima de los míos un milenio, apartarlos lentamente. Tarda como veinte minutos de ese besuqueo suave e intenso antes de introducirme la lengua, pero oye, es mejor que lo contrario. He aprendido que cuando me besa debo ser paciente, y eso es increíblemente sensual.

Pero hoy no hay tiempo para todo el proceso. Las ostras están en el aceite y veo que Janey está tan lejos de la cazuela como puede al mismo tiempo que se mantiene a la distancia necesaria para llegar con su espumadera, porque la cazuela sisea y escupe aceite hirviendo en todas direcciones. Miro hacia arriba y, por supuesto, el techo brilla de salpicaduras de aceite.

—Mmm, eh, ¿esto es normal? —pregunto, apuntando al techo.

—Creía que estaban bastante secas —murmura Janey, pero parece que le da un miedo terrible la cazuela—. No sé por qué come alguien estas cosas estúpidas. Ni siquiera parecen comestibles.

—Seguro que estarán buenísimas —dice J. J., mientras lleva el vino a la mesa—. A Noah le encantarán. Le encantará cualquiera de las cosas que has cocinado hasta ahora.

—Pero ¿cuál le gustará más? —pregunta—. ¿El ceviche? ¿El *filet mignon?* ¿El pastel de cangrejo? ¿El pollo de granja asado?

J.J. se encoge de hombros con indiferencia, pero Janey no lo ve. Está pescando las ostras con cara de sufrimiento, tapándose los ojos con una mano al mismo tiempo que se inclina hacia la cazuela furiosa.

Suspiro.

—¿Por qué no lo preparas todo y dejas que decida él?

Sinceramente me estoy cansando de estos maratones de cocina. Está tan concentrada que casi no escucha cuando intento hablarle de J.J. Y estar enamorada hasta las cejas no tiene ninguna gracia sin una amiga con quien hablar.

—No puedo, creerá que estoy desesperada.

No respondo, demostrando una gran madurez y dominio de mí misma. Janey echa otra tanda de ostras empanadas al aceite y huye de la zona, agitando los brazos.

—Todos a la mesa. Ve a buscar a la tía Midge. La cena estará lista en cinco minutos.

Cuando estamos todos sentados y masticando la ensalada, Janey le pregunta a J.J. qué le gustaría comer si pudiera elegir lo que quisiera.

—Costillas de cerdo —responde él con la boca llena de berros.

—No, me refiero a una comida que te haría enamorarte de la persona que la ha cocinado.

—Costillas de cerdo —repite.

Janey echa la cabeza atrás desesperada.

—Puedes comer costillas de cerdo cuando quieras. ¿Qué comida rara te gustaría? Algo realmente especial.

J.J. piensa un momento.

—¿Costillas de cerdo raras? ¿Costillas de cerdo con una salsa rara?

Janey gime.

—No puedo invitar a alguien a comer costillas de cerdo. Es demasiado sencillo.

La tía Midge suelta el tenedor ruidosamente.

—A lo mejor te estás complicando la vida, Janey. Si a los hombres les gustan las costillas de cerdo, dales costillas de cerdo. Costillas de cerdo, puré de patatas y salsa de manzana. Es lo que le gustaba a Albert. —Sonríe al recordarlo, e imagino cómo debía de ser la vida en aquel entonces a la mesa de la tía Midge. Habría mucha música, estoy segura, y risas y bromas subidas de tono. Albert y ella probablemente comían las costillas de cerdo a la luz de las velas y después apartaban la mesa del comedor para hacer sitio para bailar.

—Echo de menos a Albert —digo, e inmediatamente me siento idiota. No lo conocí, no lo conoceré.

Pero la tía Midge sonríe y asiente.

—Yo también. Era un hombre estupendo. Se lo habría pasado en grande contigo, Nean. Le encantaban las buenas historias.

Se me encoge el estómago un momento y miro a la tía Midge y a Janey esperando que no haya captado la insinuación de la tía Midge. Su cara sigue inexpresiva pero J. J. me mira intrigado desde el otro lado de la mesa y frunce el ceño. Me ha estado presionando para que sea más sincera con Janey, pero no tiene ni idea de la mentira con la que conseguí quedarme en esta casa y no tengo ninguna intención de contársela. ¿Para qué? Me dejaría sin pensárselo dos veces, pero no borraría las mentiras que le he dicho a Janey. Ahora ya nada puede arreglarlo.

—Janey —digo lentamente, intentando pensar qué decir mientras hablo—. ¿Conociste a Albert?

Sonríe.

—Sí, cuando era muy pequeña, pero casi no lo recuerdo. Todos mis recuerdos de él están recreados de fotos que la tía Midge tenía en casa. Pero mi madre hablaba mucho de él. Para ella era una especie de figura paterna. Le enseñó a conducir, y lo hizo muy bien. Era famosa por su afición a la velocidad.

—A mí también me enseñó a conducir —interviene la tía Midge, con voz soñadora—. Pero todas nuestras lecciones acababan de golpe con un desvío al nido de amor más cercano. Ay, ese Oldsmobile que tenía. Qué gran asiento trasero.

J. J. tiene la boca llena de vino cuando ella dice eso, se atraganta y empieza a toser.

—Ahora lo entiendo —dice, cuando despeja las vías aéreas—. Evidentemente no llegaste nunca a la parte de las clases que incluían los intermitentes.

Janey deja la copa con un golpe.

—¿Cómo sabe J. J. que no usas los intermitentes? —pregunta imperiosamente—. Que yo sepa, desde que llegamos a Maine, no tienes permiso de conducir.

Ay, ay, ay. Acorralada, la tía Midge levanta la barbilla.

—Intento no oxidarme, pero no te incumbe lo que hago o dejo de hacer.

—Nean, ¿le dejas las llaves del coche? —me interroga Janey.

Me sonrojo sabiendo que estoy en un atolladero.

—Bueno... —Por fuerza Janey tiene que saber lo que es intentar resistirse a las artimañas persuasivas de la tía Midge. Tiene que entender a lo que me enfrento.

Janey golpea la mesa con ambas manos, haciendo chocar la cubertería.

—¿Cómo se te ocurre? Es una persona mayor con mala visión a la que le quitaron el carné hace un año. En un mes cumplirá ochenta y nueve años, por Dios.

—Estoy aquí —dice la tía Midge, con voz chillona—. Sé que piensas que tengo un pie en la tumba, pero no hace falta que hables de mí como si ya me hubiera muerto.

Janey la mira, ablandada, y pone una mano sobre la de ella, suave y arrugada, las dos juntas en una pequeña pila.

—Lo siento, tía Midge, no pienso que tengas un pie en la tumba. Pero no deberías conducir. Es demasiado peligroso. Y Nean es idiota por dejarte las llaves.

—Siempre estaba con ella —protesto—. No es que la mandara al pueblo a por leche ni nada por el estilo.

—No me extrañaría tanto —dice Janey. Pone una cara como si se hubiera tragado un vaso de vinagre—. Tu irresponsabilidad nunca deja de asombrarme.

—¿Mi irresponsabilidad? —Señalo a la tía Midge—. Es una mujer mayor que sabe lo que quiere. Es responsable de sus actos. Además, intenta tú decirle que no.

—Eso —interviene la tía Midge—. No soy una niña y no puedes controlar todo lo que hago.

—Te comportas como una niña —dice Janey—. Como una mocosa consentida.

—Oh, ¿por qué no te calmas y me dejas en paz? —grita la tía Midge—. No soy una vieja decrépita esperando que llegue la muerte y me lleve. Estoy en forma y tengo una vista de halcón. Si quiero conducir un coche perfectamente seguro por una carretera rural donde no se ve a un ser humano en kilómetros, lo haré, y no puedes impedírmelo.

Ahora sí parece una niña. Una niña con un vocabulario de 1920, pero una niña.

—Puedo impedírtelo y lo haré. Nean, tu derecho a usar el coche ha sido revocado.

—Oh, por el amor de Dios —digo—. ¿También vas a quitarme la paga? —Tiro la servilleta sobre la mesa y me levanto—. Tía Midge, no dejes que te hable así. Eres una persona capaz y ella no es tu jefa. —No sé por qué lo digo; en el fondo sé que Janey tiene razón, que no es seguro que la tía Midge conduzca y que ha sido una estupidez que la dejara hacer. Pero no soporto dar la razón a Janey ahora que está siendo tan pesada.

La tía Midge también se levanta.

—Siéntate —dice, señalando mi pecho con un dedo tembloroso—. Voy a salir hecha una furia y tienes que esperarte a que termine. —Empuja la silla hacia atrás y hace lo que puede para salir teatralmente del comedor incluso con su lento paso habitual—. ¡Vaya! —dice—. Sois todos ridículos. —Desaparece en la cocina.

Me quedo sentada en silencio, esperando a ver qué hace la tía Midge. Cuando oigo que se abre y cierra la puerta que da a la piscina con violencia, vuelvo a levantarme.

—¿Vienes, J. J.?

Tiene la boca llena de ostra frita y parece un poco triste por la perspectiva de dejar tanta comida, pero se encoge de hombros y se levanta lentamente.

—¿Janey? —dice, después de tragar.

—Tranquilo. —Janey sacude la cabeza ante la mesa todavía rebosante de comida.

—Bueno, si no te importa —dice, poco convencido—. El tercer vino es el que me ha parecido mejor, por si sirve de algo.

—Sirve —dice ella con tristeza.

J. J. alcanza otra ostra y se la mete en la boca.

—Recuerda lo que he dicho de las costillas de cerdo.

Viene a darme la mano y subimos juntos a mi habitación.

—¿Ves por qué no puedo decirle nada? —digo en cuanto estamos en mi habitación con la puerta cerrada, aprovechando la oportunidad para justificarme ante él.

—Supongo —dice, y se encoge de hombros—. Eh, ¿a dónde va Janey? —Va a la ventana pero no parece encontrar lo que busca.

—¿Qué quieres decir?

—He oído que se ponía en marcha un coche. ¿Janey se ha ido al pueblo? Es martes y son casi las nueve. Estará todo cerrado.

—Qué raro —digo, hasta que me doy cuenta de que no es raro en absoluto—. ¡Mierda, es la tía Midge! —Abro la puerta y bajo la escalera saltando—. No puede conducir de noche. ¿Cómo se le ocurre?

Como era de esperar, Janey está de pie ante la ventana mirando el par de faros que ahora retroceden por la entrada.

—¡Maldita sea! —oigo que grita. Abre la puerta y casi me la aplasta en las narices—. ¿Por qué todo el mundo roba coches en esta familia?

Lo archivo para analizarlo en un momento más ocioso y salgo corriendo con ella. Voy descalza y las piedras de la entrada me cortan los pies, como aquella primera noche que intenté huir con su furgoneta de mudanza. Pienso en lo oscuras y desconocidas que me parecieron las carreteras ese día, que no había un solo faro o señal de tráfico y lo rápidamente que me perdí. La tía Midge debería conocer mejor las carreteras por la de veces que ha ido conmigo al refugio, pero de la forma que conduce... sacudo la cabeza, llena de imágenes de nuestros alocados trayectos al pueblo. Janey, corriendo como una loca, casi atrapa el Subaru cuando llega a la calle, pero entonces retrocede cuando la tía Midge dobla la esquina a lo bestia y después le da al gas con un chirrido de neumáticos como si fuera Vin Diesel. Alcanzo a Janey justo a tiempo para ver desaparecer las luces de posición en la oscuridad. La expresión de su cara es de desolación. Sé que la mía es igual.

—¿Así es cómo te sentiste cuando me viste marchar con tu furgoneta? —pregunto en voz baja, poniéndole una mano en la espalda mientras se inclina para recuperar la respiración.

—Más o menos —dice.

—Siento haberme escapado.

—No pasa nada. —Su tono de voz es de derrota absoluta. Me pegaría un tiro por no haberla apoyado delante de la tía Midge—. ¿Te parece bien si llamo a la Policía? Si viene, puedes esconderte...

—¡Por Dios, sí! Llama; J. J. y yo saldremos a buscarla en la furgoneta de J. J. No te preocupes. —¿No te preocupes? Menuda estupidez. Pero ¿qué puedo decir? Oh, sí. —Lo siento.

Antes de que me mande a paseo, me giro y vuelvo corriendo a la casa a decirle a J. J. que traiga la furgoneta. Nunca en mi vida me he alegrado tanto de ver a un hombre alejarse de mí corriendo tan deprisa.

En la furgoneta de J. J. estamos en silencio. Hemos recorrido las carreteras principales dos veces y no hay señal de la tía Midge. Ya deberíamos haberla encontrado, ha pasado casi una hora. Estoy llorando un poco, porque sé que es culpa mía. J. J. está crispado, seguramente porque también piensa que es culpa mía. Empezamos a pelearnos, primero por dónde mirar, después por la forma de mirar de cada uno.

—Deberíamos ir al pueblo —dice J. J.—. Podría haber llegado muy lejos antes de que saliéramos nosotros. Si está en una cuneta no la encontraremos necesariamente dando vueltas por la bahía. Probablemente no la encontraremos hasta mañana.

—No está en una cuneta —digo, frenética—. Lo más probable es que esté parada en un camino sin salida mirando las estrellas o algo así—. No sé si lo pienso de verdad o solo deseo que así sea. Sería lo que habría hecho yo en su lugar. Esta noche la luna es una rodaja fina y las estrellas estallan de luz en todas direcciones—. En ese caso lo más probable es que tenga las luces apagadas y la única forma de encontrarla es ir despacio y comprobar todas las entradas privadas.

J. J. refunfuña al tiempo que entra en un camino lateral, uno por el que recuerdo que estuvimos paseando de la mano no hace mucho.

—¿Cómo se le ocurre a esa anciana pirada? ¿Es que no se da cuenta de lo que nos hace pasar?

Salto en defensa de la tía Midge.

—Pero ¿puedes culparla? ¿No estarías harto tú también de tener a Janey todo el día encima?

—No tan harto como para preocupar a todo el mundo de esta manera —murmura—. Además, Janey tiene razón. Necesita una lupa para leer el periódico. ¿Cómo se piensa que puede seguir conduciendo?

—Eso no significa que no vea de lejos perfectamente —digo.

—Oh, venga. Creía que yo era un asesino en serie a tres metros de distancia. ¡Yo! —Es cierto. Es imposible no ver que es buena persona; incluso estresado y enfadado parece un monaguillo—. Está más ciega que un murciélago.

Tiene razón, por supuesto, pero ya me siento bastante culpable. Intento aligerar el ambiente.

—Los murciélagos se orientan de maravilla.

—Para. —Su voz es fría y por primera vez desde que lo conozco me da miedo—. Para de hablar. —Aprieta el freno en medio de la carretera, doy un salto en el asiento, luego gira completamente el volante—. Nos vamos al pueblo —dice—. Si está por aquí, con suerte se quedará en el coche hasta que aparezca alguien.

Pienso en ella sola en esta noche oscura, muy oscura, y mi miedo aumenta.

—¿Y si está herida? —pregunto, con un tono de voz agudo—. ¿Y si ha tenido un accidente y necesita nuestra ayuda? ¿Y si se ha perdido, o ha salido de la carretera, o ha chocado con un ciervo? —Siento humedad en las axilas mientras voy considerando todas las cosas que podrían haber salido mal. Tengo la tela del vestido apretada entre las manos y me siento demasiado indefensa para soltarla. No recuerdo la última vez que me he sentido tan culpable y he tenido tanto miedo.

J. J. no abre la boca, no me consuela, no intenta calmarme, no promete nada. Pero sus manos agarran con fuerza el volante: veo que se le hinchan los nudillos, como si la sangre de dentro tuviera dificultades para correr por las venas. Al cabo de un kilómetro en silencio, habla en voz baja.

—Deberías haberlo pensado antes de dejarla conducir todo este tiempo.

Sus palabras no me duelen. Es lo que yo pienso, al fin y al cabo. Solo me sorprende que esté lo bastante enfadado como para decirlas.

Avanzamos en un silencio miserable durante diez minutos, mientras recorremos el camino a Damariscotta. No tengo ni idea de adónde vamos, pero también he perdido la intuición de dónde podría estar. Por favor, que esté bien, rezo. Por favor.

Al cabo de un rato J. J. suelta el volante de la mano derecha y la pone sobre mi rodilla, donde me da un pequeño apretón.

—Eh, perdona lo que he dicho. No es culpa tuya. Es una mujer mayor, tal como has dicho en la cena. Y sé que la quieres y no querrías que le pasara nada malo.

No hablo, temerosa de pasar de las lágrimas silenciosas a los sollozos. No suelo llorar, pero cuando lo hago mi llanto parece salido de *El exorcista*. Entonces miro a J. J. y veo sus ojos brillantes puestos en mí y pone una cara como si fuera a estornudar. Conozco esa cara. Es la de «intento cerrar mis conductos de lágrimas» y nunca funciona.

—¿Estás llorando? —pregunto, con voz un poco temblorosa.

—Evidentemente, no —dice, pero hablar hace que relaje la cara y dos lágrimas le can por la mejilla derecha.

—¿Por qué lloras? —pregunto—. No has dicho nada que no pensara yo misma.

Se aclara la garganta.

—No es eso. Es... —Se le quiebra la voz y entorna los ojos hacia la oscuridad como si pudiera ver el futuro—. Estoy frustrado, ¿sabes? Sé que no debería hacértelo pagar. Tú también estás angustiada. Ahora debería apoyarte.

Suspiro desesperada.

—Tranquilo, ¿de acuerdo? —digo. No es que no le agradezca el sentimiento. Es que debería ser yo la que se siente mal. Soy yo la que debería sentirse culpable.

J. J. sorbe por la nariz y asiente, y entonces aparta la mano de mi pierna y da un giro brusco al volante para desviarse a la izquierda en dirección a Little Pond.

—Sé dónde deberíamos buscar —dice. Toma la dirección del pequeño centro del pueblo, un cruce de caminos, y señala todas las esquinas.

—Bar —dice, señalando a la izquierda. Después mueve la mano en el sentido de las agujas del reloj—. Bar, bar, bar. No me digas que no es aquí donde irías si te sintieras pisoteada.

—Iría a verte a ti —digo, con un indicio de sonrisa y con sinceridad—. Pero la tía Midge iría a un bar.

—¿A que sí? Esperemos que haya llegado hasta aquí —dice, y para en uno de los aparcamientos del bar. No se ve el Subaru de Janey. Cruza la calle en dirección al siguiente aparcamiento. Nada.

Pero en el tercero acertamos. Vemos el pequeño coche azul, no tan aparcado como parado de golpe ocupando tres plazas, con las luces de emergencia encendidas. Miro a J. J. y él me mira con una sonrisa enorme en la cara.

—Gracias a Dios.

Suelto el aire ruidosamente.

—Nos hemos preocupado por nada.

—Por nada, no —dice, y señala el parachoques delantero del coche. Tiene una mella inexplicable en medio, del tamaño de una pelota de baloncesto—. Esto es nuevo.

Sacudo la cabeza, el alivio y la exasperación me nublan.

—Ya lo creo. —Me desabrocho el cinturón y voy a bajar de la furgoneta de J. J. cuando me retiene por el hombro.

—Espera.

—¿Esperar qué? —pregunto, ansiosa por llevar a la tía Midge a casa donde las tres podemos gritarnos a gusto.

—Está bien. Está ahí dentro tomando una cerveza con Nancy y poniéndonos a parir por tratarla como una niña. Y probablemente intentando conseguir el teléfono de un taller que esté abierto toda la noche. Déjala en paz un rato.

—Pero Janey estará subiéndose por las paredes.

—Le mandaré un mensaje —dice, a la vez que mueve los pulgares por el teclado. Cuando termina, deja el móvil y estaciona bien al fondo del aparcamiento, donde podemos ver la puerta del bar y el Subaru al mismo tiempo. Me quedo quieta mientras él baja de la furgoneta, abre la puerta del coche de Janey, apaga las luces de emergencia y cierra la puerta. Entonces, bastante furtivamente, se acerca a una ventana lateral del bar y mira un momento. Veo que se gira hacia mí y me hace una señal con el dedo pulgar hacia arriba en la luz grisácea del aparcamiento y vuelve corriendo a la furgoneta. Cuando sube, tira de mí hacia él—. Ven.

Resbalo por el asiento para acurrucarme en sus brazos y los dos miramos a través del parabrisas, como si la tía Midge fuera a salir en cualquier momento.

—Tengo que hablar contigo —dice J. J., entonces.

Se me encoge el estómago. La oleada de alivio que he sentido al encontrar a la tía Midge es sustituida inmediatamente por el terror que conlleva esa frase.

—¿Ah, sí? —digo, preguntándome cuánto rato puedo impedirle que diga lo que necesita decir—. Quieres hablar o...—Subo la mano por su pierna, sintiendo el áspero vaquero contra mi palma sudada y esperando que la sensación sea más tentadora para él que para mí.

Me para la mano.

—Hablar —dice, y se mueve para que esté de cara a él. Tengo las rodillas dobladas sobre el asiento, los hombros contra los suyos—. Quiero que hablemos de lo que pasará este otoño.

Estoy esperando malas noticias, pero este giro concreto me deja muda. ¿Estoy a punto de descubrir que nuestra relación, como la selección de tomates de Noah, es de temporada?

—¿Qué quieres decir? ¿Qué los árboles se quedarán sin hojas y los días se harán más cortos?

—No. —Me agarra las dos manos entre las suyas y la cabeza me da vueltas—. Quiero decir cuando vuelva a la universidad para mi último curso. Voy a la universidad, Nean.

Me sobresalto.

—¿Qué?

—Voy a Dartmouth, en Hanover.

—¿A Dartmouth? —jadeo. Frunzo el ceño—. ¿Vas a Dartmouth?

—Sí.

—¿A estudiar? —No puede ser—. Aquí eres jardinero, ¿no? —pregunto, para estar al cien por cien segura de lo que me está diciendo.

—Mmm..., no. La jardinería es un empleo de verano, para ahorrar dinero para el curso.

Me aparto y lo miro pestañeando. No sé como en segundos he pasado de estar nariz contra nariz con J.J. a estar apretada contra la puerta del acompañante. Al mismo tiempo he pasado de ser su novia a ser la chica cualquiera con quien está pasando el verano. La división entre nosotros ahora es épica.

—¿Por qué no me lo dijiste? —pregunto. Me siento espantosamente traicionada y al mismo tiempo idiota por sentirme así.

—Al principio no quise decírtelo porque no quería que pensaras que era un idiota universitario o algo así —dice—.

Y después no quise decírtelo porque me pareció que eras... sensible a las cuestiones de clase. —Inspiro profundamente—. Además, no se puede decir que tú fueras muy sincera conmigo, así que pensé que quizá... no te importaría.

Río burlonamente.

—¿Por qué iba a importarme? —Pero me importa mucho. J. J. se encoge de hombros. Cierro los ojos con fuerza.

—¿Cuándo tienes que volver? —pregunto—. ¿A Dartmouth? —añado innecesariamente, solo para probar la palabra de nuevo y ver si esta vez suena más normal. No es así.

—Dentro de dos semanas —responde.

Me echo a llorar.

Sí. Llevo toda la noche a punto de llorar. Pero ahora estoy haciendo el llanto del exorcista, aterrador y lleno de mocos. Inmediatamente tengo la cara mojada y las lágrimas me salen con tanta fuerza que me resbalan por la barbilla a las rodillas. Empiezo a jadear intentando respirar, porque tengo la nariz tapada de mocos viscosos. No tardarán mucho en resbalarme por la cara también. Me tiemblan los hombros.

—Me has mentido —gimo, patética. Pensar que se marchará dentro de dos semanas es demasiado.

J. J. tiende las manos hacia mí como si fuera un animal salvaje.

—No te he mentido en realidad. He mentido por omisión, pero tú... —Se encoge de hombres desesperado—. Tú tampoco se puede decir que fueras sincera conmigo.

—Es diferente —digo, sollozando, aunque sé que es una tontería—. Sabía que estaba mintiendo —añado, aumentando el nivel de estupidez.

J. J. sonríe un poco con tristeza.

—La verdad es que creía que lo adivinarías tarde o temprano —dice—. O lo preguntarías. Porque tengo veintidós años. ¿No se te ocurrió pensar qué planes tenía para el resto de mi vida?

Toso y me atraganto con mis propias lágrimas, preguntándome por qué no lo pensé. Probablemente porque yo nunca he pensado así en relación conmigo misma, y decidí que J. J. era como yo.

—¿Cortar el césped de Janey? —digo como una idiota.

J. J. sacude la cabeza pero sonríe.

—Lo siento, Nean. —Me pasa el brazo derecho por encima y me atrae hacia él para poder abrazarme—. Debería habértelo dicho antes. —Me pone una mano en el pelo y me lo peina cariñosamente con los dedos mientras yo lloro. Sé que debería apartarme y mantener mi dignidad, pero es imposible. Me quedaré aquí, donde estoy segura, hasta el último momento.

Pienso en todas las estupideces que le he dicho, y con qué rapidez decidí que era del mismo mundo que yo, a pesar de las pistas que me daba en sentido contrario. Su casa —pequeña, de dos plantas, con garaje de una plaza—, pero bien cuidada y con padre y madre dentro, y encima todavía casados. Lo cómodo que estaba en el restaurante caro de langosta. Los libros que se guarda en un bolsillo del pantalón o en el asiento de atrás de la furgoneta. No son novelas policíacas ni de misterio, sino clásicos de cubiertas verdes. La clase de lectura que los profesores mandan para el verano.

Me duele la cabeza. Debe de pensar que soy una idiota acabada. ¿Cómo quedo en comparación con la clase de chicas que van a universidades de élite? Seguro que no roban tampones en los servicios de establecimientos distinguidos. A lo mejor ni siquiera tienen la regla. Demasiado sucio.

Al recordar aquella cena, mi humillación se hace tan intensa que me distrae del dolor. Mi llanto disminuye y por fin se acaba. J. J. deja de acariciarme el pelo y saca un pañuelo del bolsillo de atrás del pantalón y me lo pone delante de la nariz para que me suene. Respiro hondo con la nariz recién desatascada y dejo caer los hombros a su posición normal, y me relajo un poco.

—Estoy bien —digo con voz un poco rasposa—. Perdona que me haya puesto así.

—Es comprensible —dice J. J., secándome una última lágrima de la mejilla—. Mira, Nean, he estado pensando. No tiene por qué ser algo malo. Hanover no está ni a cuatro horas en coche. Podemos vernos a menudo. O... —Veo sus ojos que se pasean por la furgoneta—. ¿O podrías probar si te gusta vivir en New Hampshire? Es una ciudad universitaria, o sea que hay muchos trabajos fáciles que podrías probar, si quisieras. Podrías vivir conmigo, solo el primer semestre, y probar si te gusta...

Pienso en vivir en su piso, trabajando de camarera o de dependienta en una tienda mientras él abre cadáveres o resuelve problemas de física o lo que sea que hagan los alumnos de último curso de una buena universidad, y sacudo la cabeza.

—No, no. No es eso —digo, sorprendida por el relámpago de decepción que le cruza la cara, aunque después no estoy tan segura de haberlo visto—. Creo que es mejor que disfrutemos de estas dos semanas. —Levanto la cara y lo miro a los ojos para decir—: y después nos digamos adiós.

J. J. me mira directamente a los ojos. No aparta la mirada, sino que me mira fijamente como si quisiera ver a través de mi cráneo. Después sacude la cabeza y mira abajo, y siento la increíble pérdida de su mirada. Al cabo de un tiempo de silencio muy largo, se encoge de hombros. Lo imito, para que, por una vez, sepa lo impenetrable que puede ser un gesto tan sencillo.

—No digo que esté de acuerdo —dice, aunque ambos sabemos que esto no es algo en lo que los dos tengamos que estar de acuerdo—. No digo que te dejaré marchar.

Lo ignoro, respiro hondo y suspiro ruidosamente, exhausta por la repetición de mi vida. Primero la casa. Ahora J. J. Nada de lo que creo que es mío sigue siendo mío.

—Vamos a buscar a la tía Midge —digo—. Ya es hora de volver a casa.

JANEY

«Una comida en la mesa, aunque sea ligera y sencilla, es un alivio
inmensamente civilizado de los deberes diarios.»

—IRMA S. ROMBAUER
Joy of Cooking

El día después de la fuga de la tía Midge, quedo con Noah
para nuestra habitual cita para almorzar, esta vez un picnic
con bocadillos de una barra de pan de Nean recién hecha.
Esta mañana he tenido que ayudarle, para no sentirme culpable después de cortar unas rebanadas. De hecho, hemos
ayudado la tía Midge y yo. Esta mañana hemos bajado y la
hemos encontrado mirando la masa con apatía. Las dos, ella
y la masa, solo eran dos grumos que se miraban. No sé por
qué, pero Nean se ha comportado de un modo raro desde que
volvió con la tía Midge y mi coche anoche. Quizá fui demasiado dura con ella. He intentado decirle que al final no
pasó nada grave y nadie salió perjudicado, pero no parece
que lo entienda. Solo parece interesada en sus barras, amasando y amasando hasta que he tenido que apartarla para sal-
var el pan.

He estado tan ocupada con los preparativos de nuestra
gran cena que apenas me he parado a pensar en el menú del
picnic, así que solo llevo macedonia y galletas, pero Noah se
pone muy contento igualmente. Dice que hago la mejor
macedonia que ha probado, y se come trece galletas. Después
se echa hacia atrás con un gesto teatral y se agarra la barriga
como si esperara que fuera a salir de dentro un alienígena.

—Eres asombrosa —dice, y me sonrojo de orgullo—. Las cosas que haces con...

Sonrío.

—Desde que aprendí a cocinar he esperado poder cocinar para alguien como tú.

—Desde que aprendí a comer, he esperado a alguien como tú, punto —dice como si tal cosa.

A pesar del canturreo y de la mueca tonta, sus palabras me derriten.

Es mi oportunidad, mi gran momento para invitarle por fin, pero me acobardo. No, no, todavía no le he invitado. Sé que si no digo algo pronto voy a tener un repertorio de comida para citas nocturnas más largo que mi brazo y ninguna cita a la vista, pero la ínfima posibilidad de que diga que no y lo que ahora tenemos se me escape entre los dedos como una yema de huevo en un merengue me hace callar. Me echo a su lado sobre la manta de picnic y miro el cielo despejado.

El día es perfecto. Estamos al norte de Little Pond, donde el Atlántico golpea con fuerza los acantilados, sin bahías o cuevas que domestiquen su ferocidad. El parque que ha elegido Noah está en lo alto de las rocas y el océano parece muy lejano por debajo de nosotros, solo una banda sonora de un océano más que una masa de agua real. Para las demás personas que hay en el parque está claro que tampoco es la principal atracción. Hay columpios hechos con neumáticos, y un castillo de madera con un puente raquítico, y un faro a unos ciento cincuenta metros costa abajo que está rodeado de mujeres de cabellos grises sacando fotos de hombres calvos en el fondo, y luego al revés. La hierba que nos rodea hierve de sonidos humanos. Estoy totalmente expuesta a la gente, y sin embargo me siento bien.

Suspiro profundamente.

—¿Te aburres? —pregunta Noah, incorporándose sobre el codo y mirando hacia la nariz de modo que su barbilla se multiplica varias veces sobre su pecho.

—Qué va. —Pienso en lo que le quiero decir—. Miro a la gente.

Se sienta y dobla las rodillas.

—Hoy hay mucha gente, ¿verdad? —Nos sentamos y escuchamos los gritos de pequeños piratas atacando la fortaleza, y entonces de repente estira la mano y me agarra una de las muñecas, como un médico cuando busca el pulso—. Déjame ver tus brazos.

Se los ofrezco contenta.

—Nada —digo—. Ni siquiera me pican. —Después, sin reparos, levanto el brazo que tengo libre y señalo la axila—. Tampoco estoy sudando.

Sonríe.

—Pues eso es un poco raro considerando que estamos a treinta grados.

Bajo el brazo, avergonzada de repente.

—Quería decir..., creo que estoy curada.

Me suelta la muñeca y me pasa los dedos por la palma de la mano, dibujando líneas distraídamente.

—Espero que no. —Se aclara la garganta—. Bueno, me alegro de que no tengas urticarias cada vez que alguien se acerca demasiado a nuestra manta de picnic... —Mira el cielo azul resplandeciente como si leyera un *teleprompter*—. Pero también me alegro de que conserves tu sosiego. Tu infinita capacidad para escuchar. Todas las demás cosas que me gustan de ti y que son consecuencia de que seas tan tímida...

Siento que se me cierra la garganta. Es ahora. Tengo que preguntárselo ahora. El momento está pasando.

—He estado ensayando una receta de *clafoutis* —empiezo, insegura. Me mira perplejo—. Es una especie de tarta de cerezas. Se hace en un horno holandés, tiene que estar ardiendo. De hecho, he oído decir que se puede hacer en una hoguera. La receta tiene más de cien años.

Sus cejas se arquean hacia dentro. No tiene ni idea de que estoy diciendo.

—¿Sabe mejor caliente? —me pregunta. Yo intento avanzar en el guión preparado por la tía Midge, pero toda la seguridad en mí misma se está erosionando.

Me mira a los ojos con curiosidad y callo. ¿Qué estoy haciendo? Estamos en esta manta, en este bonito día, con el sabor de las galletas de limón aún en la boca. Me da la mano y no siento absolutamente nada más que el contacto de sus dedos.

Soy idiota.

No le digo que tradicionalmente las cerezas en un *clafoutis* todavía tienen los huesos y, en lugar de eso, me inclino y le toco la cara con la mano libre y le paso la otra por detrás y lo beso. Nos quedamos quietos, así, un momento, mis labios solo tocando los suyos, y entonces él empieza a devolverme el beso, y oh, guau. Es largo, profundo y me pone toda tensa y ardiente. No quiero dejar de hacer esto. Nunca.

Cuando paramos, es porque una sombra se adivina sobre nosotros, y me aparto para descubrir la causa. Es un niño pelirrojo que lleva un buen trozo de tarta de chocolate en la camiseta. Está a unos quince centímetros de nuestras caras, mirando, con la boca abierta, con una fascinación absolutamente desvergonzada. Cuando ve que nuestra sesión de besuqueo ha terminado, gracias a él, se larga, pero el mal ya está hecho. Siento el escozor delator en los hombros, y después aparece la rojez en ambos brazos y en el pecho, y sé que la urticaria está al caer.

Echo la cabeza hacia atrás para mirar al cielo con exasperación.

—Bueno, al menos ahora sabes que no estoy curada —digo y me río, porque ¿qué otra cosa voy a hacer sino reírme y aplicarme loción de calamina?

Él también se ríe y se echa en la manta con los brazos detrás de la cabeza, como si todo fuera obra suya: el día perfecto, el océano sofocado y, probablemente, la tarta en la camiseta del niño. Ahora mismo, si me dijera que lo ha hecho él, me lo creería. Me echo en perpendicular y apoyo la cabeza en su estómago.

—¿Quieres venir a cenar a mi casa mañana? —pregunto—. Prepararé *clafoutis*.

—¿En tu casa? —Hay un indicio de vacilación. Suficiente para preocuparme.

—Sí. Bueno, o... podría hacerlo en tu casa, también, si lo prefieres. Podría llevar el *clafoutis*. Si quieres.

Hay una pausa llena de significado, y entonces Noah sacude la cabeza y por un momento pienso que me dirá que no. Pero dice:

—Me gustaría ir a cenar mañana. —Su voz resuena desde su estómago a mis oídos—. Me encanta el *clafoutis*. ¿Sabías que la receta tiene más de cien años?

Me río y él también, y cuando se ríe, su estómago rebota y es como un trampolín para mi cabeza. Mi cabeza rebota arriba y abajo, cierro los ojos ante el brillo del sol y el océano sigue chapoteando muy abajo. Es justo entonces cuando me doy cuenta de que estoy enamorada.

NEAN

«A veces he pensado que si mi madre hubiera sido pastelera
(no lo era), y si hubiera hecho alguna vez esta tarta
(que no la hizo), habría sido la preferida de mi infancia.»

—DORIE GREENSPAN

Baking: From My Home to Yours, sobre su tarta blanca
con capas de chocolate

Los días siguientes no le digo nada a Janey, decidida a disfrutar hasta el último segundo con J. J. y después a olvidar que ha existido. Además, está obsesionada con los preparativos de última hora para su cita con Noah. Pero debe notar que la procesión va por dentro, porque la víspera de la gran cena, se inventa un recado imposible para mantenerme ocupada mientras J. J. está fuera haciendo lo que sea que hagan los estudiantes de universidad dos semanas antes del nuevo semestre. Comprar condones y carpetas, imagino.

Son trufas negras lo que quiere Janey, pero después de dar vueltas durante horas, sigo con las manos vacías. Acabo encontrándolas cuando se me ocurre pasar por un restaurante pretencioso de Damariscotta, uno de esos locales de comida sostenible donde escriben el menú del día a mano en un papel de carnicero. Me presento bastante antes de que empiecen a servir cenas, mostrándome tan respetable como puedo y golpeo la ventana para que me dejen entrar. Entonces les pregunto de dónde sacan las trufas negras.

A la chef le hace mucha gracia, pero al final me lleva a la cocina y me da un puñado de sus trufas, después de que le explique que la obtención de trufas negras podría representar la única posibilidad de que mi única amiga en el pueblo pueda echar un quiqui. Pago casi cien dólares de Janey por menos de treinta gramos. Le digo a la chef que por ese precio tendría que poder frotarme las encías gratis, y se ríe tanto que me ofrece una silla y me da de comer gratis junto con los camareros y su chica del vino barra novia.

El equipo me explica que esto es la cena de familia, donde prueban los especiales del día para poder ofrecer a los clientes. Así que una hora e infinidad de platos después, me han contado historias de clientes maleducados y heridas de cuchillo, y momentáneamente me olvido de la tristeza que se me había pegado a la falda como un niño mimado. La comida, que es casi tan buena como la de Janey, tengo que reconocerlo, se sirve con un pan agrio con corteza gruesa que se quiebra cuando lo partes y se funde cuando lo masticas. Cuando les pregunto dónde compran el pan, la chef me habla de la panadería por la que he pasado tantas veces admirando el escaparate. Se llama Bread and Honey, el lugar con la lista diaria más asombrosa de panes, siempre cambia, y me hace la boca agua. Está a solo dos travesías.

Al salir del restaurante, voy caminando a la panadería y miro el escaparate. Son casi las cinco, y las empleadas que están dentro, dos mujeres jóvenes con redes en el pelo, están cerrando. Casi no quedan barras de pan detrás del mostrador, pero hay una tarta, una tarta redonda de tres capas que una de las mujeres está guardando en una caja. Es tan bonita, la tarta, que me corta la respiración. El glaseado a los lados está cubierto de coco blanco brillante, y encima pone FELIZ CUMPLEAÑOS MEREDITH en cursiva naranja, con puntos rosas y rojos. Hay florecillas amarillas alrededor de las palabras, con los centros redondos y oscuros. Rudbeckias, veo, las mismas que crecen en las cunetas en Iowa.

La tarta me hace sentir sola, y después celosa. Esta noche me gustaría ser Meredith. Me gustaría llegar a casa y abrir la puerta y oír «¡Sorpresa!» y entonces ver a J. J. y a Janey y a la tía Midge y a Noah, quizá también a las personas que acabo de conocer en el restaurante, sonriendo expectantes y gesticulando hacia esa preciosa tarta sobre la mesa junto a una pila de platos pequeños de papel y tenedores de plástico.

Pero mi cumpleaños es en enero. Para entonces J. J. se habrá ido, Janey y la tía Midge se habrán cansado de mí. No habrá sorpresa, ni tarta. No hay derecho.

De repente pienso que puedo entrar, decirles que he venido a recoger la tarta de cumpleaños. Puedo pagarla con las vueltas del dinero que me ha dado Janey para las trufas. Les diré que Meredith es mi colega en la tienda de abalorios de Boothbay Harbor, y que no tiene ni idea de que le hemos montado una fiesta, que le dijimos que teníamos que quedarnos hasta tarde en la tienda y hacer el inventario para que no sospeche. Probablemente recibieron el encargo por teléfono. No se enterarán.

Hasta que se presente la amiga de Meredith de verdad preguntando qué ha sido de la tarta... Por Dios, ¿por qué tengo estas ocurrencias? ¿Robar tartas de cumpleaños? Sacudo la cabeza asqueada y me vuelvo para marcharme cuando se abre la puerta de la pastelería con un tintineo de campanilla.

—Hola —dice la mujer, la del pelo castaño que he visto barriendo hace un momento—. ¿Necesita algo? ¿Íbamos a cerrar pero si le hace falta algo podemos...

—Mmm... —me bloqueo, sintiéndome culpable por pensar lo que estaba pensando—. Me preguntaba si... —No se me ocurre nada que decir que no esté relacionado con robar una tarta.

—Nos queda un *stollen* —ofrece la chica.

—¿En serio? —No estoy segura de lo que significa «stollen».

—Claro, entre.

La sigo dentro de la panadería, que huele fuertemente a levadura y a vainilla, y miro los estantes vacíos y los mostradores ordenados. Normalmente cuando paso por allí hay alguien amasando una nube de harina sobre la larga mesa de metal de detrás de la caja. Ahora la mesa está impecable.

—¿Cuándo preparáis el pan de mañana? —pregunto, mientras envuelve una trenza amarilla tan brillante por fuera que parece de plástico.

—Depende del pan —dice—. La mayoría se empieza a hacer a las cuatro y media de la mañana.

—¿A las cuatro y media? —pregunto con incredulidad. Sonríe, como si estuviera acostumbrada a esta reacción.

—Pues sí.

—Si me contrataran, podría hacerles un poco de ese trabajo —digo, y entonces me pregunto si mis ojos se girarán hacia dentro y me mirarán mal por decir tal cosa. Por Dios, las cuatro y media de la mañana. He perdido la cabeza.

Pero antes de que pueda retirarlo, la panadera ladea la cabeza.

—¿Sabes hacer pan? ¿Buen pan?

—Sí —digo, demasiado orgullosa para callarme—. Sí sé. No tantas variedades como hacéis aquí. Pero aprendo deprisa. Y cada día hago cuatro barras o sea que tengo práctica.

La chica mira alrededor un momento, como si tuviera que consultarlo con alguien. Pero la otra chica que estaba guardando la tarta se ha ido y la tarta también, ahora lo veo. ¿Es Meredith una de sus amigas, o ha ido a entregarlo a la compradora auténtica? Sea como fuera, no habría podido pedir trabajo si hubiese entrado diciendo que esa tarta era mía. Y ahora que he pedido trabajo me doy cuenta de lo mucho que deseo trabajar aquí.

—Te diré lo que haremos —dice la panadera—. ¿Por qué no me traes tu mejor barra de pan el viernes? La probaremos y si nos gusta te damos el trabajo. No puedo pagarte más de nueve dólares la hora —dice, y se encoge de hombros—, pero puedes llevarte el pan que necesites.

—¿En serio? ¿Cuatro barras al día si las quisiera? —Si dice que sí, podría trabajar aquí sin que afectara al suministro de pan del refugio. Tengo que pensar que esta es una especie de señal positiva en favor de trabajar para vivir.

—Si tu pan es bueno, por supuesto. Sería como una bonificación—. Después añade—: Pero no la barra de chocolate y cerezas. Esa es carísima.

—¡Trato hecho! —digo. Dejo un billete de cinco en el mostrador y recojo el pan envuelto que me ha preparado, resistiendo el deseo de meter la nariz y ver si ese olor ligero a azafrán viene del pan—. Hasta el viernes.

—Hasta el viernes. Eh, me llamo Kim, por si estoy dentro cuando vengas. Pero todos me llaman Honey. ¿Cómo te llamas?

Lo digo sin pensar.

—Nean Brown.

Así sin más. Digo la verdad, sin tener que esforzarme.

JANEY

«Una ofrenda de un postre es tan buena como
una declaración de amor.»

—DORIE GREENSPAN
Baking From my Home in Yours

He quedado con Noah esta noche. He preparado lo
siguiente:

Sopa fría de melón con tropezones de *prosciutto*.
Filetes de pescado en ceviche con berros.
Costillas de cerdo rellenas de queso azul con cerezas
y cebollas caramelizadas balsámicas.
Puré de patatas con trufas negras (*gracias, Nean*).
Alcachofas cocidas con vino.
Tomates pera asados.

Y, además, por si no come cerdo, he hecho atún con hierbas
y granos de paprika ahumada de mi libro de Charlie Palmer.

Y sí, lo reconozco, tengo un *risotto* de langosta preparado
por si las moscas.

Para postres me he esforzado con el *clafoutis,* ese hermoso
pudin *gingham* de cerezas y crema, y sabe mejor tibio, al menos
a mí, con una cucharada de helado de vainilla, que se está
endureciendo en el congelador de fuera ahora mismo. En mis
fantasías más alocadas, sin embargo, nos alargamos con la cena,
absortos en una conversación fluida y el vino tinto brillante.

Entonces, quizá ya con la segunda botella, nos dejamos llevar por la pasión y corremos arriba antes de que llegue el postre, y acabamos comiendo el *clafoutis* horas después frío, y a los dos nos importa un comino. Solo de pensar en ello —y no me refiero a los postres— se me hace la boca agua.

Para la posibilidad extremadamente baja de que la velada vaya incluso mejor que mi fantasía, he llenado el frigorífico con lo necesario para el desayuno: salmón ahumado, queso cremoso, huevos, cebolletas y naranjas para hacer zumo. Es mi guiño al poder del pensamiento positivo. Nean lo denomina mi Frigorífico de Sueños.

Además de la comida más bien excesiva, he pasado horas y horas en la tienda de vinos, intentando decidir qué haría que todos esos platos supieran mejor sin que parezca que he hecho un esfuerzo exagerado. Cosa que he hecho. ¿Le parecerá raro si sirvo un vino diferente con cada plato? ¿O debería intentar encontrar un vino perfecto que sepa bien tanto con las alcachofas como con las cerezas? Los hombres de la tienda de vinos me miran con el ceño fruncido cuando les pregunto qué puedo servir con cerdo, langosta, filetes y atún a la vez. Tras una conversación privada, proponen «algo blanco». La situación me agota.

Añadamos a todo esto que estoy extraordinariamente nerviosa. Esta noche empezará o acabará lo que sea que tengamos Noah y yo, es mi única oportunidad de que pase. Si no le gusta la comida y no lo pasamos bien, no hay esperanza. Nunca, nunca jamás, podré reunir el valor para empezar de nuevo. Y aunque lo hiciera, que no lo haría, no encontraría a otro Noah. Noah es único en mil sentidos, entre los que no es el menos importante el que hable conmigo.

Me lo juego todo esta noche. Como un flan, echo a Nean, que de todos modos deambula ensimismada, y a la tía Midge, que está decidida a volverme loca colgándome accesorios del cuello, apartándose unos pasos, mirándome y después sacudiendo la cabeza y recuperando el collar o pañuelo o chal, o, en una ocasión, un *cloche* y empezando de nuevo. Pongo la mesa seis veces, hasta que siento que está todo lo informal que debería. Me cambio de ropa otra vez. Ahora llevo un vestido trapecio de color lapislázuli con tirantes amplios y cintura ancha que me hace sentir desnuda. Cuando bajo me cae un abucheo desde el gallinero, así que no me lo quito.

Unos segundos antes de la hora en que he quedado con Noah, suena el teléfono. Me entra el pánico. ¿Y si no viene? ¿Y si ha cambiado de idea? ¿Y si le ha pasado algo o está enfermo? Caigo sobre el teléfono como si fuera una bomba que tuviera que desactivar y grito «¡¿DIGA?!».

Hay un silencio largo. A lo mejor ha tenido un accidente de coche y ha podido llamarme pero ha perdido el conocimiento. ¿O se está desangrando?

—¿NOAH?

—¿Quién? No, soy Meghan Mukoywski. Productora ejecutiva del Canal Hogar Dulce Hogar. ¿Podría hablar con Janine Brown, por favor?

Señor, estoy perdiendo la cabeza. Me siento en la isla de la cocina con un jadeo aliviado.

—Soy yo —digo de un tirón.

Hay una pausa.

—¿Es un buen momento?

Miro las encimeras. Están a rebosar de comida. Nunca había intentado preparar tanta comida para una persona de carne y hueso y me alegro del desafío. Me da algo en que concentrarme. Algo que puedo controlar.

—Por supuesto —digo distraídamente. ¿Debería emplatar los filetes ahora, o mantenerlos fríos hasta el último momento?

—La encuentro diferente —dice ella, confundiéndome un momento, hasta que me doy cuenta. No tartamudeo por teléfono. Ni un poco. ¡Es asombroso! Qué ganas tengo de contárselo a Noah—. Solo quería saber cómo estaban y cómo les iba todo. Ya llevan casi tres meses en la casa. Creo que ya debe de estar bien instalada.

—¿Qué? Ah, sí. Sí, está todo desempacado. —Miro el reloj. Debería llegar en cualquier momento. Probablemente debería colgar.

—¿Sí? Estupendo. En ese caso, este es un buen momento para que enviemos a un cámara a su casa para rodar.

Arrugo la frente. ¿Qué? ¿Por qué debería mandarme a un cámara?

—¿Disculpe?

—¿Para el montaje? Se acordará que lo hablamos la noche del sorteo. Nada del otro mundo. Solo queremos unas imágenes de usted caminando por la casa. Enseñándola.

Echo la cabeza hacia atrás y recuerdo aquella noche. ¿Puede ser que solo hayan pasado tres meses desde que mi vida cambió tan drásticamente?

—Lo siento, señora Mukoywski, lo había olvidado por completo. Podemos quedar..., no sé, ¿para septiembre?

No me hace caso.

—Este viernes me va bien. ¿Mañana o tarde?

En algún lugar apagado de mi cerebro protesta una voz.

—Eso es... mañana...

La productora ríe, incómoda.

—Lo sé, lo sé, ojalá la hubiera podido avisar con más tiempo. La cuestión es que tenemos un *freelance* que trabaja con nosotros en Maine, y solo está libre el viernes. Algo relacionado con la temporada de fútbol... ¿CBS Sports? Uf. No soporto a los *freelance*. Pero a usted no le importa, ¿verdad que no?

Estoy a punto de decir que sí, que mucho, cuando suena el timbre. Mi pánico aumenta. Esto es una cita. Esto no es un simulacro. Echo un vistazo. La tía Midge me saluda y señala la escalera, y Nean se está marchando para encontrarse con J. J. En este preciso momento Noah está en la puerta esperándome a mí y solo a mí.

—Tengo que dejarla —digo al teléfono.

—Entonces, ¿le va bien mañana? —oigo que pregunta Meghan mientras cuelgo.

No respondo. Puedo llamarla mañana a primera hora y anularlo, me digo, mientras corro a la puerta. De todos modos la casa estará patas arriba. ¿O quizá pueden hacer solo tomas exteriores? Ya se arreglará solo.

Cuando abro la puerta he olvidado la conversación por completo.

—¡Hola! —grito de una manera un poco espeluznante. Noah está en la puerta, se ha arreglado para venir y está guapo. Sus vaqueros están más limpios de lo normal, y lleva una camisa de cuadros en lugar de la habitual azul abierta sobre una camiseta. Por supuesto, va con las mangas remangadas hasta los codos, y por eso sigue pareciendo a punto de cubrir con mantillo un parterre. Aun así, me siento halagada. Y emocionada.

—Hola —dice, y entra—. Creo que es la primera vez que estoy en tu casa.

Me inclino para darle un beso, pero ya está entrando en el salón. Cuando le alcanzo está pasando una mano por la roca de la inmensa chimenea en el centro de la habitación.

—Vaya —dice—, qué elegante.

—Sí —digo, sintiendo ya que la velada está fuera de mi control—. ¿Quieres que te la enseñe?

Me mira, casi como si fuera la primera vez que me ve. Sé que esta casa, con todos sus detalles y magnificencia decorativa, puede provocar ese efecto en los invitados, pero me duele lo mismo.

—Claro —dice.

Hago un gesto amplio.

—Esta es la zona de estar —digo innecesariamente—. En la página del concurso la llamaban «gran salón». Y allí está la puerta que da a la piscina en la que se baña la tía Midge.

Va a la puerta vidriera corrediza y mira la piscina interminable, y yo rezo en silencio porque mi tía no esté bañándose en cueros ahora mismo.

—Y esta habitación larga del fondo de la casa es la sala tres estaciones. Tiene muy buena vista. —Lo acompaño y le muestro la mesa de cristal redonda puesta para dos—. He pensado que podíamos cenar aquí, ya que hace una noche exquisita. —¿Una noche exquisita? ¿Quién dice algo así?

—Es bonito —dice Noah, sin entusiasmo. ¿No le gusta? ¿Debería haber puesto la mesa en el comedor?

—Y esta puerta da al comedor, y al otro lado la cocina.

—Contengo la respiración mientras caminamos hacia mi gloriosa, paradisíaca y palaciega cocina. ¿Verá lo perfecta que es? ¿Le importará siguiera?

—Vaya —repite—. Qué barbaridad. —No suena a cumplido. Va directamente al frigorífico y señala acusadoramente la pantalla de televisión empotrada en la puerta—. ¿Para qué es esto?

Me siento idiota inmediatamente.

—Pues, bueno. —Me encanta este frigorífico. Es mi tercer mejor amigo después de Nean y la tía Midge. Pero lo traiciono sin dudar—. Venía con la casa. ¿Qué locura, no? ¿Una tele en un frigorífico?

Nean sacude la cabeza.

—Hay gente que compra cualquier cosa.

Se me rompe el corazón un poco.

—Pero se pueden ver programas de cocina, lo que es bastante práctico —digo, por si el frigorífico puede oírme—. Es una pequeña ventaja, nada más.

—Mmm... —dice y mi ánimo baja un poco más—. Vaya.

—Ahora ha visto la isla donde están todas las bandejas de comida esperando el último toque o el calor. Se gira y ve los seis quemadores encendidos y las luces del horno iluminadas.

—¿Quién más viene a cenar? —pregunta.

Aprieto los labios.

—Solo nosotros. —Se me revuelve el estómago—. No sabía qué te apetecería. —Me siento como una idiota acabada. No debería haberle dejado entrar en la cocina. Desesperada, alcanzo las dos copas de vino que he dejado respirando en el aparador y le doy una—. ¡Salud! —digo, oyendo la histeria en mi propia voz.

Deja la copa como si fuera una rata muerta.

—Janey, no bebo. Creía que lo sabías.

—¿No bebes? —¿Cómo iba a saberlo? Solo hemos estado juntos a la hora de almorzar.

—No. —Cruza los brazos a la defensiva.

Por primera vez veo que está de mal humor. ¿He hecho algo mal?

—Pues este lo he comprado especialmente para ti. Es un vino del valle del río Hudson, ¡cerca de donde debía de estar tu granja!

Sacude la cabeza.

—Gracias, supongo. —Parece realmente ofendido. ¿Lo he asustado con mi cocina y mi planificación? Pero creía que le gustaba como cocinaba. ¿Lo he mal interpretado todo?

Se me mustia la expresión.

—No pasa nada —miento, deseando poder encerrarme dentro de mí misma. Doy un buen sorbo a mi copa—. Pensé que reconocerías el *terroir* —añado, desanimada al oír lo tonto que suena.

Me quedo en silencio un momento, sintiéndome imbécil. ¿Acabo de usar la palabra *terroir* en una frase? Le doy vueltas a la palabra en mi cabeza, sin dejar de pensar en las cuatro botellas de vino que están respirando en el aparador a pocos metros de nosotros. Va a creer que tengo un problema con la bebida. Pero ¿quién no bebe vino con la cena? Solo los alcohólicos, ¿no? ¿Es alcohólico?

Se aclara la garganta, y me devuelve a este incómodo momento.

—Comamos —digo, porque donde mi ingenio para la conversación me falla, mi comida puede acudir al rescate—. Ve a sentarte y yo serviré la sopa. ¿Te gusta el melón, verdad?

—Claro —dice, y me sonríe por primera vez desde que ha entrado en casa. La sonrisa, esa sonrisa tan conocida, me proporciona suficiente calor para que me atreva a tocarle la espalda suavemente y empujarlo hacia la habitación del fondo y la mesa romántica para dos que nos espera.

—Enseguida estoy contigo. —Abro el frigorífico, acaricio el televisor con afecto, y saco la sopa fría y la crema fresca que he aromatizado con menta por encima. Esto al menos lo he hecho bien. Esto le gustará.

Cuando he servido dos boles los llevo y lo encuentro de pie en el centro de la habitación, contemplando la vista del océano con el ceño fruncido.

—¿Qué pasa? —pregunto, dejando los boles de sopa sobre los platos blancos a juego.

—Nada —dice, con la cara un poco arrugada cuando se sienta a la mesa—. Debe de estar bien vivir aquí.

—Sí —asiento enfáticamente—. ¿Tú dónde vives? —Intento decirlo como si nada, pero en realidad estoy desesperada por saber estos detalles.

—En Little Pond —dice, usando el mismo tono exacto con el que me ha dicho que no bebe. Es la voz de un adolescente diciendo: «No te enteras».

Intento que hable, llevarlo a un terreno conocido.

—¿Cerca del refugio?

—No, muy lejos. —Sigue un silencio. Le observo con atención cuando se acerca una cucharada de sopa a la boca—. Mmm... —dice, pero sin asomo de su habitual entusiasmo.

Sonrío débilmente.

—Cuéntame cosas de tu casa —digo, preguntándome si habré añadido demasiada menta—. ¿Tiene vistas?

—No muchas.

—Entonces está en el interior.

Sus ojos se van hacia el océano. Me doy cuenta de que nunca lo había visto de este humor.

—Eso —dice por fin—. No tiene nada que ver con esto —añade.

Pienso en Nean, en su gran impaciencia con las personas que tienen dinero. ¿Es así como se siente Noah? ¿Es por eso por lo que parece tan gruñón?

—Ganar una casa como esta es lo mejor que te puede pasar —digo, intentando recordarle que no compré la casa, que me cayó del cielo—. Me siento muy afortunada.

—No me puedo ni imaginar los impuestos que deben gravar una finca como esta.

Me encojo, sin saber qué deducir de eso. Parece un comentario muy grosero. Pero también es cierto que se dice que los habitantes de Nueva Inglaterra son más abiertos con cuestiones de dinero que los de Iowa. Sería difícil no serlo. Intentando seguir el dicho de donde fueres haz lo que vieres, respondo con sinceridad.

—Pienso pagarlos con una herencia que tuve hace muchos años —digo.

Se ríe de manera burlona.

—Algunas personas tienen suerte en todo.

Se me cae la cuchara. Ya estoy harta.

—¿Qué dices? ¿Suerte? Preferiría mil veces tener al hombre vivo que su herencia, muchas gracias. —Estoy tan indignada por lo que ha dicho que olvido que nunca le he hablado de Ned. Cuando me doy cuenta de que es la primera vez que lo menciono delante de Noah, me entran náuseas.

Tiene la decencia de poner cara de avergonzado.

—Lo siento —dice amablemente—, estoy siendo un imbécil.

—Sí, lo estás siendo —digo con ganas—. Ni siquiera me has dicho si te gustaba la sopa.

Deja la servilleta en la mesa y se pone de pie.

—Tengo que irme.

—¿Qué? —Pienso en las costillas de cerdo, rellenas y marinadas, terminando de cocerse al horno a fuego lento en este momento—. ¿Ahora?

—No creo que esto fuera buena idea. —Su voz es grave y neutra, pero sé que no habla de la sopa de melón. Empieza a alejarse de la mesa.

—Espera. —Me levanto con tanta rapidez que vuelco el bol sobre el plato—. No te puedes ir. He hecho costillas de cerdo. He hecho puré de patatas y alcachofas asadas. Te he preparado un *clafoutis*. —Oigo lo desesperada, lo patética, que sueno, pero no puedo parar.

»¡Hay helado casero en el congelador! —grito cuando se va hacia el salón—. ¡Noah! —Se está alejando de mí y siento las lágrimas subiéndome a los ojos al ver que se marcha. Lágrimas de rabia—. ¡¿Sabes lo que se tarda en lavar una alcachofa?! —grito.

En medio de la sala se para y se gira para mirarme. Lo estoy persiguiendo tan deprisa que casi tropiezo con su cuerpo. Estiro los brazos para no perder el equilibrio y le agarro la camisa.

—¿Noah? —pregunto—, ¿qué pasa?

Me mira, con los ojos todavía cálidos a pesar de que su cara está impertérrita.

—Janey, eres maravillosa —dice, y sé por los chicos con los que salí en el instituto que esto es el final—. En serio.

Aquí pierdo el dominio de mí misma. Me echo a llorar y me agarro con más fuerza a su camisa. Apoyo la cabeza en su pecho como si pudiera esconderme de esto.

—Pero yo no te convengo —oigo que dice, desde otra habitación, desde otra casa incluso. ¿Está hablando conmigo? ¿O se lo está diciendo a alguien más, en otra vida, en otra dimensión?

—Yo no le convengo a nadie —digo bajito contra su camisa, y obligo a las lágrimas a quedarse dentro de mi cabeza. Me incorporo y le suelto la camisa—. No debería haber preparado tanta comida —me justifico, sabiendo mientras lo digo que he sido una loca. Me he enamorado a través de una serie de almuerzos y picnics sin importancia, y... paseos en coche, por el amor de Dios. He cocinado suficiente cena esta noche para alimentar toda una relación, comienzo, mitad y final. Pero nunca ha habido relación que alimentar. Solo la que estaba en mi cabeza.

Su camisa, que estoy mirando ahora, está mojada: dos ojos, una nariz. Hay dos manchas arrugadas donde la tenía agarrada como si me fuera la vida.

—Gracias por venir —digo, aunque no tengo ni idea de qué le estoy agradeciendo.

—Lo siento muchísimo —dice, se inclina y me besa en la frente. Contengo la respiración y aprieto los labios con fuerza—. Buenas noches, Janey —se despide, y me deja allí de pie, con los ojos más y más secos, los pensamientos que se alejan más y más. Pienso en todo lo que he arriesgado esta noche. Pienso en todo lo que he perdido. No sé cuánto tiempo estoy así hasta que voy a la cocina y apago todos los hornos, cierro el fuego de todos los quemadores.

Después limpio los boles de sopa, meto las cucharas en el lavavajillas y echo las servilletas al cesto de la ropa sucia.

Cuando no queda rastro de que Noah haya estado aquí, cuando es como si esto no hubiera pasado, salgo. Voy a las rocas, a esperar la oscuridad y las estrellas y la luna, y el único momento en que puedo hablar con Ned.

NEAN

«El instrumento menos utilizado en la cocina es el cerebro.»

—ALTON BROWN
I'm Just Here for the Food

Mientras Janey intenta ligar, voy al bosque a ver a J. J. Hemos quedado en el mismo bosque de pinos donde tuvimos nuestro primer encuentro y lo deseo con todo mi corazón. He birlado una botella de vino de la larga hilera de Janey, y J. J. se encarga de traer vasos de papel y una manta. ¿Qué más podríamos necesitar?

Necesitamos que no se vaya. Pero eso no va a pasar.

Cuando por fin llego a nuestro lugar, ya me está esperando y parece totalmente relajado. Ahora, siempre que lo veo me lo imagino en la película *Código de honor,* caminando tranquilamente por los imponentes pasillos y los patios ajardinados de Dartmouth con libros encuadernados en piel bajo el brazo. Por lo visto, en mi cabeza, todavía estamos en los años cincuenta en cualquier campus de universidad de élite.

Intento con todas mis fuerzas sustituir la imagen por la de J. J. el jardinero a tiempo parcial, que lleva vaqueros gastados y empuja una carretilla. Es inútil. Para mí será un universitario para siempre.

—Nueve días más —digo, a modo de saludo.

He tomado por costumbre informarle del tiempo que nos queda para estar juntos, tal vez porque él se va hacia algo, mientras que yo me quedo atrás, y quiero que se sienta culpable.

—Hola a ti también —dice—. ¿Noah está ahora en la casa?

Asiento.

—Le he echado un vistazo antes de irme. Estaba mono, en su estilo granjero.

J. J. sonríe a gusto.

—Ay las chicas Brown —dice, juntándonos a todas de esa forma suya tan irritante—. Nunca se cansan de los hombres con las manos sucias de tierra.

—¿Cuántas veces tengo que explicártelo? No somos familia. Solo tenemos el mismo apellido.

J. J. se encoge de hombros.

—Para mí sois como hermanas.

Le doy un pequeño empujón, como si me molestara; en el fondo me siento halagada.

—Pues no lo somos —digo, tanto para mí como para él—. Que no se te olvide.

—Veamos ese vino —dice—. A ver qué has traído.

Saco la botella de vino con una imagen de un castillo francés.

—A ver... —entorno los ojos y miro la etiqueta—. Côte Rôtie. Con esto te pondrás extra entonado, en francés.

—Mi cosecha preferida. —J. J. saca un sacacorchos.

Está claro, por eso va a una buena universidad, porque se acuerda de traer un sacacorchos, y pronto estamos tomando el primer vaso. Debería decir copa. El vino es estupendo de verdad, y por un momento me siento culpable de haberlo birlado de la hilera para la gran cena de Janey, pero ha comprado dos botellas. Y parece llevar más alcohol que los vinos no tan buenos habituales. Probablemente le he hecho un favor.

J. J. parece adivinar mis pensamientos.

—Me gustaría saber cómo les va a Janey y Noah.

La noche es cálida. Estiro las piernas y me quito los zapatos.

—Estarán comiendo costillas de cerdo —digo.

—Puede ser... —J. J. se acurruca detrás de mí, formando una especie de tumbona para que me apoye, y me pasa los dedos por el pelo—. O puede que estén demasiado consumidos por el deseo para comer...—Hace un camino de besos en mi cuello y todo el cuerpo me pesa.

Entonces pienso en Janey consumida por el deseo y me río.

—Sí, seguro. Como si Janey pudiera pensar en algo más que en cocinar. Deberías haber visto la cocina. Comida por todas partes, mires donde mires. Es como ir al Old Country Buffet. —En cuanto lo digo me ruborizo. Seguro que J. J. no ha estado en un Old Country Buffet en su vida. Demasiado ocupado comiendo langosta.

Pero J. J. se ríe y su risa es cálida y simpática.

—Una vez fui a un Old Country en Portland, cuando estaba de excursión con los *scouts*. Hicimos un concurso a ver quién comía más queso fresco. Gané yo. Fue una sensación extraña, volver a casa en el autobús de la escuela con el estómago lleno de queso fresco.

Resoplo.

—¿Por qué queso fresco? ¿Por qué no pollo frito, o filete de pollo, o algo más apetitoso?

—Porque —dice tan tranquilo—, con las ensaladas entra barra libre de queso fresco —sigue, como si fuera lo más evidente del mundo—. Y la barra de ensaladas es mucho más barata que el bufé entero. —Se inclina para hablarme al oído—. También comimos muchas lonchas de tocino.

Ladeo la cabeza.

—¿En serio? ¿No aprovechasteis el especial infantil de 6,99 dólares con el que puedes comer todo lo que quieras? No te entiendo. ¿Eres rico o pobre?

Otra risa espontánea.

—No lo sé seguro. ¿Cuál es la respuesta acertada?

—Pobre —digo con seguridad, volviéndome para mirarlo a la cara.

Sacude la cabeza.

—Nean, mira que eres rara.

Me agarra la cara entre las manos y me besa.

Mucho después, cuando el suministro de sangre ha vuelto a mi cerebro y el vino es un recuerdo lejano, le pido a J. J. que me acompañe a casa. Estoy alegre y me siento amada, al fin y al cabo, y por consiguiente me muero de hambre. Pienso en las montañas de comida que había sobre la isla cuando me he marchado —patatas, langosta, filetes, sémola— y tengo claro que no podré resistirme a probar los restos. Cuando le recuerdo a J. J. que probablemente Janey ha cocinado costillas de cerdo de sobra, casi tengo que correr para alcanzarlo. No pierde tiempo: sube hasta la carretera, pasa por delante de la granja y corta por el bosque hacia su cobertizo de jardinería. Cuando llegamos a la hilera de árboles a unos treinta metros de la casa, lo agarro, utilizando todo el peso de mi cuerpo para parar su estampida inducida por el deseo de comer carne.

—Espera —siseo, susurrando como si los enamorados de dentro pudieran oírnos acercarnos desde tan lejos—. Tenemos que ser sigilosos para no cortarles el rollo.

J. J. asiente solemnemente y damos la vuelta hacia la parte de la casa que da al océano y caminamos furtivamente hacia la puerta de la cocina, sin hacer ruido, para que no nos vean aunque estén en la habitación de atrás. J. J. empieza a tararear el tema de *La pantera rosa* cuando nos acercamos y me da un ataque de risa, que intento sofocar con todas mis fuerzas.

—¡Chis! —susurro exageradamente—. No deben descubrirnos. El futuro de tus costillas de cerdo está en juego.

Eso solo provoca que J. J. avance más furtivamente, y la visión de él de puntillas, doblado hacia delante, con el dedo índice frente a los labios, es demasiado para mí. Me tapo la boca para contener la risa, pero se me escapa por los lados y por los ojos.

Me abraza, utilizando el torso para sofocar mi risa, pero entonces siento que él también se empieza a reír, y enseguida estamos los dos temblando por las carcajadas, que intentamos dominar agarrándonos el uno al otro.

—Silencio —intento decir, pero me sale un bufido—. ¡Piensa en Janey!

Quiero dejar de reír y me imagino la expresión de la cara de Janey si nos viera caídos contra un lado de la casa, prácticamente meándonos encima de risa. La idea de su expresión furiosa me hace reír más fuerte aún.

J.J. sacude la cabeza histérico.

—Lo siento, lo siento. —Respira hondo y con fuerza—. En serio, si le estropeamos su momento con Noah nos matará a los dos. —Se recompone un poco y pone los hombros rectos.

—Tienes razón —digo, asintiendo y jadeando—. Tanto cocinar y tantos preparativos... Si ahora se lo estropeamos, quien sabe cuándo tendrá otra oportunidad de enrollarse con un chico.

—Al menos hasta que la tienda de ultramarinos consiga reabastecerse. Vamos. —J. J. se pone derecho y mira por la ventana de la cocina—. En la cocina no hay nadie. —Lentamente, muy lentamente, sube la escalera de la puerta de la cocina y gira el pomo. No se oye ningún ruido. La abre un par de dedos y mira dentro.

—No hay moros en la costa —susurra con excitación—. ¡Y veo cerdo!

Entramos los dos en la cocina. Observo que J.J. busca entre la enorme disposición de comida y luego se abalanza sobre una cazuela que está encima de un calientaplatos, donde seis enormes costillas de un hermoso color marrón están completamente ignoradas e intactas. Alcanza una con los dedos, sujetándola por el hueso, y le da un bocado enorme como si comiera una pierna de cordero en la época de la Edad Media.

—Mmm... —dice con entusiasmo, aunque muy bajito.

Encuentro mi premio gordo, un cazo frío de langosta envuelto en arroz denso y cremoso, que también parece totalmente intacto. Utilizo la cuchara de madera del cazo para meterme una cucharada en la boca. Su dulzura cremosa está tan rica que pongo los ojos en blanco y me sale un gemido.

—¡Uf! —Me lo trago y añado bajito—: Por Dios, que bueno está.

J. J. se acerca y ofrezco una cucharada para él. Prueba un poco y su reacción es parecida a la mía. Entonces mira el aparador y se le abren mucho los ojos.

—¡Vino! —susurra. Va hacia las botellas, pero lo detengo con un brazo delante del pecho.

—¡Espera! ¿Dónde está la feliz pareja? —pregunto.

—Deben de estar arriba —dice J. J. levantando y bajando las cejas—. No he oído nada...

Echo un vistazo a la entrada de la cocina y no veo nada. Envalentonada, voy de puntillas al salón. Nadie. Tampoco hay nadie en la sala tres estaciones. Para asegurarme del todo voy a ver si están en la piscina, pero fuera no se ve nada más que oscuridad. Exultante, vuelvo corriendo a la cocina y le doy un gran beso a J. J. en los labios.

—¡Abajo no hay nadie! —digo, levantando una pizca la voz—. ¡Estarán arriba montándoselo!

J. J. sonríe.

—Esto significa... —Señala la comida apetitosa que nos rodea en todas direcciones y me lanza una mirada interrogante.

Ahora sí. Sacamos tenedores y cucharas soperas del cajón del fregadero y agarramos cazos y bandejas llenas de langosta, polenta especiada de color amarillo anaranjado brillante, tomates rojos pletóricos, tostadas diminutas con jamón y cantidades enormes de puré de patatas que nos llevamos a la barra del desayuno. J. J. trae bandejas llenas de filetes finos y ensalada, hojas de alcachofa con un cucharón de salsa cremosa y, por supuesto, las costillas de cerdo que siguen en la sartén; sirve un par de vinos en las elegantes copas que venían con la casa. Acercamos taburetes a la barra de la cocina y devoramos como cafres, directamente de las bandejas. He comido dos bocados de puré de patatas, que, incluso frío, sabe a cielo y tierra a la vez, gracias a aquellas caras trufas negras y a una generosa porción de mantequilla, cuando J. J. señala una cazuela de esmalte rojo grande tapada que está en medio de la barra, más o menos un palmo fuera de nuestro alcance.

—¿Qué es eso? —pregunta. Tiene las pupilas dilatadas y una mirada codiciosa, como un niño que ve su primer tobogán.

—Ni idea. —Me levanto sobre el reposapiés del taburete para alcanzar la cazuela en cuestión y tirar de ella—. No recuerdo haberle visto hacer nada en este...

Lentamente levanto la pesada tapa. Miramos dentro y callamos de puro respeto. Dentro hay un postre hermoso y exuberante de cereza. Por encima está salpicado de círculos vibrantes de color cereza sobre una crema amarilla, lo que aporta estilo y elegancia, como algo salido de un libro de cocina. Una mirada a ese plato es como saborear cerezas brillantes y jugosas y sentir la crema sedosa en la lengua. Se me hace la boca agua.

—Guau —dice J. J.—. ¿Qué es?

Veo que está tan pasmado y siente tanta admiración como yo.

—No estoy segura, pero tiene que ser un postre. Es una maravilla —añado innecesariamente y bajo la tapa.

—Espera... —dice J. J., y acerca la cuchara a la cazuela como una arma de destrucción masiva—. Quiero probarlo.

—Ni se te ocurra. —Bajo la tapa de golpe y empujo la cazuela fuera de su alcance—. ¿Es que no lo has visto? Es precioso. No podemos estropearlo. ¿Y si pensaban comerlo más tarde? ¿Después? —Le doy a la palabra todo el significado que puedo para que J. J. vea lo que está en juego.

Dudoso, J. J. baja la cuchara, con los ojos fijos en la cazuela que escapa a sus garras.

—No, tienes razón —dice lentamente, como si no lo creyera del todo, volviendo a sus costillas de cerdo con menos interés que antes—. Es demasiado perfecto.

Suspiramos juntos, como sincronizados.

—Exactamente. Demasiado perfecto para nosotros —dice—. Pásame más vino.

J. J. y yo seguimos comiendo al menos una hora, quizá más. Las sabrosas carnes y las cremosas pastas nos hacen perder la noción del tiempo. Como despacio, a pesar de la agradable sensación de descontrol provocada por el vino, probándolo todo a conciencia, disfrutando de cada bocado, hasta que es doloroso comer más y me siento en Babia y cálida por dentro. En todo ese tiempo no se oye ningún ruido arriba, y me encuentro mirando a J. J. con cara de admiración cuando me doy cuenta del tiempo que ha pasado.

—Noah debe de ser un semental —digo, con la boca llena de vino.

J. J. mira el gran reloj de la cocina y después a mí.

—Madre mía. Si son casi las once. No me había dado cuenta de que llevábamos tanto rato aquí.

—Yo tampoco. ¿Qué crees que estará pasando arriba?

—No lo sé, pero deberías preguntárselo a Janey para que podamos probarlo —dice, con los ojos brillantes. Ha bebido tanto como yo, se nota. Los dos hemos adoptado una inclinación precaria en nuestros taburetes.

—Quizá deberíamos probar un poco más nuestra técnica primero —arrastro las palabras solo un poco y sacudiendo el pelo de esa forma sensual que tan bien me sale—. Antes de añadir nada nuevo a nuestro repertorio. —Pongo una mano sobre el muslo de J. J. para que sepa que esto es una invitación y no una crítica de sus habilidades. Me agarra la muñeca y me mueve la mano más arriba de su muslo. Ronroneo.

—Quizá sí —dice, y se pone de pie, o más bien resbala del taburete— y me baja del mío. Me da un beso laaaaargo especialidad J. J. y entonces me sorprende apartándose, mirándome de arriba abajo y después besándome otra vez enseguida, esta vez con más intensidad y más frenesí. Siento que el cerebro, ya impedido por el vino, se derrite.

—Aaaay —gimo.

Lo siguiente que sé es que estamos contra la encimera, con mi espalda sobre las hectáreas de bandejas, los brazos extendidos para mantener el equilibrio, y las piernas enroscadas en la cintura de J. J. Nunca había tenido un sexo tan brutal y juraría que me han ardido los ojos en las cuencas de pura intensidad. No veo ni oigo nada y siento como un ganglio de nervios al descubierto. Las cosas van deprisa y se vuelven más y más intensas. En cierto punto juraría que pierdo el conocimiento.

Y entonces un sonido se abre paso entre la niebla. Es un grito. Un grito angustiado.

Oh, mierda.

Abro los ojos de golpe y miro por encima de los hombros de J. J. a los ojos rojos y fijos de Janey. Se me abre la boca.

—Oh, mierda —digo, lo suficientemente fuerte para que J. J. pare de moverse de golpe.

—¿Qué pasa? —pregunta, mirándome a la cara e intentando sostenerme las piernas incluso cuando se me quedan flácidas.

—Oh, mierda —repito, incapaz de hablar, desesperada por quitarme a J. J. de encima—. Oh, Janey, oh, Dios mío.

Me desenredo y me subo la falda más o menos al mismo tiempo, y rápidamente me quito las bragas, que tengo por los tobillos de todos modos, para poder correr hacia ella. Me mira fijamente, sin habla. La expresión de su cara es completamente inescrutable.

Para entonces J. J. también ha entendido la situación y se está subiendo los vaqueros, pero Janey mira su culo desnudo como probablemente haría yo en su lugar. Con los ojos escruta la habitación y ve las botellas vacías que nos rodean. Las manchas de vino que he vertido en el suelo. Las porciones que faltan en todas las bandejas, boles y cazos. Los platos de la barra llenos de patatas a medio comer y huesos de costillas de cerdo. Seguro que parece que han soltado dos animales en la cocina. La habitación da vueltas.

—Janey, lo siento, perdona este desorden —digo, frenética—. Te ayudaré a limpiar. Pensábamos... —tartamudeo para explicarme—. Pensábamos que tú y Noah estabais arriba. Creímos que no te importaría.

—¡¿Qué no me importaría?! —grita—. ¡¿Qué no me importaría?! —Su voz es aguda y está llena de pánico y veo que está a punto de llorar. Empiezo a sudar a chorros, pensando qué puedo hacer para arreglarlo. ¿Debería abrazarla? ¿Ponerme a limpiar? ¿Ponerme las bragas? Me da miedo acercarme a ella mientras esté tan enfadada—. ¡Esta es mi cocina! —chilla, y recuerdo con horror que la última vez que me dijo esto me atacó con un pato—. ¡No puedes venir aquí y convencerme para que me humille y después tirarte a tu novio en mi cocina mientras yo lloro!

273

Me tambaleo hacia atrás. Nada tiene sentido... y lo que menos tiene es que pensara dejar mis bragas en las baldosas de travertino de Janey. De repente me siento muy borracha, y lo único que quiero es subir a la habitación echarme y cerrar los ojos.

—Janey, de verdad que lo siento —digo, mandando señales de agotamiento con la voz.

—No sabemos cómo ha pasado —interviene J. J.—. No queríamos...

Pero sus palabras caen en oídos sordos. Janey se ha vuelto a encerrar en sí misma. Sus ojos se han vuelto fríos y toda su postura es de derrota. En medio del silencio lo entiendo. Noah no está arriba. Se ha ido. Toda esa comida no eran las sobras; no se llegó a servir. La cita ha sido un fracaso.

Automáticamente voy hacia ella y le toco el brazo, pero se aparta. No me extraña, teniendo en cuenta que estoy cubierta de fluidos sexuales. Qué idiota soy... En mi lujuria borracha no he hecho más que empeorar una situación ya bastante mala.

—¿Qué ha pasado? —pregunto, pero no parece que me oiga. Está mirando el suelo—. ¿Qué ha pasado contigo y con Noah? —digo otra vez, esta vez más fuerte, casi gritando, y ella ladea la cabeza y veo escrito en su cara que tiene el corazón roto.

Me mira con cautela, insegura. Quiero abrirle los brazos y dejar que se apoye en mí, pero me siento asquerosa, sucia, y estoy segura de que ella también me ve de esa manera.

—Se ha ido —dice por fin, con la voz temblorosa de ira y de tristeza—. Ni siquiera ha comido. Se ha levantado y se ha marchado sin terminarse la sopa... —De repente calla y se aparta de mí.

—¿Qué? —pregunto, pero ella está yendo hacia la barra donde yo estaba recostada hace un minuto. Está arrodillada al lado de la encimera y mira algo que no puedo ver detrás de su cuerpo—. ¿Qué pasa? —pregunto otra vez.

Se levanta despacio y veo que todo su cuerpo vibra de furia.

—Fuera de mi casa —dice, bajo y con dureza, y con absoluta seriedad.

Sé que debería volverme y correr, pero soy demasiado estúpida para moverme.

—¿Qué? —digo, mareada y confusa—. ¿Por qué?

Se mueve a un lado y señala algo en el suelo. Detrás de ella, en el suelo, donde lo debo haber tirado sin querer cuando J. J y yo estábamos... bueno, estábamos haciendo lo que hacíamos, está la cazuela roja de postre que había protegido con tanto ahínco de la cuchara de J. J. hace una hora. El esmalte rojo de la cazuela está roto por mil sitios y esparcido por las baldosas negras. Alrededor, como el cerebro aplastado de un saltador suicida, está el contenido de la cazuela: crema en grumos y aquellas cerezas grandes y brillantes, ahora flácidas e inútiles sobre el suelo, ya no son las estrellas de algo espectacular. Solo masas rojas echadas a perder en un charco amarillo de pringue.

Una de las cerezas está aplastada: la huella inconfundible de las botas de trabajo de J. J. cruza la piel destrozada. Deseo fervientemente poder cambiarme por esa cereza en este momento.

—Estoy harta de que me destroces la vida —dice Janey, llorando, y sé por qué lo dice. Era perfectamente feliz viviendo su vida tranquila antes de que llegara yo. Vine, me puse en medio y no callé nunca y la presioné y presioné, y ahora tiene el corazón roto y es desgraciada. Sé inmediatamente que es cierto: sería feliz si no fuera por mí.

Yo también empiezo a llorar. Todo esto me hace sentir increíblemente cansada. Estoy cansada de tomar decisiones tan estúpidas, día tras día, y echar a perder las cosas buenas que hay en mi vida.

—Tienes que irte —dice Janey, pero me quedo quieta, muda, deseando no ser tan idiota, deseando no estar tan borracha, deseando, más que nada, no haber ido nunca a Maine.

En vista de que no me muevo, se pone más furiosa.

—Lo digo en serio. Vete de casa —dice, señalando el desastre de su postre perfecto estropeado y después la puerta—. Vete.

Miro al suelo. No hay nada que pueda decir, así que agarro a J. J. de la mano y lo llevo a la puerta de la cocina.

—Vamos —digo en voz baja, porque todas las ganas de pelea por quedarme se han disuelto en un baño frío de compasión y vergüenza. Es hora de que deje a Janey volver a su antigua vida, de que deje que J. J. se marche, de que me vaya de aquí y busque un nuevo juego de mentiras y vidas por arruinar—. Es hora de que me vaya.

JANEY

«Como en la cocina, en la vida nos apañamos como podemos...»

—NIGELLA LAWSON
Nigella Express

Esa noche es espantosa.

Subo y me tumbo en la cama todavía hecha, que está demasiado vacía solo conmigo. ¿Por qué pusieron los diseñadores una cama tan grande? Ni siquiera es la habitación de matrimonio. Estiro los brazos para intentar llenar el espacio y me quedó así sintiéndome idiota y deseando poder dormir.

Al cabo de unas horas me rindo. Hay demasiada vergüenza y decepción dentro de mí para que vuelva a dormir nunca más. Alcanzo mi libro preferido de Nigella Lawson de la mesita, aunque defiende con demasiada alegría el uso de vinagres con sabores y el atún en aceite. Vuelvo a dejar el libro en la mesita de noche y me arrastro hasta el borde de la cama donde puedo dejar las piernas colgando. Todavía estoy vestida, todavía llevo el vestido trapecio azul que esta tarde me parecía tan *sexy* y desenfadado. Ahora es demasiada tela bajo las axilas, demasiado movimiento alrededor de las piernas. Me levanto y giro y siento que el vestido se hincha como un paracaídas, y después vuelve a caer sobre mí. Cuando dejo de girar quedo de cara a la puerta ligeramente abierta y veo un par de ojos que miran dentro.

—Cariño —dice la tía Midge, cuando ve que la he visto—. Oh, cariño.

Entra en mi habitación con su camisón rosa de volantes y sus ridículas zapatillas peludas de Einstein y me rodea fuerte con sus brazos.

—Lo he oído todo. Lo siento mucho.

Me pongo a llorar inmediatamente.

—Noah se ha ido y después he echado a Nean de casa —digo.

—Lo sé, cariño, lo sé.

Me dan calor sus brazos y me aparto.

—Estoy bien —digo, porque ¿qué voy a decir si no?

Pero no me hace caso, va hacia la cama, donde retira el cubre-cama y amontona los cojines. Se sienta en mi lado de la cama, se apoya en la cabecera y golpea el otro lado con la mano abierta.

—Ven aquí y llora en mi hombro viejo y huesudo.

Me siento en la cama, rígida, temiendo que, si suelto el cuerpo, se me escape el gran berrinche que antes me he tragado. Pero la tía Midge está encima de mí; tira de mi brazo para atraerme hacia ella y al mismo tiempo me frota la espalda como si fuera un bebé con gases. La sensación es tan reconfortante que sé que no tardaré mucho en sollozar con todas mis fuerzas.

—Lo siento, Janey —dice, mientras me acaricia la espalda—. Te he presionado demasiado, y he empujado a Nean a hacer lo mismo. —Me acurruco y apoyo la cabeza en el cojín a su lado, para que pueda acariciarme el pelo como hizo cuando mi madre murió—. Quería que encontraras a alguien, no quería que estuvieras sola. Pero no hace falta que busques más si no quieres. No volveré a sacar el tema.

Me abandono al llanto con desenfreno.

—No es culpa tuya, tía Midge —gimoteo mirando al techo—. Y tampoco de Nean. Era yo la que lo quería. Me dejé llevar... —Se me quiebra la voz en un gemido de infelicidad.

La tía Midge se sienta más derecha y me mira; estoy tirada como una fregona mojada.

—Escúchame, Janey Brown —dice, después de dejarme sollozar un rato—. Si lo quieres, si lo amas, puedes tenerlo, ¿entendido?

Asiento un poco, porque sé que es de la única forma que la tía Midge volverá a acariciarme el pelo, y porque no puede saber hasta qué punto se equivoca. Ella no estaba..., no ha visto cómo me ha mirado.

Aparta la mano.

—No me sigas la corriente porque sea vieja —me ordena, con toda la severidad que puede.

Sacudo la cabeza.

—Lo siento, pero...

—Decir que lo sientes no es sentir que lo haces —dice, y no tiene más sentido esta vez que los otros miles de veces que me lo ha dicho en nuestros treinta y cinco años juntas. Pero consigue que deje de llorar un poco intentando descifrarlo.

»Bien, así está mejor —añade con una sonrisita—. Nada como la sabiduría de tu sabia tía abuela Midge para hacer que te sientas mejor.

Asiento solemnemente y dejo que se me relaje la cara. Su absurdo autobombo nunca deja de animarme, y lo sabe.

—En ochenta y ocho años se aprenden cosas —dice a su manera regia—. Cosas que facilitan la vida. —Calla, buscando en su memoria, y espero su sabio consejo—. Como, por ejemplo... —Veo como busca las palabras adecuadas—. Como que no siempre puedes conseguir lo que quieres.

—Tía Midge, eso es de una letra de los Rolling Stones.

—Lo sabes de sobra.

—Creo que yo lo dije primero. ¿Qué más he dicho? Ah, sí; si lo intentas, puedes descubrir... —levanta la voz— ¡que consigues lo que necesitaaaabas! —No hace falta decir que también toca una guitarra imaginaria.

Le concedo una pequeña sonrisa, su interpretación hace imposible mantener la tristeza.

—Mejor —dice cuando lo ve—. Pero en serio, esto es lo que has aprendido cuando tienes ochenta y ocho años. —Ahora pone la voz más solemne que le he oído nunca—. Aprendes que las casas, especialmente las casas grandes como esta, son como corazones. Son para poner cuanta más gente dentro mejor. —Se desliza un poco más por debajo del cubrecama y sé que se quedará a hacerme compañía en mi habitación el resto de la noche y mi corazón se llena de gratitud—. ¿No lo olvides, entendido, Janey? —insiste, mientras ahueca la almohada debajo de su cabeza.

—De acuerdo, tía Midge —digo.

—Ahora apaga esa luz para que pueda dormir y estar radiante mañana —dice con un gesto florido de la mano. Antes de que pueda volver a echarme, ya está dormida y roncando. Aunque sé que debería estar despierta toda la noche y sentirme desgraciada, no tardo mucho en imitarla.

NEAN

«Para mí el desayuno no es una forma de empezar el día sino de
seguir con lo que pasó la noche anterior.»

—ROY FINAMORE
Tasty

Esa noche es espantosa.

J. J. me lleva a su furgoneta, y después a su casa, donde me
busca una almohada limpia mientras yo espero, de pie, muda.
Él se instala en el sofá de la sala del televisor. Yo me duermo
en su cama, bajo el edredón de poliéster de Snoopy.

Unas horas después me despierto, sobresaltada por el retor-
no de la sobriedad. Me quedo un momento echada y deso-
rientada, y entonces todo vuelve: la cocina, Janey, el edredón
de Snoopy. Después el resto: J. J., la universidad, Noah, mis
promesas a la tía Midge y la Gran Mentira que lo empezó
todo. Estoy mareada, la comida sabrosa y el vino caro más
la vergüenza me han dejado un estómago de plomo. Tengo la
boca demasiado seca. Me levanto de la cama para ir a por
agua.

En la cocina encuentro a J. J. sentado a la mesa de la cocina con el periódico, haciendo el crucigrama. Agarra un vaso
de zumo de naranja con una mano como si le fuera la vida.

—Buenos días —gruño, buscando un vaso en los armarios de su madre—. ¿Tus padres todavía duermen?

—Que yo sepa. Por Dios, me siento fatal —dice, frotándose la nuca.

—Yo también —digo, en referencia a la pelea con Janey, no a la resaca, que considero una extensión natural de mi culpa.

—¿Qué vamos a hacer? —me pregunta J. J., que por lo visto hablaba de lo mismo—. ¿Ir a disculparnos?

Sacudo la cabeza lentamente.

—No puedo volver, J. J. —digo—. Y aquí tampoco puedo quedarme. Es hora de seguir mi camino.

Frunce el ceño y arruga la frente. Veo el dolor de cabeza palpitante en sus ojos.

—¿Seguir tu camino? Ni que fueras una vagabunda.

Suspiro y me siento a la mesita de madera a su lado.

—Soy una vagabunda —digo pesadamente, entristecida por lo bien que se ajusta a mí esta palabra—. Vine a Maine porque pensé que había ganado la casa de Janey en un sorteo. Rompí la cerradura y me instalé ilegalmente antes de que ella llegara. Después le conté una mentira enorme para que se sintiera culpable y no me echara y me he estado aprovechando de su generosidad y su credulidad desde entonces.

J. J. parpadea varias veces, atónito.

—Vaya —dice, después de un largo silencio.

—Sí —digo en tono lúgubre—. Vaya. —Bebo un buen sorbo de agua y juro que la noto bajar por el cuerpo.

—¿Qué le dijiste? —pregunta J. J.

Tenía que preguntarlo, claro.

—Le dije que había matado a alguien —digo con toda la naturalidad que puedo. En este punto la verdad ya no importa.

J. J. se queda de piedra, como me esperaba.

—¿Y te creyó?

Sonrío un poco, con una sonrisa triste.

—Es increíble, lo sé.

Se encoge de hombros.

—Vaya. —Calla un momento muy largo y me doy cuenta de que estoy conteniendo la respiración. Aunque sepa que lo nuestro está casi terminado, no puedo evitar desear que siga gustándole ahora que lo sabe todo. Una palabra suya de perdón podría hacer todo esto más fácil de lo que debería ser.

—Bueno —dice finalmente, poniéndose de pie—. Haremos lo siguiente. —Su tono de voz es práctico, y no sé si está furioso conmigo o simplemente me deja por imposible. Cualquiera de las dos cosas...

—Voy a preparar tortitas, y nos las vamos a comer con mucho sirope y ocho tazas de café por lo menos. Y luego iremos a la casa y le dirás la verdad a Janey, toda la verdad, no solo la versión aguada que me contaste a mí, sino el principio, el medio y el final. Bueno, el final no. El final todavía no lo sabemos, ¿no? Pero lo sabremos pronto. O te permite quedarte o no, y cuando lo sepamos ya veremos.

Oh, J. J.

—Me apunto a las tortitas —digo, como si hubiera algo en el mundo que pudiera impedir que se tomara su dosis de sirope—, pero no le diré nada a Janey. Ya la he hecho bastante desgraciada. Ahora merece que la deje en paz.

—Lo que merece es saber la verdad sobre ti —contesta, y agita la mezcla preparada para las tortitas—. Ahora eres su mejor amiga, te guste o no, y cuando le rompen el corazón a tu amiga, tú no «sigues tu camino». Vuelves, con el rabo entre las piernas y te disculpas por enrollarte en su cocina, y después le dices la verdad para que tenga alguien con quien hablar.

Me doy cuenta de que no está formulado como una pregunta.

—Ajá —digo, porque al final haré lo que me dé la gana. J. J. ya debería tenerlo claro.

—Ajá, no —suelta bruscamente, y cierra la puerta del frigorífico con más fuerza de la necesaria—. No te escaquees. Esto es lo que vas a hacer. Esto es lo que tienes que hacer. Afróntalo.

No tengo que hacer nada, pienso.

—Mira...

—Calla —dice con una voz sorprendentemente amenazadora, y cierro la boca de golpe, acobardada, con un recuerdo de Geoff que pasa por mi cabeza como un relámpago y se desvanece con la misma rapidez—. No digas una palabra más. Quédate sentada y piensa en lo que vas a decirle a Janey, ¿entendido?

Asiento, idiotizada de asombro. No había visto nunca a J. J. insistir en nada. Normalmente es demasiado buena persona para eso. Sigue haciendo tortitas con renovado vigor, y los dos callamos mientras la mantequilla se derrite en la gran plancha de la cocina y él empieza a echar círculos de masa. Al cabo de un rato decido que a lo mejor debería pensar en lo que me ha dicho. A lo mejor Janey me perdona. A lo mejor sí necesita a alguien con quien hablar ahora mismo...

No. Esta es solo una forma de justificármelo todo a mí misma. Una excusa para quitarme el peso de encima y empezar de nuevo a costa de Janey, como si fuera uno de esos esposos infieles imbéciles que lo sueltan todo diez años después. Esto es lo último que necesita ahora.

En el silencio tenso, J. J. sirve platos de tortitas en pilas tan altas que me recuerda el frenesí devorador de anoche y lo que siguió. Se me cierra el estómago. Consigo pegar dos bocados antes de abandonar y apartar el plato, ansiosa de tanto pensar en las posibles reacciones de Janey si le contara la verdad. Enfado, eso seguro. Traición. ¿Decepción? Puede que no: a estas alturas no debe de esperar nada de mí.

Cuando J. J. ha terminado todas sus tortitas y el resto de las mías, y la botella de sirope, que antes estaba a medias, está vacía y pegajosa sobre la barra esperando que la enjuaguen y reciclen, se aparta de la mesa.

—¿Preparada? —dice. Ahora es más amable. Sé que se da cuenta de lo duro que será, si lo hago.

Entonces me tiende una mano y agarra la mía y me guía hasta la furgoneta. No son ni las seis y media de la mañana, demasiado temprano para la mayoría de las personas, pero existe la posibilidad de que Janey se levante pronto —¿tendrá que hacer el pan para el refugio en mi lugar?—, y lo que es seguro es que la tía Midge estará chapoteando en la piscina. Así al menos podré despedirme de ella, pase lo que pase.

Porque todavía no he decidido que vaya a hablar con Janey, aunque no pienso permitir que J. J., que está convencido de saber lo que es mejor, lo sepa. Después de dejarme, ¿cómo va a saber si he contado la verdad o me he quedado agazapada detrás de la casa un tiempo razonable y después he huido como una cobarde?

Es solo ese plan el que hace posible que suba con él a la furgoneta y deje que me lleve a casa de Janey. Entra en el jardín, pero lo detengo antes de que llegue a la hilera de árboles.

—Ya voy sola —digo, como si hubiera tomado una decisión—. Es mejor que lo haga sola.

J. J. asiente, y apaga el motor.

—Te espero aquí —dice, al tiempo que saca un libro de cuentos de Raymond Carver de la guantera—. Buena suerte.

Salto del coche y camino por la entrada de grava. Con el sol que viene por detrás, la casa está más bonita que nunca. Cada teja resplandece. El porche delantero es acogedor y da sensación de frescor. La puerta rojo brillante también promete serlo. Veo la ventana alta de arriba que da a la habitación de Janey y no parece que esté la luz encendida, pero el sol brilla tanto que es imposible saber si hay movimiento dentro.

El seto que J. J. mantiene tan perfectamente recto y plano me hace señas. Daré la vuelta y saludaré a la tía Midge y después decidiré lo que hago. A lo mejor me da alguna pista sobre las posibilidades de éxito que tengo. A lo mejor me da algún consejo.

Paso junto a los parterres que flanquean cada lado de la entrada y subo hasta la verja pequeña que lleva a la piscina. Hoy el sol dará calor, lo sé. No hay una sola nube en el cielo. No es precisamente un tiempo ideal para hacer autoestop. Quizá debería hablar con Janey. Quizá lo entiende. Gimo, exhausta de darle vueltas en la cabeza. No estoy más cerca de tomar una decisión de lo que lo estaba en la cocina de J. J. comiendo tortitas. La diferencia es que ahora no hay tiempo. Tengo que decidirme. En cuanto haya hablado con la tía Midge.

Abro la verja, y entonces la veo. Está desnuda, como cada mañana durante su baño, pero no está nadando. Está echada al lado de la piscina, acurrucada y muy quieta. Corro, me dejo caer en la hierba a su lado y grito su nombre, pero no me ve. No respira. Yo también dejo de respirar durante un rato que se me hace muy largo.

—¡Tía Midge! —grito, expulsando el último aire de los pulmones. Y entonces, porque sé que la tía Midge no me responderá, grito—: ¡Janey! —Agarro a la tía Midge por las axilas; pesa como un saco de arena. Le toco el cuello buscando el pulso, escucho el aire de la nariz buscando movimiento; no hay—. ¡Janey! —grito, pero ya no me sale mucho sonido. Ahora solo me sale llanto y miedo de todos los poros—. ¡Janey! —me oigo susurrar.

Siento que recojo a la tía Midge por debajo de los brazos, sosteniendo todo el peso de su cuerpo para colocarla en una posición más erguida. Como si pudiera sentarla para que sus ojos se abrieran y hablara conmigo. Siento las lágrimas calientes y la cabeza me da vueltas buscando un pensamiento razonable. Se suponía que debía decirme lo que tenía que hacer. ¡Tía Midge, despierta! ¡Necesito que me digas lo que debo hacer!

La puerta vidriera se abre y Janey está allí, con el mismo vestido azul que llevaba ayer, los ojos medio cerrados y pegados. La miro solo un segundo largo, solo para saber que sabe lo que ha pasado y vuelvo a mirar el cuerpo de la tía Midge en mis brazos. Por primera vez me doy cuenta de que tiene los ojos abiertos. Me está mirando.

Entonces siento el cuerpo de Janey junto al mío, sus brazos rodeándonos a las dos, la oigo llorar, veo su cara húmeda y brillante. Toca la mejilla ya fría de la tía Midge y aprieta los labios en dolorosa comprensión, pero no nos suelta. Estamos así mucho rato, Janey abrazada a mí, mientras yo abrazo a la tía Midge. Al cabo de un rato me doy cuenta de que Janey habla en voz baja por encima de mi llanto.

—Tranquila —dice, mientras me acuna—. Todo se arreglará.

TERCERA PARTE

Sirve

JANEY

«No toda nuestra historia de la comida está escrita en libros
de cocina.»

—JAMES BEARD
James Beard's American Cookery

Estamos en esa posición un buen rato, Nean, yo, la tía Midge, las tres juntas una vez más. Entonces aparece J. J., y recuperamos el sentido de la realidad, y nos levantamos, estiramos las piernas y me sorprende lo doloridas que tengo las mías. J. J. abraza a Nean y la deja llorar sobre su hombro, con una expresión triste y lágrimas en las mejillas que ella no puede ver, pero yo sí. Vuelvo a la casa, llamo a alguien, alguien que pueda venir y confirmar la defunción de mi tía abuela Midge.

Después nos sentamos los tres en los sofás de piel alrededor de la chimenea, a esperar. Nadie dice nada. Tampoco llora nadie. Me siento en un extremo del sofá, tiesa y miro al infinito, sin pensar en nada. En nada en absoluto. Nean se acurruca en el extremo opuesto, con la cabeza sobre el regazo de J. J. Si la tía Midge estuviera aquí, les tomaría el pelo por ser tan pegajosos. Pero está fuera, junto a la piscina, y no volverá.

Después de quién sabe cuanto tiempo, me viene un pensamiento a la cabeza, el primero desde que he visto que la tía Midge había muerto. Un pensamiento racional. Qué raro que piense con tanta claridad.

Es todo muy extraño.

Le pido a J. J. que nos deje solas un momento, que vaya a la cocina a tomar un café. Cuando se marcha, me siento al lado de Nean, le pongo una mano en el brazo para que sepa que ya no estoy enfadada.

—Nean, cuando llegue el forense, tienes que subir a tu habitación. No puedes quedarte aquí ni hacer una declaración.

Nean me mira un momento con una cara totalmente inexpresiva.

—Podrían meterlo en el sistema, tu nombre, me refiero, si les dices que has sido tú la que la has encontrado. Y entonces la Policía te localizaría.

Sacude la cabeza, como si no supiera de qué le hablo. Después cierra los ojos con fuerza. Cuando vuelve a abrirlos, inspira a fondo.

—Janey, tengo que decirte algo —anuncia.

—¿Ahora? —pregunto, no sé por qué.

—Sí, ahora. Tiene que ser ahora. Debería habértelo dicho hace meses. Se trata de la Policía. No, se trata de mí. Se trata de lo mentirosa que soy.

En cierto modo ya lo sabía, pero no me parece pertinente.

—De acuerdo...

—Te mentí cuando dije que había matado a mi novio. No lo maté. Le di un golpe en la cabeza y lo dejé inconsciente. Con una taza de café.

La miro fijamente.

—Después le robé el coche y huí.

La sigo mirando.

—Solo te lo conté para que tú y la tía Midge me dejarais quedar.

Parpadeo un poco.

—Pero la tía Midge dijo... —Dejo la frase a medias recordando exactamente aquella conversación, cómo estaba la tía Midge aquel día y el sonido de su voz—. No te creí. Pero entonces ella dijo que te había buscado en internet y había visto el nombre de tu novio en el periódico.

—Ella lo sabía —dice Nean, sacudiendo la cabeza, y sé que ella también recuerda la voz de la tía Midge—. Seguro que el nombre de Geoff salió en el periódico. Por conducir borracho o algo así. Fue una de sus clásicas mentiras por omisión. Para protegerme.

Bueno. Sí que tiene sentido aunque sea de una forma rara.

—Ya —digo. En mi interior sé que debería enfadarme pero ¿de dónde saco la voluntad suficiente para enfadarme ahora? Está enterrada, más allá del entumecimiento, detrás de la devastación, debajo de una pila enorme de corazón destrozado—. Supongo que eso explica por qué nadie vino nunca en tu busca. —Siento la cabeza pastosa intentado vadear entre esta nueva información.

—Sí —dice.

—Y supongo que pensaste que no podías decir la verdad ni siquiera después de que nos conociéramos, porque creías que te echaría.

—Algo así —dice.

—No ibas desencaminada teniendo en cuenta que te eché por algo mucho, pero que mucho, menos importante.

Nean me mira con cierta aprensión.

—Supongo.

Sacudo la cabeza. «Los corazones son como casas...»

—No debería haberlo hecho —digo.

—Yo tampoco debería haber hecho... todas las cosas que he hecho.

Callamos un momento.

—Supongo que me alegro de que no seas una asesina —digo.

—Sí —contesta—, yo también.

Frunzo el ceño.

—Creo que estaría muy enfadada con esto, si no fuera porque ha muerto la tía Midge. —¿Cómo puede estar muerta?

Nean no dice nada. Tiene la cara muy arrugada.

—Te habría echado, en eso tenías razón. Me habría puesto furiosa.

Me observa con cautela, frunciendo el ceño.

—Pero ahora no siento nada.

Nean traga saliva y deja que se le relaje la cara y me rodea los hombros con el brazo.

—Ahora no tienes que sentir nada —dice—. No tienes que decidir si estás enfadada o no. Tienes tiempo para odiarme más adelante, ¿de acuerdo?

—Sí —digo, y se me quiebra la voz—. De acuerdo.

—Cuando estés a punto para odiarme, mándame alguna señal —sigue—, como cambiar la cerradura o algo así.

A pesar del entumecimiento, sé que no conseguiré odiarla nunca. Ya no puedo permitirme ese lujo. La tía Midge ya no está. Nean es todo lo que me queda. Sin ella, no tengo a nadie para quien cocinar.

Llega el forense y se va. Vienen los empleados de la funeraria y firmo diez mil papeles. La tía Midge se va en la parte trasera de una furgoneta amarillo brillante; por lo visto, el coche fúnebre está en un funeral en el pueblo. Sé que la falta de dignidad no le habría importado. Le habría gustado poder ver el cielo, de no haber estado metida en esa bolsa horrible con cremallera. Por supuesto, habría preferido conducir ella misma la furgoneta, de esto estoy segura.

Nean me comenta lo mismo mientras vemos que se aleja por la entrada, pero entonces añade que probablemente no es menos peligrosa conduciendo muerta que cuando estaba viva. No se equivoca, pienso, mientras volvemos al salón, nos sentamos en el sofá, sin saber qué hacer, inquietas, perplejas.

No sé cuánto rato llevamos sentadas cuando de repente Nean se sienta muy erguida, alerta.

—¿Has oído eso? Hay alguien caminando fuera.

—¿Qué? ¿Quién? —Sin tener tiempo de pensarlo me viene una idea a la cabeza, una esperanza: Noah.

—Quédate aquí. Yo me encargo. —Nean desaparece en el vestíbulo y entonces la oigo exclamar—: ¡Pero bueno!

Me muevo sorprendentemente deprisa, inventando toda clase de posibilidades por el camino. Ninguna de ellas incluye a un hombre increíblemente gordo descargando un equipo de filmación por valor de miles de dólares de una furgoneta sin ningún distintivo.

—¿Qué pasa? —pregunta Nean.

—No tengo ni idea —empiezo a decir, pero me callo de golpe—. Oh, no. Ahora no. Esto no. —Se me hace un nudo en el estómago. Intento respirar pero ya estoy mareada.

—¿Cuál de las dos es Janine Brown? —pregunta el hombre, con un cámara descomunal apoyada en el hombro. Lleva una camiseta gris y suda profusamente con el calor matinal.

—Las dos —me oigo decir. La cámara tiene una luz roja encendida. Ya está filmando. Empiezo a temblar.

—¿Entonces qué? —dice, mirando el sujetapapeles que lleva colgando de algún modo del cinturón—. Estoy aquí por una tal Janine Brown y una tal Maureen Richardson. —Nos mira a Nean y a mí—. ¿Quién es quién?

Oír mencionar a la tía Midge hace que me atragante. Intento hablar, pero no me sale nada.

Nean no tiene este problema.

—No sé quién es usted, pero le conviene apagar esa cámara ahora mismo —dice.

Ha salido al porche y camina hacia él como un perro guardián. Casi espero que se ponga a gruñir.

El hombre duda, pero no apaga la cámara.

—Calma —dice lentamente—. He venido a filmar para la cadena Hogar Dulce Hogar. Tenían que avisarles de que venía. Seré rápido.

—No es un buen momento —dice Nean—. Márchese.

—No puedo —dice—. Tengo que hacerlo hoy o no se hará.

—Pues no se hará —dice Nean—. Un momento, ¿todavía está grabando?

—Señora, lo siento, pero no acepto órdenes de usted, quien quiera que sea. —La mira de arriba abajo. Por un momento, veo lo que él ve: el pelo apelmazado, las mejillas demacradas, la ropa de ayer, la cara manchada de lágrimas. No es la misma chica miserable que conocí hace tres meses, pero la sombra de esa chica permanece—. Tengo que hablar con la persona que realmente viva en esta casa.

Sin dudarlo un momento salgo de la casa.

—Ya lo ha hecho —digo con una voz clara como el cristal. La mira a ella y después a mí.

—¿Me está diciendo que ella ganó esta casa millonaria? ¿No tiene ducha?

Cruzo el porche y bajo los escalones, con la espalda rígida, obligando a mis pulmones a llenarse de aire.

—La ganamos ambas —digo—. Y ambas le decimos que se marche.

—Puede decir lo que quiera —afirma con un encogimiento de hombros despreocupado—. He conducido una hora para venir aquí. Pienso hacer esta grabación hoy. —Camina hacia nosotras otra vez. La cámara sigue filmando.

Levanto la barbilla con firmeza.

—¿Quiere filmar hoy? Adelante. Sírvase. Pero quizá querrá evitar primeros planos del jardín. El forense acaba de llevarse el cuerpo de mi tía abuela, sabe, y me temo que ha pisado algunos parterres.

El hombre me mira un momento. Lo observo digerir lo que acabo de decir, y su cara se vuelve del mismo color gris de la camiseta.

—¿Lo dice en serio, señora?

—¿Le parece un tema para bromear?

—¡Por Dios! —exclama, gesticulando con la mano libre—. Cuanto lo siento. Debería haberme dicho que este no era un buen momento.

Ignoro ese comentario como puedo.

—Vamos, Nean. Ya se marcha.

Ya lo creo que sí, está subiendo a su furgoneta sin añadir nada más.

Nean sube al porche y me mira en silencio un momento. Oímos que arranca la furgoneta y luego da marcha atrás a toda prisa.

—Caray, Janey. Acabas de echar la bronca a un desconocido. ¿Lo he hecho?

—Creo que sí.

—Parecías la tía Midge.

A pesar de todo, sonrío.

—Tú también.

Nos miramos un momento.

—Me dijo que cuidara de ti —dice Nean. Le tiembla el labio inferior.

—A mí también me dijo que cuidara de ti —digo.

Nean traga saliva. Ninguna de las dos dice nada durante un momento. Probablemente porque las dos intentamos no llorar.

Por supuesto es Nean la que rompe el silencio.

—Oye, ¿cuál era el plato favorito de la tía Midge? —pregunta de repente.

Sacudo la cabeza.

—No estoy segura —digo, pero cuando lo pienso un segundo me viene a la cabeza—. No, sí lo sé. La ensalada de huevo. —Ahora me tiembla la voz—. Ensalada de huevo. ¿No es irritante? Le cocinaba de todo, asados sofisticados, platos de pescado elaborados, pastas hechas en casa. Pero de vez en cuando la pillaba en la cocina en bata con dos huevos puestos a hervir y mayonesa envasada a punto para echarla encima. —Toso y me río a la vez pensando en eso, pensando que me hizo eso mismo hace un par de semanas, un día que creía que había salido con Noah. Cuando la descubrí, intentó esconder el bote de mayonesa detrás de la espalda como si la hubiera pillado robando. ¿Cómo hacía para tener botes de mayonesa en casa sin que yo lo supiera?

—A mí es que me parece una barbaridad. Porque la mayonesa es de huevo. ¿Para qué vas a ponerle más huevos? —Sacudo la cabeza otra vez. Todo lo que sucede hoy es como una niebla. Pero aquel día parece tan claro...

—¿Qué le ponía? —pregunta Nean—. ¿Qué clase de pan, quiero decir?

Me lo pienso.

—Cualquiera, el pan de centeno le gustaba mucho.

Nean frunce el ceño.

—No sé si sabré hacer pan de centeno.

Ahora entiendo por qué lo pregunta.

—Yo sí, al menos tengo una ligera idea —digo—. Tú lo harás muy bien. Mejor que yo. —Es verdad, ha demostrado tener talento para el pan, hasta el punto de que prefiero sus barras a cualquier cosa que se pueda comprar en la panadería—. Y le gustaba comer la ensalada de huevo con patatas fritas —sigo—. Podemos hacer patatas fritas. —Podemos cocinar la historia entera de la vida de la tía Midge. Tal vez hasta podamos cocinar un pedacito diminuto de su espíritu.

—¿Qué más le gustaba? —pregunta Nean, y se responde ella misma—. Sé que la volvían loca tus empanadas.

—Oh, sí. La empanada de pollo. Se las he hecho durante años. Antes de venir a Maine le preparaba una enorme y la congelaba en moldes pequeños como empanadillas individuales para que pudiera comerlas las noches que no iba a su casa. Un día me dijo que mi empanada era casi tan buena como las que venden congeladas. Me dieron ganas de abofetearla.

—Te habría devuelto la bofetada.

Asiento.

—Lo sé. —Pienso en las empanadillas, sin corteza debajo pero con mucha pasta de hojaldre mantecosa por encima.

—Podríamos hacer las tapas de arriba nosotras mismas —digo, animándome—. Tardaríamos horas. Horas y horas.

—Perfecto —dice Nean, asintiendo—. ¿Y el marisco, qué tal?

—Langosta, sin duda. Macarrones con langosta y queso. Lo vio en un programa de la tele y no se calló hasta que se los hice. Me pareció que era lo más parecido a comer dinero, pero le encantaron.

—Bien —dice Nean; veo que ha sacado un bolígrafo y un papel y está haciendo la lista de la compra—. Perfecto. Pescado, pollo..., ¿alguna carne roja preferida?

—Mmm... —Busco en mi memoria—. Una vez me hizo comprar un ternero. Compra de carne al por mayor o algo así. Ella compró la mitad y yo la otra mitad. Fue algo absurdo, ¡un ternero entero para dos mujeres! No sé en qué estaba pensando. —Sonrío recordándolo y me doy cuenta de que los músculos de la cara me duelen de flexionarlos en tantas formas.

»Fuimos a ver el ternero, dijo que quería saber en qué estaba invirtiendo, y por supuesto se enamoró de él. Esos ojazos de cervatillo. Le dije que jamás, jamás pusiera nombre a algo que se iba a comer, pero no me hizo caso. En consecuencia, perdió interés por la empresa y acabé donando casi toda la carne al banco de alimentos.

—¿Qué nombre le puso al ternero? —pregunta Nean, con interés.

Levanto los ojos al cielo.

—No te lo diré. Es demasiado ridículo.

—Tienes que decírmelo ahora mismo —insiste.

Tiene razón, tengo que decírselo.

—*Timberlake.*

—¿*Timberlake?*

—Sí.

—¿Por Justin?

—El mismo. Dijo que los dos eran igual de deliciosos.

Nean sacude la cabeza.

—Vieja verde. —Por la forma en la que lo dice está claro que es el mayor de los cumplidos.

—Lo era.

—A Justin Timberlake podría haberle ido mucho peor —dice Nean, y suspira.

Asiento. Una lágrima solitaria se me escapa, la primera desde hace una hora.

—No llores —dice Nean, aunque ella también llora—. Era una anciana feliz que vivió una vida muy larga. No querría que estuviéramos tristes.

Río mientras sollozo.

—Oh, sí le gustaría. Querría que lloráramos y nos rechinaran los dientes y nos comportáramos como si no fuéramos capaces de vivir un solo día sin ella. Que puede ser que no podamos, en vista del par de mentirosas y proscritas que somos. —Sacudo la cabeza y entonces, cuando se me ocurre, miro a Nean—. Y después querría que bebiéramos.

Nean me sonríe, con la cara brillante detrás de los surcos de lágrimas.

—Bueno, en eso la podemos complacer. Son casi las diez. Podemos cocinar un poco entonadas, ¿no?

Asiento.

—Yo puedo cocinar de cualquier manera. Puedo cocinar en cualquier circunstancia. —Es algo que sé con seguridad. Y me doy cuenta de que todo esto ya lo he hecho antes.

—Bien. —Nean levanta un poco la voz y vuelve la cabeza hacia el interior de la casa—. J. J. sé que estás escuchando, de modo que ven.

—¿Qué hay? —pregunta J. J. en el microsegundo que tarda en salir de donde estaba agazapado.

—Necesitamos que nos hagas un pequeño favor, una escapada a la tienda de alimentación. —Levanta la lista y veo que es larguísima. Chica lista—. Pero primero ¿puedes traernos una botella de whisky escocés?

A la una, nos sentamos a desayunar ensalada de huevo. Pasamos directamente al almuerzo, comiendo deprisa para no perder el ritmo, quizá, o para no caer en la tristeza que parece esperar fuera de la cocina. Desde el taburete miro por la cocina y veo el desorden; no es el de la noche anterior; limpiar es lo primero que hemos hecho después de llenar dos vasos con hielo con lo que la tía Midge solía denominar un «dedo vertical» de whisky escocés. Este es un desorden nuevo, de todas las recetas que hemos empezado en la última hora, mientras esperábamos que J. J. volviera con la compra. Me calma ver un cazo en remojo en el fregadero, la encimera de granito todavía espolvoreada de la harina necesaria para el complicado proceso de elaborar pasta, el pan de Nean subiendo en un rincón cálido y llenando la habitación con su agradable aroma. Me apresuro a reincorporarme y utilizo un temporizador abollado como excusa para bajar del taburete y ponerme a trabajar.

Es la hora de cenar cuando terminamos la primera tanda de platos. Comemos macarrones cremosos con langosta y queso, de pie, directamente de la sartén mientras esperamos que se horneen las empanadas. Empiezo a pensar en más cosas que podemos cocinar y después de repasarlas con Nean nos ponemos a cocinar de nuevo, después de mandar a J. J. al mercado una vez más. Pensamos en *knishes* para conmemorar los dos emocionantes años que la tía Midge vivió en el East Village de Nueva York, y paella por el viaje de las bodas de plata que hizo con Albert a España. Después está el pan de soda irlandés, por el lado paterno, y *schnitzel* de pollo por el lado materno. Cada nueva receta que escogemos nos lleva a nuevas historias, y me encuentro contándole a Nean todo lo que sé de la vida de la tía Midge; de vez en cuando paro y me seco las manos con el trapo que tengo metido en la cinturilla de los pantalones para ir a buscar un álbum de fotos. Le muestro a Albert con una chaqueta de torero y una capa desplegada en las manos, y a la tía Midge hace cinco años cuando, en un viaje en autobús a Branson, tuvo una breve aventura con el bajista de una banda de *jamboree*. Más tarde, mientras estoy apretando capas finas de pollo entre dos hojas de papel film, Nean busca en un álbum y saca una foto de mí cuando era muy pequeña, sentada en el regazo de la tía Midge con un dedo metido en su nariz y una expresión muy angustiada en mi carita redonda. Me la muestra, sin habla.

Sacudo la cabeza.

—Tenías que encontrarla. Le encantaba esta foto, y yo siempre quise destruirla, pero debía de tener los negativos escondidos en alguna parte.

—Pero ¿por qué le metes el dedo en la nariz?

Pongo cara de exasperación.

—Decía que pasé por una fase en que siempre intentaba meter los dedos en las narices de los demás. Desconocidos, familia, me daba igual. Mi madre estaba desesperada. Todos me pegaban para que apartara la mano, pero la tía Midge pensó que la única forma de convencerme del error de mis intenciones era dejarme hacerlo, y tenía toda la razón. Aquel día la tía tenía un resfriado terrible.

—Arg.

Asiento.

—Por lo visto, me dio un asco tremendo y tuve una rabieta descomunal y nunca más intenté meter el dedo en la nariz de nadie.

—Bueno, demos gracias a Dios —dice Nean—. Pongámosla en un lugar de honor para que nos recuerde esta importante lección. —Lleva la foto al frigorífico y la pega con un imán en medio de la puerta.

Me sorprende pero no me importa en absoluto. De hecho, de repente, la foto me gusta. La versión infantil de mí lleva un vestido rosa de volantes, y la tía Midge está sentada en un sillón verde aguacate con un sombrero ridículamente grande adornado con flores de plástico. Debía de ser Semana Santa, pienso. De hecho, el día de Pascua era el único que recuerde que impulsaba a la tía Midge a cocinar. Todos los años cocinaba lo mismo.

—Nean, ¿quieres llamar a J. J. y decirle que traiga también un jamón y dos latas de piña en almíbar? Ah, y un bote de cerezas al marrasquino.

—Sí, claro —dice. Luego mira el reloj—. Son las nueve. Tendrá que ser el último viaje; las tiendas cierran a las diez el viernes. —Para de cocinar de repente y me mira—. Oh, mierda. Es viernes.

—Sí, ¿y qué?

—Tenía que llevar unas muestras de pan a Bread and Honey —dice, y su voz se vuelve temblorosa por primera vez desde esta mañana—. Les he pedido trabajo.

—¿En serio? —pregunto—. No tienes por qué.

—Sí tengo, Janey —dice con determinación—. Si decides dejar que me quede, tengo que empezar a hacer algo de verdad. No puedo esperar para siempre que suceda algo.

Arrugo la frente. Sé que está hablando de sí misma, no de mí, pero aun así pienso si no es precisamente lo que hago yo quedándome todo el día en casa cosiendo dobladillos y gastando el dinero de Ned en comida. Sé lo que diría de esto la tía Midge, como si estuviera aquí, de pie conmigo. Miro a Nean y digo las palabras de mi tía.

—Si quieres un empleo, tendrás un empleo. —Voy al armario y empiezo a sacar todas las harinas que encuentro y a llenar la encimera con ellas—. Ponte a hacer tus panes de linaza y quizá esos *pretzels* que te salen tan increíbles. Ah, y el pan de queso Asiago, que es la mejor barra que haces. Lo llevarás mañana a primera hora, y les explicarás por qué no has podido ir hoy.

Nean me mira.

—Pero tendré que estar levantada toda la noche —dice—. Tardaré horas.

—Pues estaremos levantadas toda la noche —contesto. Lo de «estaremos» me sale automáticamente. Abro los brazos abarcando toda la cocina—. Por lo menos, tenemos con que alimentarnos.

Nean mira toda la comida y sonríe, pero después me mira atentamente a la cara.

—¿Estás segura?

Desde el momento en el que he visto a la tía Midge, que he visto su cuerpo junto a la piscina esta mañana, ha sido como si el mundo se ladeara, se moviera de una manera absurda, mientras yo intentaba desesperadamente mantener el equilibrio. Pero ahora, después de horas en la cocina con Nean, me siento más segura, más a salvo. Como si hubiera encontrado una pequeña isla de tierra firme.

—Estoy segurísima —digo—. Con la condición de que no tengamos que hablar de chicos.

Son las cuatro de la mañana cuando Nean pone la última barra en el horno. Es un precioso pan italiano con bonitos cortes en la corteza por la parte de arriba para que parezca un ramito de romero. Contentas con el resultado, nos dormimos en los sofás de piel del salón, para despertarnos una hora y media después y empezar a cargar el coche. Voy a llevarlo todo menos algunos *knishes* y el jamón al refugio a primera hora. Los *knishes* son para almorzar, y el jamón, que ahora está adornado con piña y «flores» de cereza, se mantendrá en el frigorífico hasta el funeral.

Nean ha comentado que, al ir tan temprano al refugio, evitaremos ver a Noah. Y yo he comentado que si llegamos a la panadería al amanecer, daremos una buena impresión al propietario. Así que nos dividimos. J. J., grogui y perplejo, acompaña a Nean a Damariscotta mientras yo llevo la comida al refugio de Little Pond.

Pero nuestro plan tiene un gran defecto: el silencioso y solitario trayecto, con el sol tan bajo en el cielo volviéndolo todo rosa, proporciona una ventana a la pena para que me encuentre, y sí, la pena es algo oportunista. Cuando llego al aparcamiento del refugio estoy embarrada en tristeza, bajo su denso y nublado hechizo, y tengo problemas para conseguir una buena bocanada de aire fresco.

Ese dolor abrumador es probablemente por lo que no veo nada raro en el aparcamiento. Bajo con los recipientes de plástico y botes de cristal y hago tres viajes del coche al frigorífico industrial de la cocina, un trayecto que he hecho las suficientes veces como para hacerlo con los ojos vendados. En todo el tiempo ni veo ni oigo nada, perdida en el recuerdo de la tía Midge, metiéndose en mi cama, cantándome a los Rolling Stones, acariciándome el pelo. El cuarto viaje, que estoy decidida a que sea el último, es de dos bolsas de papel llenas de pan y una gran bandeja de pírex con empanada de pollo, y el equilibrio es tan precario que me obliga a caminar más despacio y entrar en la cocina, que tiene puertas de cristal oscilantes de tipo industrial, con el culo por delante. Y entonces es cuando lo veo.

Sentado en el comedor, con una camiseta blanca lisa y vaqueros limpios, comiendo un bol de cereales, está Noah. Parece adormilado y tiene el pelo mojado y brillante, como si acabara de salir de la ducha hace dos minutos. Me sobresalto al verlo. Sé que a Noah le gusta su trabajo, pero... miro mi reloj: ¿llegar a las seis y diez de la mañana?

Miro demasiado rato y levanta la cabeza, me ve haciendo malabarismos con las bolsas y bandejas y mirándolo con la boca abierta. Se levanta, y yo entro rápidamente de espaldas en la cocina, dejo la comida y empiezo a buscar una salida. Siento la cara encendida, y los brazos como si un puercoespín les hubiera hecho cosquillas con sus púas. Desesperada y sin capacidad para pensar, corro al gran frigorífico y dejo que se cierre la puerta a mis espaldas; el frío es como una ráfaga sobre mi cara encendida.

A través de la ventanilla empañada del frigorífico, veo que se abren las puertas de la cocina y aparece Noah. Verlo me hace revivir el sufrimiento de hace dos noches y empieza a dolerme el corazón incluso más de lo que ya me dolía. Quiero salir chillando del frigorífico, pillarlo por sorpresa, darle una bofetada en la cara, pegarle en el pecho y llorar. Más que nada, quiero contarle lo de la tía Midge.

En lugar de eso, me quedo completamente quieta e intento no respirar. Veo que observa las bolsas de la encimera y se acerca una para mirar dentro. Saca una de las barras de pan de Nean y la vuelve a dejar en la bolsa de papel. Entonces saca la empanada y mira alrededor dando vueltas. Sacude la cabeza perplejo, y el pelo mojado le cae por delante, frente a los ojos. No tarda mucho en abrir la puerta del frigorífico y entrar.

—Hola, Janey —dice, con total naturalidad—. ¿Qué es esto? —Tiene la empanada en la mano.

—Es una empanada —digo con una vocecita indefensa. Tengo un millón de preguntas en la cabeza: ¿por qué te fuiste de mi casa de aquella forma y me rompiste el corazón? ¿Qué haces aquí a las seis de la mañana? ¿Entiendes que te quiero?

Pero le hablo de la empanada.

—Va al frigorífico. He pegado las instrucciones para calentarla debajo de la bandeja.

Con cuidado, levanta la bandeja por encima de su cabeza y encuentra la ficha pegada con cinta adhesiva.

—Ya lo veo.

Me quedo quieta como una idiota, sin saber qué decir. Miro por encima de su cabeza, y entonces, cuando deja la empanada en un estante del frigorífico, miro al suelo. Estoy buscando una forma de decirle que intentaba no verlo, que no quería verlo hoy, sin decirle exactamente esto. Entonces le veo los pies, va descalzo exceptuando unos calcetines blancos.

—¿Dónde tienes las botas?

Ahora, en los ojos de Noah veo la misma expresión que vi ayer por la mañana en los de Nean —¿solo era ayer?—. Es una expresión de culpa. Está a punto de hacer una confesión, lo sé, y se me estrujan las entrañas. Otra confesión, no, por favor. No aguanto más sorpresas, hoy no.

Noah me mira a los ojos —puede que vea en ellos el miedo que me atenaza— y después al suelo, como si se fijara en sus calcetines por primera vez.

—Vamos a la cocina, aquí hace frío.

—No —digo con obstinación, y las lágrimas a punto de salir—. Si vamos a la cocina, donde se está bien, te hablaré de la tía Midge y serás amable conmigo y lloraré y lo utilizarás como excusa para no decirme la verdad y entonces no sabré nunca por qué me miras de esta forma. ¿Qué haces aquí? Dímelo.

—¿Qué le pasa a la tía Midge? —pregunta, sin moverse de la gélida habitación.

Sorbo por la nariz y toso.

—Nada. Bueno, sí. Ha muerto —digo, con toda la firmeza que puedo.

—Oh, Janey —dice—, cuanto lo siento...

—Sí, sí —digo deseando desesperadamente el consuelo, pero no de él, ahora mismo—. ¿Qué haces aquí?

Respira hondo.

—Janey, debería haberte explicado mi situación hace mucho tiempo —dice.

—¿Tu situación?

—Mi situación de alojamiento. Vivo aquí, en el refugio —dice; pero ahora ya lo sé. No sé cómo no lo he sabido desde que lo he visto sentado a la mesa del comedor, donde he tratado y he dado de comer a tantas personas en los últimos meses.

—Trabajas aquí —digo estúpidamente. Hace tanto frío que me veo la respiración, y parece tenue, como si pudiera fallar y detenerse en cualquier momento.

—Sí, pero también vivo aquí.

Me agarro a un estante lleno de jarras de leche para mantener el equilibrio.

—No lo entiendo —digo, aunque sí que lo entiendo.

—Llegué aquí, a esta parte de Maine, poco antes que tú —empieza—. No tenía donde vivir, había estado viviendo en el coche. Me enteré de que necesitaban a alguien que gestionara el huerto del refugio, así que pedí el trabajo a cambio de poder quedarme más de los ocho días consecutivos habituales. Necesitaba tiempo para recuperarme económicamente.

Sacudo la cabeza.

—Pero me dijiste que tenías un piso en Little Pond —digo—. Me dijiste que estabas ahorrando para comprarte otra granja. —Darme cuenta de que me ha mentido todo este tiempo me angustia y hace que se me encoja aun más el estómago.

Noah sacude la cabeza.

—Aunque te declares en bancarrota —dice—, hay facturas de abogados que pagar. Y debo dinero a amigos, primos, a cualquiera lo suficientemente tonto para prestármelo. No podía decírtelo, me habrías odiado. Tenía que contarte algo.

Sus mentiras ruedan como una bola de nieve con las de Nean y juntas me golpean con tanta fuerza que me siento aplastada. Me agito para intentar defenderme.

—¿Eres alcohólico? —pregunto, pensando cómo rechazó la copa de vino en la cena a pesar de mis protestas—. ¿Te arruinaste por eso?

—No —contesta rápidamente—, pero una de las normas del refugio es que no puedes beber, ni un sorbo, si quieres pasar aquí la noche.

Por supuesto. Tiene sentido, pero no impide que me sienta traicionada.

—Deberías haberte explicado —digo. No puedo creer que no me lo dijera antes. En lugar de eso, ha falseado todo de forma que cada minuto que hemos pasado juntos ha estado basado en pretextos y mentiras—. Lo habría entendido.

—¿De verdad? —pregunta Noah, con la voz una pizca más fuerte—. ¿Crees que lo habrías entendido? ¿O habrías dado por hecho, como ahora, que era un alcohólico, o un adicto, o alguna clase de delincuente?

Su voz más fuerte es como una bofetada en la cara, como si fuera de alguna forma culpa mía, en lugar de suya.

—Hombre, ¿si no por qué vivirías en un refugio? —pregunto, a la defensiva.

Noah sacude la cabeza.

—¿Tú sabes lo que dices? —pregunta.

—¡No soy yo la que ha estado mintiendo todo el tiempo! —grito. Me apoyo en los estantes, las piernas me fallan debido al frío—. Has mentido y mentido, y yo me enamoré de ti.

Ante esto, Noah tiene al menos la decencia de bajar la mirada. Pero quiero castigarlo y sigo.

—No, no de ti. No me enamoré de ti. Me enamoré de alguien que te inventaste.

Funciona. Se le hunden los hombros y veo que le he hecho daño, y la vergüenza me quema por dentro incluso en este frigorífico gélido. Dentro de mí hay una vocecita racional que me dice que me disculpe, que hable con él, que lo escuche e intente entender por qué no ha sido más sincero conmigo. La voz me está diciendo que la vida es así, este intentar saber qué piensan los demás, esta letanía de sorpresas, esta búsqueda de la verdad. Y que la mayoría de las veces fracasamos.

Pero detesto esa voz. Detesto la inseguridad y la incertidumbre y la opacidad que conlleva. Noah es un mentiroso. Nean es una mentirosa. La tía Midge..., ella también me mintió. Me prometió que se aseguraría de que alguien cuidara de mí. Dijo que estaría conmigo.

Sacudo la cabeza, siento que el cuerpo me tiembla de frío y de enfado. Quiero que todo sea claro, que tenga sentido y que no cambie. Quiero salir de este frigorífico.

Giro el cuerpo para salir por la puerta sin tocar a Noah. Sé que aunque solo fuera un roce de su hombro contra el mío me partiría por la mitad en esta fría habitación. Pero lo esquivo y permanezco intacta. Cuando llego al pomo no me vuelvo. No lo miro por última vez, no me disculpo por mis fallos ni le perdono los suyos.

Solo me largo de allí y me voy directamente a casa.

NEAN

«El pan es como la vida..., nunca puedes controlarlo del todo.»

—ROSE LEVY BERANBAUM
The Bread Bible

No parece justo que al final la tía Midge, a pesar de sus grandes discursos, fuera mortal. Y es raro que la persona con quien más desearía hablar de su muerte sea precisamente ella. Si este mundo tuviera sentido, algún sentido, ahora la encontraría, nos sentaríamos a contemplar el océano y ella me contaría una historia que lo explicaría todo de una forma increíblemente tortuosa. Una historia que me diría qué hacer sin ella.

J. J. hace lo que puede por consolarme, pero apenas oigo lo que dice. Me sorprende que siga hablando conmigo. Que todavía esté aquí, a pesar de todo, llevándome a la panadería y recogiéndome con su furgoneta y rodeándome los hombros con el brazo; es absolutamente increíble. No me ha gritado una sola vez. No se ha negado a los muchos viajes a la tienda que le hicimos hacer ayer, o la absurda hora temprana a la que le hemos llamado para que me hiciera de chofer esta mañana. Ni siquiera se ha quejado.

Y luego está Janey. ¿Pensaba de verdad lo que dijo ayer al cámara?: ¿que compartíamos la casa? ¿Cómo es posible, después de todo lo que he hecho? Pero ella y yo hemos cocinado y llorado juntas durante casi veinticuatro horas, y no ha hablado de echarme en todo el tiempo. En realidad, me ha estado contando la vida de la tía Midge, ayudándome a conocerla tan bien como ella, como si fuera una hermana perdida hace tiempo que necesita ponerse al día con la historia familiar que se ha perdido. Como si fuera a quedarme en esta casa, indefinidamente.

Por pura gratitud convenzo a J. J para que pase por la funeraria antes de volver a casa de la panadería. Sé, porque he visto la serie *A dos metros bajo tierra,* que planificar un funeral es un dolor de cabeza enorme para los supervivientes, y anoche mientras amasábamos la masa de los *knishes,* Janey me dijo todos los deseos de la tía Midge, así que me siento bien cualificada para asumir este desagradable deber. Quiere ser incinerada y vivir en una urna sobre el estante de la chimenea para no perderse nada de lo que pase. Quiere un servicio de despedida en el embarcadero, y si alguien canta *Más cerca, oh Dios, de ti,* ha jurado volver para perseguirlo.

Después de rellenar seis millones de formularios, está hecho. El servicio será el lunes, y el director publicará una esquela en el periódico de Damariscotta para que la gente lo sepa. El director, un hombre mayor con gafas de leer de Papá Noel, se ofrece a llamar al refugio para que todos lo sepan, por si acaso Janey no se sintió con ánimos de decirlo esta mañana. La vigilia será en nuestra casa, y me recuerda que tengamos preparada mucha comida y bebida. Le prometo que eso no será un problema.

Entonces voy a casa a contárselo a Janey. Está arriba, echada en la cama, con los ojos rojos de tanto llorar. Tiene un aspecto horrible y veo que hoy está muy afectada, así que me siento en su cama y le digo que todo se arreglará. Me mira con los ojos entornados como si me hubiera vuelto loca. Puede que sí. Sé que la pena también me impactará, como la ha afectado a ella, pero ahora mismo siento una extraña fortaleza, la ligereza de la confesión, supongo. Ahora mismo, en este breve momento de mi vida, no tengo secretos, con nadie. La tía Midge estaría muy orgullosa.

Cuando bajo encuentro a J. J. apoyado en el lavavajillas, sacando platos limpios e intentando descubrir dónde se guardan. Le quito la pila de platos que tiene entre las manos y la guardo.

—No tienes que quedarte. Puedes irte a casa cuando quieras.

—Quiero asegurarme de que estás bien —dice, un poco dolido.

—Estaré bien —digo—. Solo es cuestión de tiempo —explico.

—Bueno, tengo tiempo —dice con obstinación, a la par que saca un puñado de cubiertos del cesto del lavavajillas y abre primero un cajón equivocado y luego otro.

No tanto, pienso, pero solo le pregunto lo que me muero por saber desde que le conté lo de la horrible mentira que le había dicho a Janey.

—¿Por qué eres tan bueno conmigo? —Le señalo el cajón de los cubiertos—. ¿Por qué no me mandas a paseo?

J. J. ladea la cabeza confundido.

—¿Por qué iba a hacerlo?

Lo miro estupefacta.

—¿Has estado inconsciente los últimos días?

Sacude la cabeza y deja caer una pila de tenedores en su cajón.

—No, ¿y tú?

Dejo de vaciar el lavavajillas.

—¿Qué quieres decir con eso?

—¿En todo el tiempo que hemos pasado juntos no te has dado cuenta de que soy un buen chico? ¿Que no soy el tipo de hombre que abandona a alguien que le gusta porque haya hecho algunas cosas estúpidas, muy estúpidas? —Cierra el cajón de los cubiertos con la fuerza suficiente para que choquen unos contra otros—. ¿Que, cuando hace falta, soy el tipo de persona con la que se puede contar?

Me quedo muda un momento, aceptando la regañina.

—Por supuesto —digo—. Por supuesto que lo sé.

—¿Lo sabes de verdad? ¿Seguro que no piensas que te voy a dejar en cuanto la tía Midge esté enterrada y que me voy a ir a Dartmouth en busca de una chica para sustituirte?

Estoy atónita. Es exactamente lo que pienso.

—Bueno, quizá...

J.J. gime.

—¡¿Lo ves?! —grita—. Nean, me vuelves loco. ¿Tan difícil es creer que voy a perdonar todas tus tonterías?

Me muerdo el labio, porque no sé si me he metido en un lío o qué.

—Tienes que empezar a creerlo —dice, con más vehemencia de la que le he visto nunca—. Si queremos que esto funcione a distancia, tienes que creer en mí.

—Pero... —empiezo, intentando pensar cómo decirle que no pasa nada, que no tiene que quedarse conmigo después de esta semana, cuando empiece la universidad. Que esto quizá no sea lo mejor—. Pero no estoy segura de que yo...

—No empieces con eso —gruñe, enfadado—. No intentes darme una salida que no quiero.

Le agarro la mano.

—Es que... —busco la forma correcta de explicarme, de manera que le demuestre lo mucho que lo valoro, lo especial que es—. No es posible que seas tan bueno como pareces —digo por fin—. Y si lo eres, mereces algo mejor.

J.J. sacude la cabeza.

—Si eso es lo que piensas, Nean, no estoy seguro de poder convencerte de lo contrario. Pero si crees que podrías ser merecedora de un buen chico, que podría haber llegado tu turno para que te traten bien, que podría haber alguien bueno deseando estar contigo, ya sabes donde encontrarme, ¿de acuerdo?

Entonces me mira y me pone las manos sobre los hombros. Me besa en la cabeza y repite lo mismo en voz más baja.

—¿Sabes dónde encontrarme?

Por la forma de decirlo solo entiendo que es un adiós.

Asiento, un poco aturdida, un poco insegura de qué debo decir.

—Te encontraré —digo por fin, pero se lo digo a su espalda; ya ha salido de la cocina y está abriendo la puerta de la casa para marcharse.

JANEY

«Cocinar, preparar la comida, representa mucho más que la simple elaboración de una comida para la familia o los amigos: tiene que ver con mantenerte intacto.»

—ALICE WATERS
Chez Panisse Menu Cookbook

El funeral, o la vigilia, o lo que sea que haya organizado Nean, es el éxito más rotundo posible sin que la difunta vuelva a la vida. Empieza oficialmente a las cinco, pero a las cinco menos cuarto la orilla del mar está atiborrada de gente: todos los camareros de todos los bares de Little Pond (hay más de los que se podría imaginar), por lo visto, tuvieron tiempo de entablar una estrecha relación con la tía Midge, y lo mismo los de los puestos del mercado de granjeros y los dependientes de las tiendas. Los padres de J. J. están y dan la mano a Nean y veo a Nancy, la responsable del *geoduck,* sonándose con un pañuelo de papel. Los vecinos de la bahía, a los que en su mayoría no conozco, parecen haberla conocido todos, y por supuesto todo el personal del refugio está con los ojos brillantes por las lágrimas. El director del refugio, un hombre de cabellos grises llamado Rupert, que está mucho más afligido de lo normal, me señala personas de la multitud que conocieron a la tía Midge durante su estancia en el refugio, pero han encontrado un alojamiento más permanente desde entonces. Me impresiona la cantidad de personas que han pasado por la vida de la tía Midge buscando ayuda durante los últimos meses. Y pensar que todo el tiempo he creído que yo era la única.

Cinco minutos antes de que empiece la ceremonia, llega una furgoneta de alquiler con los residentes actuales del refugio, una mezcolanza de hombres que ahora veo, con ojos más claros, que proceden de todos los estamentos de la sociedad. Me encuentro buscando desesperadamente una cara en particular, pero, por supuesto, no está. Sé que reaccioné muy mal ante su situación, que fui increíblemente fría y amarga con él y que dije cosas que no son fáciles de retirar. Pero no puedo evitar esperar que recuerde las otras cosas de mí que elogió tantas veces y con tanto entusiasmo, y olvide la mezquindad que le demostré un día en un frigorífico. Y me repito una y otra vez que mi mal comportamiento no debería empañar su recuerdo de la tía Midge. Pero no importa lo que me diga. No está. No vendrá.

La ceremonia es corta. Le he hecho prometer a Nean que se encargará de hablar en público hoy por las dos: le digo que aunque, gracias a la «terapia de inmersión» de Noah, me siento bien en medio de esta multitud, que me miren todos a la vez es más de lo que puedo soportar. Le he dado el gran sobre amarillo que la tía Midge guardaba en el cajón de la ropa interior y que me recordaba de vez en cuando; es inconfundible. En el sobre está escrito con tinta azul, con su letra manuscrita temblorosa de viejecita, lo siguiente: «Lectura para mis fans cuando la palme». Y he sugerido algunas canciones para que suenen en el iPod que Nean ha conectado a un diminuto altavoz interior-exterior que no ofendan demasiado al fantasma de la tía Midge. Nean me dice que se encargará de todo. Casi lloro de agradecimiento por lo que ha hecho para facilitarme todo esto.

Empieza a las 5.35, cuando conseguimos por fin que la gente deje de moverse y todos están de pie en silencio en la parte de hierba de la playa, de cara a Nean, que está situada de espaldas al océano con una alegre urna de plástico sobre una mesa.

—Hola a todos —dice—, estamos aquí reunidos para decir adiós a la reencarnación viviente de la tía abuela Midge de Janine Brown. Janey y yo os damos las gracias por venir a apoyarnos hoy. Sabemos que, desde donde quiera que esté, la tía Midge nos ve y está sonriendo.

Sacudo la cabeza. Nean no tiene ni idea.

—La tía Midge preparó unas palabras para guiarnos hoy en nuestro duelo por esta pérdida y para honrar su vida al mismo tiempo.

Calla para abrir el sobre y lee algunas frases para sí misma antes de seguir. Veo en su cara un indicio de sorpresa y sonrío.

Nean se aclara la garganta.

—Maureen *Midge* Richardson fue un icono de la moda y un pilar de la sociedad —lee con cara seria, y suelta una ligera tos al final de la frase. Continúa—: Fue una inspiración para muchos y amada por todos. En su vida demasiado breve en la Tierra, sus logros son más bien excesivos para enumerarlos, pero intentemos destacar algunos de los más cruciales que obtuvo esta mujer notable.

Veo que a Nean se le salen los ojos de las órbitas al leerlo. No tiene ni idea de lo que sigue.

—Quién puede olvidar cuando, en septiembre de sus diecinueve años, se comió diecisiete empanadas de salchicha en el Hog Wild Daze Festival de Hiawatha, en Iowa, para ganar el concurso de comer y ser coronada Princesa del Festival de la Salchicha de Cerdo. Pero esto fue un simple adelanto de sus futuros logros. Solo unos años después tuvo el honor de que le fuera prohibida la entrada en no menos de ocho distinguidos bares en Nueva York y pasó tres noches en el calabozo, en tres ocasiones diferentes. En sus años de mediana edad, más moderados, fue conocida por experimentar con la vida como vegetariana, comunista, artista del macramé y, lo más memorable, estudiante de meditación trascendental. Sabía patinar, vestir a un ciervo y disparar un arma. Por su cincuenta aniversario practicó el *puenting* y no se meó en las bragas durante el salto. Se casó una vez, con el difunto Albert Richardson, que fue un gran hombre y mejor amante. —Nean traga saliva con fuerza con este último fragmento, y yo echo un vistazo a las caras ligeramente confusas, o me atrevería a decir divertidas, de los asistentes.

—A lo largo de su vida acumuló más de veinticinco multas de tráfico, se tatuó tres veces, robó dos maridos sin querer y salió una vez en un vídeo para adultos. Se enamoró siete veces, dos de astronautas. —Nean para y me mira como preguntándome si debe leer el resto. Asiento solemnemente—. También curó el cáncer, la gripe porcina y el picor femenino.

Ahora el público se ríe nervioso, por fin, con la broma. Nean levanta la cabeza indefensa, y sube la voz para que se la oiga.

—Será muy recordada y deja a sus dos chicas preferidas, Janey y Nean Brown.

Baja la carta a un lado y me mira directamente, sacudiendo la cabeza y sonriendo solo un poco. Después finge que se lleva una pistola a la sien y dispara y yo sonrío y me encojo de hombros. ¿Qué se le va a hacer?, le pregunto con los ojos. Se encoge de hombros.

—Gracias a todos —dice entre los murmullos de sorpresa y las risas—. Esto es todo. Por favor pasad por casa a tomar un poco de ponche. —Entonces alcanza el iPod y aprieta el *play* y suena *November Rain*, de Guns N'Roses, bajito, mientras los invitados vuelven a mezclarse en grupos otra vez.

Cruzo la multitud hacia Nean.

—¿En serio, *November Rain?* —pregunto.

—¿En serio? —me imita—. ¿No te pareció oportuno decirme que leyera la carta primero?

Sonrío.

—Sabía que te las arreglarías. Además, creo que ha sonado mejor con el matiz de sorpresa. Le ha dado ese toque de espontaneidad en el que la tía Midge era tan buena.

—Ya lo creo —dice. Pone la mano en mi brazo y tira de él—. Vamos a por el jamón. —Las dos subimos caminando juntas hacia la casa.

Cuatro horas más tarde estamos echando al último de los asistentes. A pesar de que he cocinado más de lo que he dormido los últimos días, buscando alivio en las cucharas de madera y las espátulas de silicona, veo que nos han dejado sin existencias; lo único que queda en el frigorífico son tres clases de mostaza y algún refresco. La cocina parece un choque de trenes, y hay vasos de plástico sobre todas las superficies que no están cubiertas de servilletas de papel arrugadas. En conjunto, la casa parece como si hubiera estado llena de estudiantes borrachos, no de personas de luto, y me imagino que esto le habría gustado a la tía Midge una barbaridad.

Estoy haciendo inventario del desastre, cuando oigo pasos en la entrada.

—No parece precisamente que se haya celebrado un «funeral» —dice una voz desde la puerta, que lleva horas abierta. Es una voz que conocería en cualquier parte. Una voz que me hace vibrar toda como el postre de gelatina que ha traído Nancy. Suelto el molde que estaba limpiando y me seco las manos con un trapo.

Pero Nean se me adelanta.

—¿Qué haces aquí? —oigo que pregunta bruscamente—. Janey no está.

—¡Estoy aquí! —grito, intentando no canturrear. «¡Noah está aquí!». —Déjalo pasar.

Corro al arco de la cocina a tiempo para ver a Nean mirando a Noah con furia. Está en jarras y con la postura propia de una leona antes de atacar, y Noah parece acobardado, pero aun así dolorosamente guapo, con el pelo liso detrás de las orejas y una corbata torpemente anudada al cuello. Se ha vestido para el funeral, es evidente, e intenta esquivar a Nean sin provocar una pelea.

—No pasa nada, Nean —digo, y le hago un gesto a Noah para que venga a la cocina, donde estoy en mi elemento, y alargando la mano para alcanzar la bandeja envuelta en papel de aluminio que lleva.

Nean sopla asqueada al ver la bandeja, pero nos sigue a la cocina. Es normal que sea protectora, solo sabe lo que debe haber deducido la noche después de la desgraciada cita. Más tarde la pondré al día. Pero ahora, necesito disculparme con Noah, así que la miro con mi mejor expresión de ojos saltones y cejas arqueadas que significa «lárgate».

Me ignora.

—Llega un poco tarde si quería presentar sus respetos a la tía Midge —dice, como si él no estuviera con nosotras—. La ceremonia era a las cinco.

—Lo sé —dice él, abriendo las manos como disculpándose—. Es que no sabía si..., bueno, pensé que Janey ya estaba bastante ocupada. Así que he esperado, he aparcado junto a la playa, y me he quedado en el coche. No quería molestar.

Me siento ligera cuando dice esto —ha estado aquí, esperando, cerca todo el tiempo—, pero Nean se burla.

—¿O sea que vienes en cuanto se marcha el último para intentar que un día difícil sea más difícil aún? —insiste—. ¿Se puede saber qué te pasa?

—Lo siento —dice Noah—, pero tenía que disculparme. —Parece indefenso, pero acaba de decir las palabras mágicas, las palabras que necesitaba oír por encima de todo. Inspiro y cierro los ojos un momento, disfrutando de este momento en que podríamos tener otra oportunidad—. No podía dejar las cosas así.

Antes de que pueda disculparse, Nean se adelanta.

—Podías, de hecho, pero quizá eres demasiado egoísta.

Levanto el brazo delante de ella, como un guardia urbano en un cruce.

—Nean, escuchemos lo que tiene que decir, por favor —propongo.

Sé que debería rescatarlo del interrogatorio de Nean, pero me encanta ver cómo me defiende. Es igual que una manta de seguridad. ¿Quién iba a decir que diría algo así de ella?

—Bueno —dice Nean, sin disimular la hostilidad en su voz—. Pero hablemos fuera, donde no podré hacer ningún desastre si tengo que romperle un par de dientes.

Noah suelta una risita forzada, como si no supiera si habla en serio o no.

—Nadie le va a romper los dientes a nadie —digo, con sorprendente ecuanimidad, considerando lo aturdida que estoy—. Todavía no. Noah, siento mucho mi reacción de ayer —me disculpo, repitiendo las palabras que he ensayado mil veces mentalmente con la esperanza de tener esta oportunidad—. Estaba abrumada y no encajé bien la información. Es como si hubiera tenido muchas malas noticias en pocos días y la tuya...

—No sé qué decir. ¿Cuál es la manera adecuada de decir «me cayó como una bomba»? Sé que anoche lo tenía resuelto.

—No tienes que disculparte —dice, aunque evidentemente sí tengo—. Mi noticia fue una gran sorpresa, por decirlo suavemente.

—Un momento —interviene Nean—. ¿Ayer lo viste?

La miro con un poco de impaciencia.

—En el refugio, donde está viviendo ahora.

A Nean se le abren mucho los ojos.

—¿De verdad? ¿Eres un sin techo? —pregunta.

Noah mira al suelo y me lleno de remordimiento. Debería haber mantenido a Nean al margen de esto, para ahorrarle la vergüenza, pero antes de que tenga tiempo de remediarlo, la mira a los ojos.

—Sí —dice—, es verdad que ahora no tengo un sitio donde vivir.

—¿En serio? —pregunta Nean—. Vaya, vaya, vaya, ya sabía yo que tenías que tener algún defecto. —Me mira—. Podría ser mucho peor, Janey. ¿Qué más da?

Que Dios la bendiga, es más adaptable que la evolución. Ojalá yo hubiera podido reaccionar así cuando me lo dijo.

—Lo que pasa —sigue Noah— es que mentí a Janey, porque me daba vergüenza reconocer la verdad. Después, cuando se tomó tantas molestias para invitarme a cenar, me entró el pánico. Estaba avergonzado. Y celoso también, de esta casa maravillosa. Más que nada estaba seguro de que me atraparía en mi mentira y huí antes de que eso pasara. —Suspira—. Pero lo descubrió de todos modos y fue un desastre.

Nean asiente.

—Lo comprendo —dice, con simpatía—. También mentí a Janey para tener un lugar donde vivir.

Noah me mira con una ceja arqueada.

—¿Ah, sí? —dice, dando un pequeño paso hacia mí. Asiento porque no me fío de mí misma para emitir ningún sonido humano—. Pobre Janey. No me extraña que te enfadaras tanto. —Suavemente, me quita la bandeja de papel de las manos, la que he tenido agarrada todo el rato, y la deja sobre la encimera. Después pone su mano sobre la mía y sigo el movimiento con los ojos, encantada con la sensación que me produce en el brazo.

—Sí, sí, pobre Janey —interrumpe Nean—. Cualquiera pensaría que se alegraría de que no hubiera matado a nadie. —Noah la mira inquisitivamente y mentalmente le agradezco a Nean que una vez más ponga mi vida en una cierta perspectiva—. Venga —dice—, cuenta. ¿Qué te pasó para que acabaras sin casa?

Me alegro de que lo pregunte, porque yo también quiero saberlo, pero evidentemente no quiero que sepa que quiero saberlo. Intento no mirarlo con demasiada curiosidad mientras espero que responda.

Noah sonríe un poco, como si no le importara explicarse no solo ante mí, sino también ante la lunática de mi amiga.

—Nada especial, me temo. Me endeudé con la granja —empieza y después mira a Nean—. Antes tenía una granja, Nean. —Ella asiente—. Tenía que ser una granja sofisticada de productos orgánicos, ensaladas verdes para restaurantes de cuatro estrellas y *spas*, pero la cosecha que obtuve no fue lo bastante buena y, bueno, las plagas. Ya había pedido prestado para endeudarme hasta las cejas para comprar la propiedad y al cabo de un año estaba perdiendo dinero a espuertas, pero en lugar de abandonar y dejarlo mientras todavía tenía algo para ir tirando, seguí intentándolo, pidiendo más y más préstamos, gastando todos mis ahorros y agotando todas las tarjetas de crédito con la esperanza de que la empresa funcionara algún día. Cuando por fin acepté que tenía que vender la propiedad ya era tarde, había bajado demasiado su valor y había perdido demasiado dinero. No la vendí lo bastante rápido y tuve más problemas con la hipoteca, pero en lugar de afrontarlos, hice todo lo que pude para evitarlos. —Suspira y me siento un poco mareada ante la naturalidad con la que ha reconocido esta triste historia. Me doy cuenta de que lo ha superado. Ya se ha perdonado. Ver que es capaz de hacerlo hace que lo quiera más aún.

—Al final, me declaré en bancarrota y un día se ejecutó la hipoteca. Acabé viviendo en el coche varios meses, trabajando para pagar los préstamos que debía hasta que se presentó el empleo en el refugio y me dio la oportunidad de recuperarme económicamente.

—Oh, Dios mío —digo, con el corazón dolorido de pensar en Noah en una situación tan horrible, considerando lo que podría haber pasado si las piezas no hubieran encajado como han hecho.

—No te angusties, Janey —dice—. Me metí solo en una mala situación, sí, pero lo estoy compensando, y en cierto modo vuelvo a tener una granja. Las cosas solo pueden mejorar. —Calla—. Excepto..., bueno, contigo las cosas ya estaban muy bien.

Suspiro y lo miro a los ojos.

—Estaban bien, ¿verdad?

—Me gustaría que estuvieran mejor.

—A mí también —digo en voz baja. Me acerco a él y levanto la cabeza, rezando porque suceda lo que quiero.

Sucede. Me besa suavemente, poniéndome una mano en la mejilla y después ladeándome la cara para poder besarme primero el párpado izquierdo, y luego el derecho. Después se aparta y me mira a los ojos, la mano bajando por mi cuello hasta la clavícula, donde me llena de calor.

—Janey —dice—. He cometido muchos errores estúpidos en la vida, como te acabo de contar: deudas, negación de la realidad, bancarrota. Pero créeme cuando digo que no terminarme tu sopa de melón fue una de las más estúpidas.

Me agarro a sus antebrazos, con cada mano, eufórica de saber que no tengo que soltarlo.

—Muy estúpida —acepto en voz baja, olvidándome de que hay alguien más en la habitación, y apoyo la cabeza en su pecho—, pero también muy reparable.

Cierro los ojos y respiro en el consuelo, la seguridad de la sensación de estar en casa que me produce esta cocina, cerca de estas personas. Después los abro y miro con una mirada lastimera a Noah y a Nean, deseando que sepan lo mucho que los necesito a ambos.

Nean también me mira y frunce el ceño.

—No pienso ir a la tienda si es lo que estás pensando.

Sonrío. Era exactamente lo que estaba pensando, pero cuando miro a Noah otra vez, cocinar es lo último que tengo en la cabeza.

Diciembre

NEAN

«Compartir la comida es la base de la vida social, y para muchas personas es la única clase de vida social que vale la pena compartir.»

—LAURIE COLWIN
Home Cooking

Lo digo de verdad cuando afirmo que el hecho de que Janey y Noah sean pareja es uno de los cambios más desagradables en mi vida. ¿Quién iba a decir que Janey sería tan pegajosa? Cada vez que entro en una habitación está sentada en las rodillas de Noah, jugando con su pelo o besándole la cabeza. Puaf. No hay ningún lugar seguro aquí desde que él se mudó después de la primera helada de octubre.

Por suerte tengo un lugar donde escapar: la panadería. Aunque al principio me costó adaptarme, en los últimos meses me he acostumbrado a levantarme al amanecer de los tiempos y conducir en la oscuridad hasta el pueblo para poner en marcha la hornada del día. Con café, todo es posible. Me gusta el ritual y estoy ganando dinero, lo que es bueno porque pronto, en cuanto Janey empiece en enero sus estudios de profesora, necesitaremos otro coche.

Suena el timbre y, hablando de Roma, es Honey, con los brazos cargados de las bolsas de papel largas y delgadas con las que envolvemos las *baguettes*. Le doy un gran abrazo con un brazo cuando está dentro, y le quito el pan de las manos.

—Los he hecho yo, ¿no? —pregunto riendo.

Hace solo unas horas que he salido de la panadería y el trabajo parece haberme seguido a casa.

—Sí —reconoce con un encogimiento de hombros avergonzado—, pero también he traído un pastel; está en el coche. Te encantará, está prácticamente desbordado de flores de glaseado.

—Parece fabuloso. ¡J.J.! —grito—.Ven a conocer a Honey.

J.J. sale del salón, con una copa de vino tinto en la mano y uno de los ganchitos de queso de Janey. Está exactamente igual que cuando se marchó en agosto, solo que menos bronceado.Y está experimentando con la barba, con un éxito limitado, aunque es mejor que no se entere de que lo he dicho.

—Hola —dice, metiéndose el ganchito en la boca para tener la mano libre—. Me alegro de conocerte.

—Yo también —dice Honey—, pero no había oído hablar de ti —dice bromeando.

—¿En serio? —J.J. parece consternado.

—Ya me gustaría —dice Honey con una sonrisa—. Por desgracia, Nean te adora.

—Es verdad —digo, ladeando la cabeza para que me dé un beso—, te adoro.

—He oído que había un pastel —dice J.J., después de complacerme.

—Está en el coche —dice Honey, y antes de que pueda decir nada más, J.J. abre la puerta dejando entrar una ráfaga de aire frío, y sale corriendo con calcetines y gritando—. ¡Vuelvo enseguida!

—Qué buen chico —dice Honey con una sonrisa.

—¿A que sí?Y yo que creía que no existían —digo, porque incluso ahora, me cuesta acostumbrarme a la idea. Pero que quede claro que estoy dispuesta a hacerlo.

J.J. vuelve con el pastel en el preciso momento que Janey llama para que vayamos a cenar, y todos vamos obedientemente al comedor formal, una habitación que de hecho utilizamos esta noche por primera vez, porque hace frío, hace demasiado frío para sentarnos en el porche y porque somos demasiados. Nancy ya está sentada a la larga mesa al lado de Rupert y dos trabajadores más del refugio que esta noche libran, y Danette, la chef del restaurante elegante de Damariscotta, y Angie, su amiga sumiller. Danette y Janey se conocieron en el mercado de granjeros cuando se estaban peleando por un pedazo de tocino estupendo, y cuando descubrieron que Danette le compraba algunos productos a Noah, enseguida se hicieron amigas. Estaría celosa de no haberme alegrado tanto por Janey cuando me enteré de que había conseguido hacer una nueva amiga sin vomitar en los arbustos o sufrir una erupción. Es un gran avance.

Además me hace sentir bien saber que tendrá un montón de amigos cerca cuando yo vaya a la escuela de pastelería el otoño próximo.

Sí, sí. Hay que verme haciendo cosas de provecho. Fue idea de J. J. Ahora está buscando trabajo para después de la graduación cerca del instituto culinario, o sea que creo que estoy condenada a estar con él.

Janey ha hecho aspavientos porque no quiere perdernos, pero estaremos en Vermont, o sea que no estaré muy lejos si me necesita. Y no tardaré mucho en volver. Eso se lo puedo prometer. Esta casa es mi hogar. No podría estar fuera mucho tiempo.

Nos sentamos todos, y sonrío ante la estupefacción de los novatos en la experiencia «Janey» al ver toda la comida que amenaza hundir la mesa. Es Nochebuena, así que hacemos el festín de los siete pescadores, pero no creo que Janey haya sido capaz de parar en solo siete. Mire donde mire hay cosas muertas del mar. La mayoría parecen deliciosas, y algunas, un asco, como la anguila estirada en una bandeja larga y estrecha y los calamares rellenos, sin tentáculos pero probablemente al acecho en algunos de los otros platos en alguna parte. No es que no me los vaya a comer. Al menos no hay nada vivo. No ha sido bonito ver morir a la anguila.

Cuando estamos todos sentados, Janey trae la pieza estrella, un guiso enorme y humeante de ostras cremosas, y Noah la sigue con una sopera más pequeña llena de sopa de verduras y una bandeja de hamburguesas de champiñones para Honey que es una vegetariana pesada. Janey se mueve alrededor de la mesa llenando boles de estofado, y cuando llega a mí veo que tiene los ojos brillantes a la luz de las velas. En ese momento sé que ninguna de las dos ha sido nunca tan feliz.

Cuando estamos todos servidos y el champán burbujea en las copas, Noah se levanta para hacer un brindis. En un rincón de mi cabeza lo oigo darnos las gracias por estar aquí, felicitar a Janey por la comida, alabando su decisión de ser profesora de economía doméstica y el valor que representa hacerlo. Lo oigo desearnos amor y alegría en el año nuevo, y amistad y un lugar que sea nuestro hogar para el resto de nuestros días. Pero no estoy escuchando. Miro la pared detrás de él, donde Janey ha enmarcado el discurso del funeral de la tía Midge, y recuerdo el día en que nos despedimos de ella. Estaría orgullosa de nosotros, reunidos alrededor de esta gran mesa, preparados para comer y beber como si no hubiera un mañana. Sé que lo estaría. Y aunque no pueda ver las palabras desde tan lejos, recuerdo de memoria la pequeña posdata que debió de añadir hacia el final de su vida, la que señaló con la palabra «¡Confidencial!» en letras mayúsculas al final de la carta.

«CONFIDENCIAL, para mis chicas, mi familia, Janey y Nean», dice, en la temblorosa letra que nunca olvidaré. «No olvidéis que os observo. Haced que sea interesante.»

AGRADECIMIENTOS

Gracias a mi espectacular agente y buena amiga, Holly Root, y a mi excepcional editora, Katie Gilligan, al estimulante Peter Wolverton, al estimable Tom Dunne y a los equipos de Thomas Dunne Books y Waxman Literary que aportaron su considerable talento a este libro.

Gracias a mi familia, los famosos Harms de Cedar Rapids, Los Ángeles y Rochester, y a Josh Wimmer.

Gracias a Andrea Cirillo, Christina Hogrebe, Lyssa Keusch, Lucia Macro, Annelise Robey, Meg Ruley, Patience Smith y Nancy Yost por todo lo que he aprendido sobre libros a vuestro lado. Y gracias a Maine por prestarme su preciosa costa para mi mundo de fantasía.

Gracias a mis amigas Barbara Poelle, Kelly O'Connor McNees, Jennifer Ferreter Sabet, Eileen Joyce y Anna Rybicki. Si no os gusta nada mi libro, la culpa es de ellas. Es su bondad, ánimo y constante amistad lo que lo ha hecho posible.